KB264912

불운을 행운으로 바꿔준 팔봉산

성낙영 지음

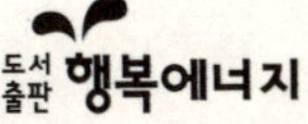

불운을 행운으로
바꿔준 팔봉산

초판 1쇄 발행 2013년 2월 22일

지은이 성낙영 발행인 권선복 편집 김정웅 디자인 엄희주 전자책 신미경 마케팅 서선교
발행처 도서출판 행복에너지 출판등록 제315-2011-000035호 주소 (157-010) 서울특별시 강서구 화곡로 232
전화 0505-613-6133 팩스 0303-0799-1560 홈페이지 www.happybook.or.kr 이메일 ksb6133@naver.com

ISBN 978-89-97580-66-8 03810

Copyright ⓒ 성낙영, 2013

도서출판 행복에너지에서는 독자 여러분의 아이디어와 원고 투고를 기다립니다. 책으로 만들기를
원하는 콘텐츠가 있으신 분은 이메일이나 홈페이지를 통해 간단한 기획서와 기획의도, 연락처 등을
보내주십시오. 행복에너지의 문은 언제나 활짝 열려 있습니다.

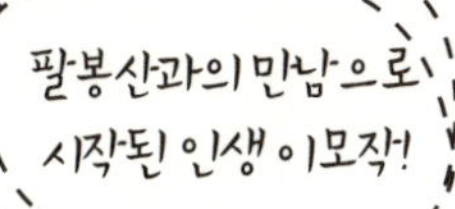

불운을 행운으로 바꿔준 팔봉산

성낙영 지음

'산에게 길을 묻고 산에서 의지를 읽다'
팔봉산을 사랑한 한 사나이,
그의 드라마 같은 인생 이야기

도서출판 행복에너지

> *"1봉은 생김새가 감투를 닮아 소원을 빌면*
>
> *부귀영화를 얻는다는 전설이 전해진다."*

『스포츠 경향』 2012년 4월 19일자 기사 '봄산행 1번지 충남 서산 팔봉산' 중에서

네, 저 말이 맞습니다. 어떻게 아느냐고요? 제가 1봉에 올라 소원을 빌었더니 실제로 이루어졌거든요. 그래서 이렇게 책도 출간하게 되었지요! 그런데요, 1봉에는 소원을 이루어주는 것이 또 있답니다. 복주머니 모양의 커다란 바위가 바로 그것입니다. 팔봉산 여덟 개 봉을 모두 오른 뒤 1봉의 복주머니(바랑) 바위를 만지며 소원을 빌거나 복주머니 바위 앞에서 자신을 찍은 사진을 가지고 다니면 소원이 이루어진답니다. 믿어지지 않는다고요? 백문이 불여일견, 그 복주머니 바위를 보는 순간 소원을 이루어줄 것이라는 느낌을 꼭 받을 것입니다.

팔봉산에 미쳐, 학생들에게 영어를 가르치는 것 외에는 쉬는 날이면 무조건 팔봉산에만 올랐습니다. 그랬더니 심신이 젊어졌고 명예

를 얻었고 돈도 벌었습니다. 이에 팔봉산에 감사하며 썼던 글들을 통해 사람들에게 팔봉산을 알리고, 많은 사람들이 팔봉산에서 소원을 빌어 행복을 찾을 수 있도록 하는 것이 팔봉산에 대한 보은이라고 생각했습니다. 그리고 그 글들이 한 권의 책으로 엮어지기를 1봉 정상에서 빌었는데, '행복에너지' 출판사 권선복 사장님이 그 꿈을 이루어주셨습니다.

'행복에너지'에서는 월례 행사로 '저자들의 모임'을 열고 있는데 제가 그곳에 초대된 것이지요. 그 모임에는 평생 백 수십 권의 책을 쓰신 이상헌 선생님을 비롯하여 책 쓰기 대학의 김태광 선생님 등 50여 분의 대작가들이 참석하였습니다. 얼떨결에 저는, 그야말로 감히 '공자 앞에서 문자 쓰는 격'으로 제 자신과 저의 책에 대하여 소개하기도 했습니다. 작가님들의 소중하고도 진솔한 이야기들이 다섯 시간이나 이어졌지만 전혀 지루한지 몰랐고, 제 자신이 그런 분들과 함께 있다는 사실에 놀라기도 했답니다. 더구나 저는 이 모임의 일원으로 행복에너지출판사와 함께 전 국민 책 쓰기 운동에 동참하여 일을 돕게 되었으니 이게 웬일입니까? 역시 운이라는 것이 있나봅니다.

팔봉산에 다니기 전에는 제가 하려는 일을 두고 모두가 99%의 성공 가능성이 있다 말해도 일이 잘 풀리지 않았지만, 팔봉산에 다닌 후로는 반대로 가능성이 1%밖에 없다는 일도 잘 되더군요. 책을 출간하게 된 것이라든지 대작가들과 함께 어울리게 된 것은 역시 운이

트여서인가 봅니다.

　저마다의 소질을 개발하며 열심히 사는 것이 인생이라지만 행운이 있어야 된다는 것, 그래서 운이 몹시 중요하다는 것을 저는 여러 번 체험했습니다. 그러다 보니 신데렐라를 행운의 대상으로 여기게 되었지요. 착한 마음씨 덕분에 왕자와 결혼하는 행운을 얻게 된 신데렐라! 팔봉산은 제가 착한 마음씨를 갖게 만들었고 그래서 자꾸 행운이 따르나 봅니다.

　제 명함에는 신데렐라 이야기가 담겨있습니다. 명함을 받은 사람에게 신데렐라와 같이 행운이 찾아오기를 바라는 마음에서랍니다. 이 책의 뒷부분에 신데렐라 이야기를 영어와 한글로 간략하게 옮겼습니다. 책을 읽는 모든 분들에게도 행운이 가득하기를 바라기 때문입니다.

　그리고 꼭 팔봉산을 찾으세요! 소원을 빌며 8봉에서 1봉으로, 1봉에서 8봉으로 솔향기를 만끽하면서 한 걸음 또 한 걸음 옮겨보세요. 1봉의 복주머니 바위, 잊지 마시고요! 그 소원 이루어집니다. 꼭이요!

저자 **성낙영**

차
례

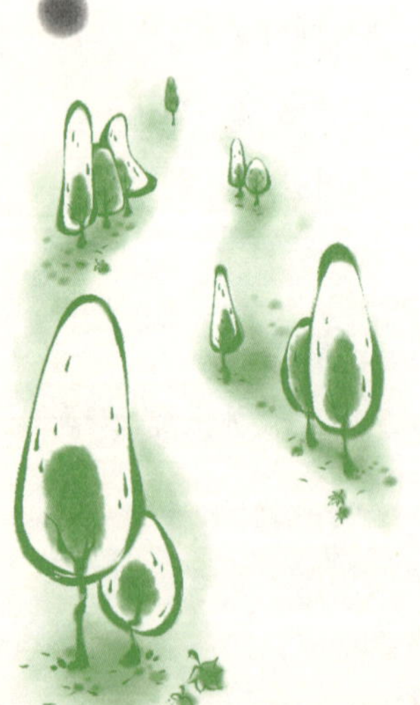

팔봉산은 나에게 제대로

살 수 있는 방법을 일깨운, 정신적 지주이다.

팔봉산에 다니면서 내가 하는 일이 잘될 수밖에 없는

이유를 체득했고 이것을 경험으로, 어떻게 하면 앞으로도

제대로 살 수 있는지를 깨달았다.

이젠 팔봉산 자체를 즐기기보다는

산 위에서 사람들이 사는 모습을 감상하는 것이 더 재미있다.

팔봉산은 착하고 부지런하며 열심히 그리고 행복하게 살아가는

사람들을 감상할 수 있는 좋은 전망대다.

나의 정신적 지주, 팔봉산

　내가 처음 팔봉산을 찾은 이유는 잠시나마 사람들과 사람들의 세상에서 떠나고 싶어서였다. 팔봉산 입구에 들어서자마자 처음 마주친 사람으로부터 갑작스레 인사를 받았다. 당황한 나머지 형식적으로 응했지만 다음부터 만난 사람들에게는 내가 먼저 진심을 담아 인사를 해 보았다. 마음이 넓어지고 착한 사람이 된 것 같고 무언가 자신감이 생기는 듯했다. 큰 기대 없이 찾은 곳이었지만 팔봉산은 몸과 마음이 지친 나에게 처음부터 변화의 기운을 느끼게 했다.

　하지만 3봉 정상까지 오르는 내내 지난날의 후회스런 기억들이 다시 떠올랐다. 이미 엎질러진 물이 된 일들이지만 아쉬움이 너무 커, 씁쓸한 표정과 함께 한숨만이 흘러나왔다. '지나간 것들은 생각하지 말자.'고 생각하며 정상을 향했다. 드디어 팔봉산 정상인 3봉에 올라 사방을 한 번 둘러보았다. 그렇게 정상에 서니 마음이 편해지고 오히려 '과거 마주했던 기회들을 다시 한 번 만나고 싶다'는 생각이 들었다. 이번엔 절대로 같은 실수들을 반복하지 않을 것만 같은 자신감도 들었다.

팔봉산은 산 아래 마을들이 손안에 잡힐 듯이 느껴질 만큼 낮지만 정상에 서면 하늘 역시 몹시 가깝게 느껴졌다. 하늘을 바라보며 나는 빌었다. '매 순간 후회 없는 삶을 살게 해주소서!'

팔봉산은 인천에서 자동차로 두 시간 정도 거리의 충남 서산시 팔봉면에 있다. 그리 힘들지 않게 등반할 수 있는 나지막한 산으로서 금전적, 시간적으로 커다란 부담 없이 즐겁게 하루를 보낼 수 있는 곳이다. 내 경우 팔봉산에 다닌 뒤로는 머리가 맑아졌고 심신이 편해졌다. 이를 바탕으로 오직 학생들 영어교육에만 열중하다 보니 학생들의 영어능력도 좋아졌고 나의 생활환경도 나아졌다.

산을 좋아했던 나는 어리석은 사람을 지혜롭게 만든다는 지리산과 아름다운 설악산, 울릉도 성인봉과 한라산, 백두산에도 올랐었다. 산의 규모로만 본다면 팔봉산은 비교 대상이 될 수 없지만 다른 산에서는 팔봉산에서 느꼈던 포근함과 같은 기분이 들지는 않았었다. 그런데 어느 날인가부터 수년 동안 셀 수 없을 만큼 다녔던 팔봉산에서의 느낌이 달라지기 시작했다. 예전엔 거의 등산의 즐거움을 위해서 팔봉산을 찾았었는데 이제는 팔봉산 정상에서 산 아래 마을을 감상하고 싶어 오르기 시작한 것이다. 마치 사람이 아닌 다른 생명체로서,

그동안 사람들이 사는 모습을 훔쳐만 보다가, 이제 그들 속에서 함께 살고 싶다는 생각이 드는 것 같았다. 1봉이나 3봉의 정상에서 아래를 내려다보면 사람과 사람의 세상이 더욱 편안하게 느껴졌다. 띄엄띄엄 떨어져 있는 집들과 그 집들로부터 빠져나온 길, 그 길옆의 밭과 논 그리고 항구와 바다 이 모든 것들이 정겹게 와 닿았다.

이젠 팔봉산 자체를 즐기기보다는 산 위에서 사람들이 사는 모습을 감상하는 것이 더 재미있다. 팔봉산은 착하고 부지런하며 열심히 그리고 행복하게 살아가는 사람들을 감상할 수 있는 좋은 전망대다. 그 전망대에서 비로소 내 삶의 목표를 찾았다. 온갖 세상 사람들이 사는 삶 속으로 들어가는 것이다. 사람들을 직접 만나고 사귀고 그들이 사는 방식을 느끼면서 서로에게 필요한 것들을 전해주는 것이다.

팔봉산은 나에게 제대로 살 수 있는 방법을 일깨운, 정신적 지주이다. 팔봉산에 다니면서 내가 하는 일이 잘될 수밖에 없는 이유를 체득했고 이것을 경험으로, 어떻게 하면 앞으로도 제대로 살 수 있는지를 깨달았다.

내 나이가 내일모레면 벌써 육십이다. 아이들에게 영어를 가르치다 보니 생각하는 것이 아직 아이들 같고 몸 역시 청춘인 것 같은데 말이다. 젊은 날, 10년 동안의 소중했던 직업을 스스로 버린 뒤, 다시 10년 가까이를 무언가 해보려고 몸부림쳤지만 결국 허송세월이었다. 그러다 우연히 시작한 교습소 영어 선생을 천직으로 여기며 10년을 보냈고 내 인생의 2막이 되었다. 팔봉산이 나를 영어 선생으로서의 역할을 유지할 수 있게 했고 결국 그 길이 인생 2막이 되게 하였으며 또한 새로운 꿈도 꾸게 해 주었다.

영어교습소를 시작할 당시에는 정신적으로 의지할 것이 필요했다. 내가 살아 있을 동안 전혀 변하지 않는 것, '소도 언덕이 있어야 비빌 수 있다.'고 어느 새벽 문득 떠오른 곳이 팔봉산이었다. 그런 팔봉산에 첫발을 옮기고부터 사계절 일 년 열두 달, 마음이 약해져 있을 때는 심지어 한 달 동안 매주 갔었던 경우도 있었다.

팔봉산에 올라서면 한적한 시골마을과 텅 비다시피 한 항구와 바다, 자동차들이 드문드문 다니는 시골길 그리고 녹색의 산등성이들이 보인다. 바로 이런 것들이 눈 아래 가깝게 펼쳐져 있어 시각적으로 평화를 느낄 수 있다. 정상이 그리 높지 않기에 비록 산에 왔다고 해도 사람들의 생활과 동떨어져 있다는 느낌도 없고 오만해질 만큼의 성취감도 없다. 팔봉산에 오면 마음이 편해진다. 또한 남은 생을 재미있게 살고 싶은 마음도 생긴다.

앞으로 사람들은 백 살까지 살게 된다고 한다. 나이 60을 앞두고 일터를 벗어나는 평범한 사람들은 이를 두려워하며 단순한 소일거리가 아닌 '人生 二毛作' 거리를 찾는다. 인생 이모작! 나 역시 이를 빗겨 갈 수는 없다. 앞으로 적어도 10년 이상은 더 일해야만 한다. 그

여정을 팔봉산과 함께하며 살아갈 것이다. 지난 10년간 그래 왔듯이, 쉬는 날은 팔봉산에서 지내고 평일은 휴일의 팔봉산을 기다리며 열심히 일할 것이다. 그리고 인생 일모작에서 경험한 일들과 터득한 지혜를 바탕으로 이모작 내 인생을 펼쳐갈 것이다. 팔봉산이 이끌어 주었던 내 인생, 팔봉산에 뿌리를 두고 전 세계를 향해 두 번째 인생을 펼쳐갈 것이다.

어송리에서 바라본 팔봉산 ◀

팔봉산과의 첫 만남

　이제는 내가 지금까지 몇 번이나 팔봉산에 왔었는지 세는 것도 놓쳤다. 수년 동안, 적어도 한 달에 한 번은 내 생활 속 희로애락을 모두 짊어지고 찾아왔으니 왔으니 팔봉산은 그동안의 내 삶을 다 알 것이다. 산 입구에서 정상으로 향하고 그리고 다시 산 입구로 돌아오는 동안 줄곧 마음에 담고 있었던, 소위 나의 과거와 현재 그리고 소망 등 모든 것들을 땀과 숨에 실어 쏟아냈으니 팔봉산이 어찌 나를 모른다고 할 수 있겠는가?

　팔봉산은 산에 오를 때는 물론 팔봉산에 대해 생각할 때마다 '내가 너무 즐거워할 땐 적당히 즐거워하라는 충고를, 내가 슬퍼할 땐 위로를, 내가 힘들어할 땐 격려와 응원을, 그리고 내가 소망할 땐 용기와 지혜를' 듬뿍 채워준다. 이제는 '팔봉산의 이곳과 저곳 그리고 계절과 시간에 따른 새로운 것은 무엇이 있을까? 라고 찾아볼 만큼 팔봉산에 익숙하다고 말할 수 있다. 어쩌면 '팔봉산에 잘 길들여져 있다'는 것이 맞을 것이다.

팔봉산과의 첫 만남은 어송리로 가는 서산 시내버스를 타면서 시작되었다. 서산 시외버스터미널에서 시내버스로 갈아타면서 기사에게 팔봉산 입구에서 내려달라 부탁했지만 버스는 산을 그냥 지나치고 있었다. 혹시 기사가 잊은 것이 아닐까 하여, 다른 손님이 내리는 김에 나도 따라 내렸다. 거의 구도항과 가까운 곳이었다.(나중에 알고 보니 이 버스는 산을 끼고 돌아 구도 항에 들어갔다 다시 나와 양길리 쪽 팔봉산 입구로 가는 버스였다.)

이렇듯 쉽지 않게 팔봉산을 향해 옮겨온 발걸음은 등산을 위해서라기보다는 마치 산에 다가가기 위해 도로를 트래킹 하듯이 산봉우리만을 쳐다보며 시작되었다. 멀리 보이는 가장 높은 산봉우리를 향해 걸으며 논길도 지나고 언덕처럼 완만하고 낮은 산길도 지났지만, 팔봉산을 가리키는 표지를 따라 걸으니 오히려 1봉과 2봉, 3봉을 바라보면서 마치 점점 멀어지는 것 같았다. 더구나 여느 산의 산행과는 달리, 나처럼 등산을 하려고 하는 사람은 단 한 명도 만날 수 없어 이상했다. 한참을 걷다가 '팔봉산 가든'이라는 유일한 음식점(지금은 음식점이 여럿 있다)이 나오고서야 비로소 팔봉산 입구에 닿게 되었다.

팔봉산의 등산로는 전체적으로 대여섯 군데에 있으나 대부분의 외래 등산객들은 양길리의 1봉 입구와 어송리의 8봉 입구에서부터 등반을 시작한다. 나는 버스를 타고 8봉 입구부터 1봉 입구까지 지나친 뒤 구도 항 가까운 곳에서 내려 다시 1봉을 향해 걸었던 것이었다.

양길리 팔봉산 입구, 주유소에서 팔봉산을 바라보면 팔봉산의 얼굴인 1봉과 2봉, 3봉이 연이어 보인다. 거대한 바위들로 이루어진 1봉은 그 뒤의 2봉, 3봉과 거리를 두고 입체감을 자아내는데 마치 옛날 대감이 쓰던 감투가 놓여있는 것처럼 보인다. 팔봉산은 비록 낮은 산이지만 이곳에서 바라본 모습은 각 봉우리마다의 바위들 때문인지 험산의 위엄이 흘러내린다. 팔봉산 가는 버스는 태안 쪽으로 가는 도로에서 우회전하여 대문다리 검문소와 어송리, 구도항 그리고 양길리로 이어져 팔봉산을 돌아 나온다는 것을 나중에서야 알고 이 길에서 팔봉산의 얼굴을 제대로 본 것이다.

다시 팔봉산과의 첫 만남을 상기해보면, 버스에서 내렸을 때 벼들이 한창 짙푸른 키가 논둑만큼 높았던 것이 아마 여름의 시작이었을 것 같고, 아침에 인천에서 시외버스를 타고 서산에 들어와 구도 항 쪽에 더 가까운 지점에 가서야 내렸던 서산 버스 시간까지 더하고, 또한 산길을 따라 걸을 때 머리 위의 태양이 조금은 뜨거워 나무 그늘 아래로 들락날락하며 체온을 조절했었던 것을 볼 때, 시간은 점심 때쯤이었던 것 같다.

유난히 소나무가 많은 것 같은 팔봉산. 그래서 이곳에 오면 가슴이 시원하고 눈이 가볍고 머리가 맑아진다. 팔봉산은 언제나 솔향기가 가득하다. 기분 좋은 솔 향이 팔봉산을 온몸으로 느끼게 한다. 팔봉산 입구에서 1봉과 2봉이 갈라지는 안부까지는 마을 뒷동산에 올라가듯 등반이 어렵지 않다. 그 길가가 온통 소나무 숲이다. 그 오르막을 오르다 보면 들이쉰 솔향기가 몸속의 독소들을 땀으로 밀어내고 마음에 남아있는 좋지 않은 기억들을 내쉼으로 뱉어내게 한다.

첫 등정 시 1봉과 2봉으로 가는 사이의 쉼터 평상에서 본 1봉의 뒷모습은 어마어마한 바위들로 쌓인 것이 그 위용을 뽐냈다. 당시 바로 오르고 싶었지만 자칫 등정이 시시해질 것 같아 다음 기회로 미루었다. 몸을 뒤로 돌리자 2봉으로 올라가는 길과 고개 넘어 운암사 터를 지나 3봉으로 이어지는 길이 이어졌다. 계속 올라가며 2봉을 봐야겠다는 생각이 어느새 발걸음은 2봉 쪽으로 옮겨 놓았다. 언덕에 올라 조금 지나니 2봉에 오르기 위한 철 계단이 나왔다. 철 계단을 지나 꺾어지는 모퉁이에서, 난간 아래를 통해 밖으로 나와 1봉을 바라보니 탄성이 저절로 나왔다. 1봉을 뒤로 양길리 마을 그리고 바다를 지나 다시 멀리 육지로 이어지는 모습이 마치 한 장의 입체 사진과도 같았다.

다시 철봉 안쪽으로 들어온 뒤, 돌 틈을 지나 언덕에 오르자 희귀한 모양의 각종 바위들이 펼쳐진 2봉이 드러났다. 정상에 다다르기 전 언덕 위 벤치에 앉아 잠깐 휴식을 취했다. 이곳에서 다시 한 번 나뭇잎 사이로 1봉을 내려다보니, 1봉의 머리 위로 펼쳐진 양길리 마을, 이웃한 대황리 마을 그리고 이어지는 들쭉날쭉한 육지와 뭇 섬을 떠워놓은 듯이 보이는 바다의 풍경이 드러났다. 다시 한 번 감탄하며 3봉으로 향했다.

3봉에 오르기 위해 놓인 계단에 다다르기 전까지는 평지를 걷는 듯하다. 헬기장 터가 있고 작은 사각 정자가 있어, 무리 지어 온 사람들이 3봉에 오르기 전, 이곳에서 휴식과 더불어 전열을 가다듬기에 더없이 좋은 장소일 것이다. 흙 계단을 지나 짧은 길이의 평지와 맞닿은 이곳부터가 팔봉산에서 꽤 험한 곳이다. 너무나도 가파르기에 밧줄의 도움을 받아야 오를 수 있었다. 통천 문이라고 하는 돌 사이의 구멍을 통과하여 곧장 올라갈 수도 있지만, 그 앞의 왼쪽 철 계단으로 올라 다시 한 번 1봉을 내려다보았다. 녹음 속에서 뚜렷이 보이는 1봉과 2봉 바위들 그리고 그 뒤에 아련히 펼쳐진 양길리의 마을의 인가와 초록색 밭들은 마음에 평화와 여유를 주었다. 함께 어우러진 바닷가 풍경 또한 바로 도화지를 펼쳐 그리고 싶을 만큼 장관이었다.

몸을 돌려 철 계단을 벗어나자 하늘로 올라가는 듯한 또 다른 철 계단에 오르자 둥글고 거대한 돌더미에 다다랐다. 그곳이 바로 팔봉산의 정상인 3봉이었다. 성곽처럼 놓여 진 커다란 바위를 넘어서자 아담한 터가 나타난다. 어마어마한 돌들로 둘러싸였지만 모습은 마치 새의 둥지 같았다. '봉황의 둥지였을까?' 바로 앞을 보니 또 하나의 봉이 이곳으로 기울어 나란히 있었다. '어쩌면 수컷 봉황이 그곳에 머물며 이곳의 암컷 봉황이 알을 부화하기를 기다리지 않았었을까?' 하는 생각이 들었다.

그러자 1봉에 대한 새로운 느낌이 들었다. 3봉을 봉황의 집이라고 본다면 1봉은 마치 둥지에서 굴러 내려온 봉황의 알과 같다. 와! 정상에 오르니 그 기쁨을 만끽할 수 있는 경관들이 사방에 펼쳐졌다.

팔봉산은 높이가 361.5미터로 그리 높은 산은 아니지만 그래도 정상에선 사방 막힌 데 없이 볼 수 있는 것은 다 볼 수 있다. 날씨가 맑아 더 멀리 볼 수 있다면, 구도라는 항구를 지나 중국도 보일 것 같고 눈길을 오른쪽으로 옮겨 팔봉산 1봉의 머리 위로 직선을 긋듯이 바라보면 육지 속에 갇힌 듯한 바다와 고파도라는 섬이 보이고 그 너머 서울에까지 시선이 이를 것 같다.

그런데 이곳에서 보이는 1봉의 모습은 2봉에서 보았던 모습과는 달리, 마치 알의 껍데기가 벗겨져 내리는 것만 같았다. 다시 카메라를 패닝 하듯이 오른 쪽으로 눈을 돌리자 눈 아래 산골짜기를 지나 살짝 구부러진 등성이위에 하늘의 여러 구멍에서 흙이 흘러내려 군데군데 더미를 이룬 것과도 같은 4봉과 5봉, 6봉, 7봉, 8봉이 차례로 보였다. 여덟 번째 봉우리 뒤에서 달려 나온 도로가 태안으로 향하고 있다. 그 도로에서 90도 꺾여, 눈 가까이로 다가오는 찻길이 나를 내려주었던 서산버스가 다니는 길이다. 이 길이 구도 항으로 이어지는 길로서, 어느 시점부터는 언덕과도 같은 산에 가려 보이지는 않지만, 그 산 뒤의 어느 곳에서 하차했다고 여기며 눈길을 오른쪽으로 돌렸다. 그러자 주차장 같은 넓은 터와 건물 한 채가 보이면서 다시 1봉과 2봉이 눈에 들어오고 그 뒤로 양길리 마을이 바다로 뻗어나가고 그리고 바다는 수평선 위의 하늘과 맞닿았다. 내가 살아온 길 그리고 살아갈 길이 그 속에서 훤히 보이는 것 같았다.

팔봉산은 지혜와 겸손의 깨달음을 주는 산이다. 인생의 과정을 산의 형상으로 보여준다. 팔봉산의 정상인 3봉까지는 마치 삼십대까지, 평생 살아가야 할 삶의 방법을 배우고 익히기 위해 치솟는 산행과 같다. 그리고 그 3봉의 정상에서 보이는 4봉부터 8봉까지의 길은 앞으로 펼쳐질, 기나긴 여정 속에서 만나게 될지도 모를 굴곡을 예측하는 것 같다.

팔봉산의 봉우리들은 병렬이 아니라 직렬로 배치되어 있다. 팔봉산은 1봉에서 시작하여 8봉까지 가든지 아니면 8봉에서 시작하여 1봉까지 가든지 직렬로 이어져 있고 또한 그 정상이 3봉이기에 이곳에 오른 뒤 다시 왔던 길로 다시 내려갈 수도 있다. 1에서 8까지 봉의 호칭들은 높이에 따르거나 경쟁 속에서 만들어진 것이 아니다. 팔봉산은 마냥 높은 곳을 향해 올라가도록 욕심을 불러일으키는 산이 아니다. 봉우리의 서열이 높이로 정해진 것도 아니고 중간쯤에 정상을 놓여, 인간의 삶은 숫자의 서열에 따른 크기와 많음을 지향하는 것이 아님을 가르친다. 팔봉산은 높이에 따라 봉의 순서를 정하지 않고 시작을 1봉으로 하고 끝을 8봉으로 하여, 세상 모든 일에는 시작과 끝이 있고 그것을 차례대로 해 나가야 한다는 것을 알려주는 산이다.

이런 팔봉산이 밤이든 낮이든 시도 때도 없이 만나자고 신호를 보내오며 나를 좋아해주니 너무 행복하다. 그래서 지금까지 계절을 따지지 않고 일 년 열두 달, 시간이 될 때마다 몇 년간을 팔봉산을 찾았다.

앞으로도 그럴 것이다. 그러다가 기력이 다한다면 나는 이곳 팔봉산에 영원히 머물 것이다. 몸은 재가 되어 팔봉산에 뿌려져, 소나무들이 이를 바탕으로 온갖 비바람 눈보라 속에서도 절대 쓰러지지 않고 어떠한 병충해도 이겨낼 수 있으면 좋겠다. 그래서 짙은 솔 향을 계속 뿜어댈 수 있는 건강한 소나무들이 되어 팔봉산을 찾는 사람들의 건강에 도움을 주고 마음에 평화를 주었으면 좋겠다.

팔봉산 1, 2, 3봉의 모습 ◀

인생 이모작의 터, 팔봉산

영어를 가르치기 시작한 지 7년쯤 지나자 당시까지의 상황에 대해
되돌아볼 수 있는 기회가 생겼다. 교습소를 매각하라는 공인중개사
사무실에서 보낸 우편엽서가 빈번하게 날아들었던 것이다. 내용인
즉, "매각에 뜻이 있다면 비밀을 유지하며 최상의 금액으로 매각해
준다."는 것이었다. 이와 같은 경우를 처음 접했었기에 처음엔 몹시
화가 났다.

'도대체 나를 어떻게 알고 이런 짓거리를 하는 거야? 내가 어떻게
해서 지금의 행복한 삶에 이르게 되었는데? 학생들에게 영어를 가르
치면서부터 사회적 존재감을 느낄 수 있게 되었고 집안에서의 위상
도 어느 정도 회복되어 너무나 좋은데, 무슨 소리야?

거듭되는 비슷한 내용의 우편엽서에 하루는 왠지 화가 치밀어 한 공인중개사에 전화를 했다.

"저를 어떻게 알고 우편물을 보냈나요?"

그러자 느릿한 말투의 여성이, "교육청에서 모든 교습소와 학원의 명단을 얻어 보냈다."면서 자신들이 하는 업무 내용을 자상하게 말해주었다. "사정에 의해 학원이나 교습소를 그만두거나 이전할 사람들을 위해 학생 숫자에 따른 권리금을 매입자와 주고받으며 매매할 수 있도록 해준다."고 했다.

나는 그제야 그들이 나에게 우편물을 보낸 이유와 이런 일이 있을 수 있다는 것을 이해할 수 있었다. 하지만 이해하기 힘든 부분도 있었다.

'내가 만일 그만두고 다른 사람이 가르친다면 학생들이 계속 배우려할까? 어떻게 학생들을 상품처럼 권리금을 받고 매매하듯이 할 수 있을까? 나를 믿고 나에게 배우겠다며 찾아왔던 학생들을 어떻게 잘 알지도 못하는 선생에게 인계할 수 있을까? 물론 새로 인수하신 분이 나보다 더 뛰어나게 가르칠 수도 있겠지만 선택을 하는 것은 학생이건만, 돈만 받겠다고 어찌 학생들에게 거짓말을 하며 붙잡아놓고 빠져나갈 수가 있을까?'

나는 나의 영어교습소와 동네에 애착이 많다. 인천에서 비교적 낙후된 곳이 바로 인천시 중구 지역이다. 인천의 맏형과 같은 곳으로서 다수의 초·중·고등학교들이 있지만 주변엔 그럴싸한 학원이 없기 때문에 학원에 다니길 원하는 학생들은 이웃 구의 다른 학원으로 다니고 있다. 나의 영어교습소는 시설도 변변치 못하고 차량운행도 하지 않지만 다니는 학생들이 꽤 된다. 비교적 어려운 가정의 아이들이지만 모두 열심히 하고 있으며 대부분 동네 아이들이기 때문에 그들의 생활상을 어느 정도 알고 있다.

나는 교육에 있어서 학생들에게 상당히 엄한 편이었다. 영어를 못하는 것은 상관없다. 못하니까 배우러 온 것이고 아무리 해도 안 되니까 나에게까지 온 것이라고 생각했다. 하지만 수업 분위기를 깨거나 약속을 지키지 않거나 거짓말하는 것은 조금의 용서도 허락하지 않고 내보내기까지 하였다. 그동안의 경험으로 볼 때, 특히 핑계를 대고 자주 빠지는 학생들은 무엇인가 문제가 있고 결국 방황의 길로 가기도 했기 때문이었다.

이것을 방치하면 나중에는 오히려 같은 동네에 살면서 그들의 부모에게 얼굴을 제대로 들지 못하는 일들이 일어날 수도 있었다. 차라리 내가 학생을 내보내야, 이로 인해 부모가 자식에 대해 판단을 조기에 할 수 있으며 또한 학생이 혹시 나의 수업방식과 잘 맞지 않을 경우 빨리 다른 곳에서 기회를 찾을 수 있도록 해야 한다는 생각에서였다.

한번은 이런 일이 있었다. 중학교 1학년 여학생이 새로 들어왔다. 그런데 그 아이는 장난이 심하고 무척 산만했다. 그 아이가 들어와 함께했던 몇 달은 난장판이라고 해도 과언이 아닐 정도였다. 평소에 남학생들도 꼼짝 못할 뿐만 아니라 수업시간 이전에 어느 누구와 장난한 일이 있었다면 이것이 수업시간까지 이어져 수업을 이어갈 수 없을 정도였다. 참다 참다 도저히 참을 수 없었기에, 그 아이를 집으로 돌려보내고 다시는 오지 못하게 하였다. 이후, 미안한 마음이 너무 컸지만 어떻게 해서든 고쳐지기를 바랐다.

여전히 우리 교습소에 나오던 그 애의 동생이나 같은 학교 친구들에게 그 아이의 상황을 물었다. 그녀가 확 달라졌다고 했다. 중학교 2, 3학년 내내 영어는 물론 모든 공부에서 전교 1, 2등을 다툰다고 했다. 하지만 그 아이는 지금도 얼마나 나를 원망하고 있을까?

이런 일들을 겪다 보면 의기소침해지고 자조적으로 느껴질 때도 많았다. 매일 아이들을 으르고 달래고, 교육비도 못 받고 무시당하기도 하고…. 당시 나는 사람을 새로 사귀거나 만나는 것을 기피하고 있었기에 이런 것에 대하여 대화를 나누거나 의지할 수 있는 사람조차 없었다.

그저 조금이라도 마음이 편하지 않은 일들이 있었을 때는 쉬는 날을 기다렸다가 팔봉산으로 향했으며, 정상을 향해 오르면서 혼잣말로 푸념하듯 모두 뱉어냈다. 그러다 어느덧 정상에 도착해 산 아래 마을을 내려다볼 때쯤이면 모든 것이 삭혀지곤 했다.

팔봉산은 어떤 경우든 나에게 좋지 않은 모든 것들이 물러나도록 해주었다. 그리고 그 자리에 겸손함을 대신 부여하고 강한 집중력과

건강을 유지시켜 주었다. 지금에 와서 되돌아보면 팔봉산이 나의 삶
이 부활될 수 있도록 이끌어주고 지켜주었던 것이었다. 팔봉산이 없
었다면 지금 나의 모습은 없는 것과 다름없었다. 그리고 팔봉산에게
한 가지 약속을 했다.

‘더 열심히 하겠습니다.’

그리고 3년이 더 흘렀다. 학생들에게 영어를 가르쳐 온지 10년이
다. 어떤 일을 10년 정도하면 그 일을 천직이라고 한다. 영어 가르치
는 것이 천직이 되었다. 그런데 내 나이도, 어느덧 내일 모레면 예순
이라고, 사회적 관습에 따라 은퇴할 때가 되었다. 이제야 학생들 가
르치는 요령도 생겼고 일하는 재미와 그에 따른 기쁨도 알았는데 시
대의 흐름은 어쩔 수 없는가 보다.

나의 영어교습소 주변엔 젊은 분들에 의해 수학과 영어교습소 등
이 새롭게 개업했고 학생들 또한 젊은 선생님을 찾아가는 추세이다.
요즘도 ‘학원 교습소 매매’ 우편엽서가 날아든다. 가끔 마음속에 교
습소를 매각하고 다른 일을 찾아보고 싶은 유혹이 일기도 한다. 하지
만 아니다. 내가 일어설 수 있게 도와준 우리 동네와 학생들과 이 동
네가 있었기에 오늘 나의 모습이 존재한다.

10년 동안 미운 정 고은 정 다 들은 나의 동네. 나와 함께 영어를
공부했던 학생들 가운데는 시집을 간 제자도 있고 대학에 재학 중이
거나 대학 졸업 후 사회생활을 하는 제자들도 있다. 나는 앞으로도

내 제자들이 성장하는 모습을 가까이서 쭉 지켜보고 싶다. 그러기 위해서 교습소를 학원으로 바꾸고 선생님도 두어야 할지 모른다. 시설도 바꾸고 편하게 영어를 가르치고 배우게 할 새로운 시스템도 구축하고 싶다. 또한 우리나라의 아리랑 TV와 해외의 다큐멘터리 TV 등 논픽션 영상물을 직접 시청하며 그 내용에 대하여 말하고 쓰게 하고 방학을 이용하여 영어를 사용할 수 있는 나라로 잠시 체험학습 등을 다니는 등 견문을 넓히는 기회를 제공하고 싶다.

이 모든 것, 내가 변함없이 학생들에게 영어를 가르칠 수 있었던 것과 나의 영어교습소가 성공할 수 있었던 것은 팔봉산 덕분이었다. 그렇기에 이제는 주말과 일요일을 팔봉산에서 지내고 싶다. 팔봉산에 캠프를 할 수 있는 공간을 마련하여 그곳에서 나의 학생들과 부모들을 함께 찾게 해, 등산도 하고 바다에서 해물도 잡고 팝송도 부르고 내가 만든 당구도 즐기고 팔봉산 감자로 만든 음식을 먹으며 하룻밤을 편안히 보내게 해주고 싶다. 또한 캠프 한쪽에는 목공소를 차려, 나의 당구대를 만들고 나무로 만들 수 있는 모든 것들을 만들어 그들에게 선물하고 싶다.

이렇게 살고 싶은 것이 팔봉산에서 이루어지는 나의 이모작 인생이다. 인생 이모작이라고 하였으나 나의 이모작은 다르다. 나는 대학을 졸업한 뒤 방송인으로서 10년, 대부분 실업으로서 10년 그리고 영어 선생으로서 10년을 보내고 있다. 남들과 달리 40대 후반에 두 번째 직업이 된 영어선생이 이모작이 되어 일찍 이모작을 시작한 셈이다. 그렇기에 나는 사회적 통념으로서 50대 말에 은퇴하며 갖는 새로운 직업으로서의 이모작이라기보다는 바로 이제부터 내 인생은 집대성을 이루게 된 것이라고 말하고 싶다.

영어선생으로 살도록 기운을 주고 이끌어주었던 팔봉산. 그동안 살아오면서 많은 실패를 거듭한 가운데 여러 분야에서 조금씩 경험했었던 것들이 팔봉산에서 집대성되어 하나의 뜻이 되었으면 한다.
팔봉산에게 감사한다. 팔봉산에서 사는 것이 내 인생의 의미였으니 그 의미가 창대하도록 팔봉산에서 열심히 살며 세상을 향해 힘차고 멋지게 달려 나갈 것이다.

▶ 영어교습소에서 학생들과 함께

일석사조의 기쁨

　　팔봉산에 오는 방법이 또 하나 생겼다. 아내와 함께 다니는 것이다. 하지만 아내와 함께 팔봉산으로 가는 길은 너무나 멀다. 그래서 늘 고심했던 것이 조금이라도 빨리 팔봉산으로 가는 길을 찾는 것이었다. 그런데 이것이 적지 않은 즐거움을 주었다.

　　어느 때인가부터 팔봉산으로 갈 때에는 서해대교를 지나 바로 송악 톨게이트로 빠져 가게 되었다. 그렇게 가면 서해안 연안을 끼고 달리게 된다. 그래서 자연스럽게 바다의 풍광이 눈에 들어오는데, 많은 사람들이 물이 빠진 바다에서 무엇인가를 캐고 있는 것을 볼 수 있다. 봄이 깊어가면서부터 바지락을 캐기 위해 바다에 사람들이 몰린 것이다. 한진 항을 시작으로 장고 항, 왜목마을, 삼길포, 도비도와 대곳 등 많은 곳에 승용차는 물론 관광버스까지 대절하여 바지락을 캐러온다. 이것을 알고부터 나만큼 신나는 사람은 없었을 것이다. 그것은 내가 세상에서 가장 좋아하는 바지락 산지들이 팔봉산 가는 길에 있다는 것을 알게 되었기 때문이다.

요새는 봄날이면 가끔 부모님을 모시고 댁에서 가까운 한진 항에 들러 바지락을 캐거나 생선회를 먹는다. 어떨 때에는 부모님과 함께 항구의 부근 야산이나 팔봉산에서 고사리와 머위, 취나물 같은 봄나물을 채취한다. 부모님이 평택시 안중읍에 사시기 때문에 팔봉산에 갈 때뿐만 아니라 부모님을 찾아뵈러 갈 때도 팔봉산에 들른다. 팔봉산에 오게 되면 부모님을 찾아뵙게 되고 바지락을 캐고 봄나물을 꺾으며 산행을 하니 일석사조의 기쁨이 있다.

한번은 네 식구가 이러한 일석사조의 기쁨을 함께하기로 했었다. 아내와 나는 부모님을 뵙는 기쁨, 부모님은 우리가 찾아와 만나는 기쁨 그리고 어릴 적 심부름을 위해 넘어 다니셨다는 팔봉산을 약 70년 만에 다시 오르는 아버지의 기쁨 그리고 마지막으로, 팔봉산에서 산나물을 채취하고 가는 길에는 바지락도 캐는 기쁨이 있었다. 이날은 특별히 바지락을 채러 서산시 대산읍의 숙호지라는 곳으로 가기로 결정했다.

팔봉산 등정만 하시고 나머지 일정에는 차에서 휴식을 취하기로 하신 아버지를 제외하고 어머니와 우리 내외는 각자 장갑을 끼고 비닐봉투 하나씩을 들고 산으로 올랐다. 누군가 벌써 고사리를 끊은 흔

적들이 있었지만 2시간 정도 채취하니 두 집이 충분히 먹을 수 있을
만큼 많은 고사리를 얻었다.

　다시 자동차를 타고 숙호지로 달려오니 정오가 가까웠다. 아주 옛
날 호랑이가 와서 잠을 자고 갔다고 하여 이름이 붙여졌다는 '숙호
지'. 물이 빠지기 시작하여 해안 앞의 작은 섬으로 걸어갈 수 있을
만큼 바닥이 보이기 시작했고 꽤 많은 사람들이 몰려들었다. 우리
는 미리 준비한 바나나와 쑥떡 등으로 요기를 하고 바다로 가기 위해
"아버지는 차 안에서 쉬시거나 해안에서 바람을 쐬고 계시라." 말씀
드렸더니, 이번엔 자기도 함께하겠다며 나서셨다.
　다른 때 같으면 아버지는 바닷가에서 우리들이 하는 것을 구경하
시거나 차에서 쉬셨을 것이다. 83세이신 아버지는 척추디스크로 인
한 다리 통증 때문에 일 년 반 전쯤 허리 수술을 받으셨다. 물론 이전
에는 어머니와 아버지 두 분이서 바지락이 나오는 곳은 전국 어디나
모두 다니셨었다. 하지만 수술 이후에는 처음이라 염려도 되었지만
너무나 좋았다.
　약 2시간 동안 우리가 캔 바지락은 모두 합해 20킬로그램이나 되
었는데 그날은 나도 많이 캤다. 바지락을 캐기 전 아내가 말하길, 대
부분의 바지락을 내가 먹으니 내가 많이 캐야한다고 했다. 그래서 그
날만큼은 나도 많이 캤는지 모른다.

　나는 바지락을 넣어 만든 음식이 무조건 좋다. 바지락 된장찌개를

비롯하여 바지락 콩나물국과 바지락 칼국수 등 바지락이 들어간 음식이라면 가리지 않는다. 반찬이 없을 때에는 바지락만 삶아서 국물에 밥만 말아 먹어도 꿀맛이다. 나의 바지락 사랑은 여기서 그치지 않는다. 바지락을 삶은 뒤 그 국물을 식혀서 냉장고에 보관했다가, 아침에 일어나자마자 마시기를 즐긴다. 시원한 바지락 국물에 몸속의 모든 장기가 스르르 사라지는 것처럼 편해진다. 내가 지금까지 먹은 바지락을 쌓아놓으면 거짓말을 좀 보태서 팔봉산의 일봉만큼은 될 것 같다.

바지락을 캐고 나오려하자 비가 내리기 시작했다. 우리는 서둘러 차에 타고 숙호지를 빠져나왔다. 나오는 길에 근처 버스 정류장에 차를 세웠다. 요기도 할 겸, 컵라면을 먹기 위해서였다. 원래는 바지락을 캔 뒤 바닷가에서 먹기로 했는데, 비가 오니 이를 위해 비를 피할 곳이 마땅치 않아 버스 정류장을 찾은 것이다.

내가 코펠에 물을 끓이는 동안 아내는 벤치 위에 신문을 깔고 컵라면과 함께 먹을 김치와 김, 쑥떡 등을 꺼내 판을 펼쳤고 어머니는 차 안에서 아버지는 벤치 끝에 앉아 비가 내리는 고요한 풍경을 응시하셨다.

라면이 어느 정도 익자, 어머니도 차에서 나와 정류장 벤치에 앉으셨다. 부모님은 벤치 끝에 서로 마주보며 앉으셨고 나와 아내는 벤치를 향해 쪼그려 앉은 채 각자 컵라면과 나무젓가락을 집어 들었다. 사방에 흩어지는 빗소리와 라면을 향해 불어대는 입김소리가 묘한 조화를 이루었다. 버스 정류장에서의 컵라면 파티가 끝날 때까지 비가 멈추기는커녕 빗발이 더 굵어졌다. 우리는 할 수 없이 안중의 부모님 댁으로 다시 돌아왔다. 아쉽게도 아버지의 약 70년 만의 팔봉산 등정은 다음으로 미루게 되었다.

하지만 그날은 다른 어느 날보다 좋은 나들이였다. 수술 이후 소극적이셨던 아버지가 이젠 완전히 달라지셔 무척 기뻤다. 한여름이 오기 이전에 꼭 부모님과 함께 팔봉산을 오를 것이다. 이날의 추억은 계속 이어져 네 식구가 함께 팔봉산에 오르는 날 마무리될 것이다.

팔봉이

2011년 12월 25일 성탄절의 이른 아침. 큰어머니 댁에 들려 큰어머니를 모시고 진장리 교회에서 저녁예배를 드린 후, 팔봉산에서 일출을 보기 위해 다음날인 성탄절 아침 6시 30분경 산으로 향했다. 그 길을 아내 그리고 팔봉과 함께했다. '팔봉'은 나의 새로운 식구가 된 진돗개의 이름이다. 생후 6개월 된 황색의 수놈으로 식구가 된지 석 달 만에 팔봉산에 올랐다.

쏜살같이 산을 오르는 팔봉이! 저만치 앞서 가다가도 우리가 보이지 않으면 다시 돌아와 눈을 맞춘 뒤 빨리 오라는 듯 꼬리를 흔들어 보이며 또다시 앞서 가는 팔봉이! 내가 사는 아파트 단지에서는 길바닥에 코를 붙이다시피 걸었었는데 산에 오니 오직 앞만 보고 기막히게 잘 뛰어올라 가는 것이었다.

팔봉은 이제 생후 6개월 정도임에도 불구하고 덩치가 커서 그런지
달릴 때 보면, 앞의 두 발은 앞을 향해 성큼 내딛고 뒤의 두 발은 몸
이 허공에 뛰어오르도록 용수철처럼 받쳐주는 것이 마치 말이 달리
는 것처럼 보였다. 혹시 다른 곳으로 가면 어쩌나 걱정이 되어 뒤쫓
느라 힘들었지만 용케도 사람들이 다니는 길로만 달리고 갈라지는
길에서는 멈춰 기다리곤 했다.

이렇게 바위로 이루어진 1봉 아래에는 금방 도달했지만, 팔봉이 1
봉을 스스로 등정하기에는 힘들 것 같다는 생각이 들었다. 아래위로
포개어진 바위와 바위 사이의 간격이 너무 넓고 가팔라, 팔봉이 달려
오는 탄력만으로는 뛰어오를 수도 없어 보였고, 사람과 같은 손이 있
는 것도 아니어서 내가 먼저 오른 뒤 손을 내밀어 잡아줄 수 있는 것
도 아니었기 때문이었다. 하지만 내가 뛰어오르자 나를 믿어서인지
무조건 뛰어올라 몇 개의 바위를 올랐다.

'참 대견한 팔봉이!'

불가능할 것처럼 보였는데 나를 따라주었다는 것에 잠시 감격할
정도였다. 하지만 폭이 넓은 바위에서는 끝내 건너편에 발조차 걸치
지도 못하고 미끄러져 뒤로 구르듯 떨어졌다. 안타까운 마음에 얼른
내려가 팔봉이를 안은 채 조심스럽게 험한 바위 사이를 오르고 올라
1봉 정상에 내려놓았다. 팔봉이에게도 1봉 등정의 기쁨을 맛보게 해

주고 싶었다. 하지만 팔봉이는 1봉 정상에서 차가운 겨울바람에 맞서며 산 아래를 내려다보는 것이 두려웠는지 바위 끝으로 가지 않으려고 했다. 얼른 하늘을 향해 감사의 기도만을 드린 뒤 곧바로 내려왔다.

3봉 정상으로 가려면 2봉을 지나가야 하는데, 팔봉이는 철 계단을 오를 수 없어 운암사가 있었던 길을 이용해 올라가기로 하였다. 전전 날인가 눈이 많이 내렸기에 온 산이 눈에 뒤덮여 있었다. 팔봉은 눈이 좋아서인지 눈길을 달리다 눈을 먹기도 하고 산비탈의 눈밭에서 뒹굴기도 하였다.

그렇게 갖은 고생을 하다가 드디어 3봉 아래에 도착했다. 하지만 정상까지 오르려면 두 번 정도의 철 계단을 지나야 했다. 철 계단에 오르는 것을 싫어하는 팔봉은 계단 좌우의 절벽을 타고 오르려했으나 도저히 되지 않는 모양이었다. 철 계단 입구에 와서 계단을 오르고 있는 아내와 나를 바라보며 낑낑거리고 있었다. 나는 다시 내려와 팔봉을 안았다. 20kg도 넘는 팔봉을 간신히 안고 첫 번째 철 계단을 오른 뒤 내려놓았다.

이미 떠오른 태양은 8봉부터 7봉, 6봉, 5봉 그리고 4봉에 연이어 이곳을 비추고 있었다. 1봉에서 시간을 많이 지체했고 또한 날씨도 별로 맑지 않아, 3봉 정상에서 일출을 보는 것을 거의 기대하지 않았기에 서서히 올라왔었다. 태양빛이 온몸에 스며들도록 잠시 겉옷을 풀어헤쳤

다. 안에 입은 속옷까지 펄럭이자 햇빛에 깨어난 공기들이 가슴에 스
며들었다. 시원했다. 태양의 기운이 온몸으로 파고드는 기분이었다.
　이제 3봉의 마지막 철 계단 앞에 섰다. 이번엔 팔봉이 스스로 올라
갈 수 있기를 바랐으나 역시 두려워했다. 하는 수 없이 이번에도 내
가 직접 안고 정상에 올랐다. 3봉 정상에 있는 비석 옆에 앉아 아내
가 준비해온 물을 마시고 귤도 먹으며 기념사진도 찍었다. 그렇게 산
아래 눈 덮인 마을을 내려다보고 있자니 추위가 느껴졌다.

　다시 한 번 3봉까지 잘 올라올 수 있게 해준 하늘에 감사하며 팔봉
과 함께 행복하게 살 수 있게 해달라고 기도를 올린 뒤 다시 팔봉을
안고 철 계단을 내려왔다. 하산 길에서, 팔봉은 내려가는 길을 잘 아
는 것처럼 이리 뛰고 저리 뛰고 거의 굴러가며 우리를 한참 앞서갔다.
　예전에 아이들에게 『플랜더스의 개』라는 영어소설을 가르친 적이
있다. 그 소설에 대해 꽤 감동을 받아서일까. 커다란 개와 함께 팔봉
산을 오르고 싶다는 생각을 자주했었다. 그렇게 막연히 생각만 하던
중, 팔봉이와 인연은 맺어졌다.

　어느 날 아내와 함께 인천대공원에 놀러갔다. 공원 입구쯤에 왔을
때 어느 노인이 강아지 두 마리를 데리고 횡단보도를 건너려 기다리
고 있었다. 우리도 그 횡단보도를 건너야 했기에 함께 서 있으면서
강아지들에게 눈길을 주고 말을 붙였다. 강아지의 반응을 얻기도 전
에 신호가 바뀌어 횡단보도를 건너려 하자 두 마리 가운데 아내를

향해 걸어오려 낑낑거렸다. 강아지보다 앞서 걸으면서도 우리가 계속 강아지에게 신경을 쓰자 할아버지는 "개를 좋아하는가 보군요?"라며 물었다. 그래서 얼떨결에 좋아한다고 하면서 아내에게 오려는 강아지를 향해 손을 내밀었더니 그 강아지는 낑낑대며 다가오려고 애썼다.

어느덧 횡단보도를 다 건너고 그 강아지들에게 손짓하며 안녕을 고하자, 할아버지께서 "키우고 싶으면 사세요. 싸게 줄게요. 순종 진돗개인데 족보만 없어요. 어미가 세 마리의 새끼를 낳아 거의 3달이 되었는데, 더 이상 키울 수 없어요. 두 마리를 진돗개 훈련장에서 혹시 사지 않을까 해서 데려가는 중이에요."

아내와 나는 눈이 마주쳤다. 아내의 눈 속에서 기르고 싶다는 눈빛을 발견할 수 있었다. "사고 싶은데 지금 돈이 없네요. 은행에 가서 돈 찾아올게요." 우리는 금액을 흥정한 뒤 다시 만날 시간과 장소를 정하고 서로의 전화번호를 교환하며 헤어졌다. 우선 집으로 돌아온 뒤 인터넷에서 진돗개와 금액 등을 검색하여 알아보고 정말로 살 마음이 들었다. 바로 은행에서 돈을 찾아 다시 할아버지를 만났다. 이렇게 그 강아지는 우리 가족이 되었고 할아버지께 "고맙습니다. 잘 기르겠습니다."라는 인사를 드리고 헤어졌다. 나는 즉시 그 강아지에게 '팔봉' 이라고 이름을 지어주었다.

팔봉과 함께 가다가 넓은 곳에서 목줄을 풀어줘 보았다. 낯설어서

도망치려 하지 않을까 걱정했지만 팔봉은 우리와 떨어지지 않았다. 돌아오는 길에 팔봉이가 우리와 떨어지지 않는 것이 대견스러워, 법규에 위반되는 일이지만 목줄을 풀어 많은 사람들 가운데에서 팔봉을 걷게 했다. 오고가는 사람들이 그렇게 많아도 우리를 놓치지 않고 잘 따라오는 팔봉이! 그렇게 집으로 돌아온 우리는 기쁜 마음으로 팔봉을 목욕시키고 사료도 사 먹였다. 며칠 뒤 예방접종을 하러 동물병원에 갔는데 원장님께서 팔봉을 진돗개라고 했다.

이렇게 한 식구가 된 팔봉은 우리 아파트에서 최고 인기스타다. 변도 잘 가리고 먹는 것도 잘 먹고 성격도 밝은 팔봉은 아침저녁마다 아파트 주변에서 산책할 때, 자신을 귀여워해주는 어른들에게는 앞발까지 들며 반겨준다. 아이들에게는 반가운 마음에 달려들었다가 기겁하게 만들어 놓는다. 작은 애완견이나 고양이만 보면 장난을 치고 싶어 안달을 낸다. 이제 아파트 주변에서 노점을 하시는 분들이나 이웃들은 팔봉이 성장하는 것에 놀라워하면서 많은 관심을 주신다.

어느덧 우리 집은 '팔봉이네 집'이 되었다. 우리 집 대장 팔봉이가 가장 좋아하는 것은 '포크 립 뼈'다. 그 뼈를 씹어 먹는 것을 보면 약간 무섭기까지 하다. 점점 강아지의 모습이 얼굴에서 사라져가고 진돗개 특유의 날카로운 인상이 보이기 시작한다. 때로는 처음 만났을 때의 구부러진 귀와 선하게 생긴 모습이 그립기도 하다.

팔봉아!
건강하고 행복하게 잘 살자!
그래서 등산도 함께 다니고 세상 어디든 다녀보자.
무엇보다도 먼저 팔봉산에서 소문난 팔봉이가 되거라.
팔봉아!
건강하고 행복하게 잘 살자!
그래서 등산도 함께 다니고 세상 어디든 다녀보자.

팔봉산에서 건강을 되찾으세요

쉼 없이 팔봉산을 오르며 큰 숨을 몰아쉬는데 담배연기가 코끝을 스쳤다. 그 냄새에 엄청 짜증이 나, "누가 여기서 담배를 피우는 거야?"라며 나도 모를 정도로 소리를 치고 말았다. 주위를 돌아보니 벤치에 앉은 남녀 한 쌍 중 남자의 입에 담배가 물려 있었다. 하지만 그 남자는 내 얘기를 들었고 나의 따가운 시선을 받음에도 불구하고 여전히 담배연기를 뿜어댔다. 우선 담배연기를 피하기 위해 발걸음을 옮기며 자세히 보니, 40대 후반의 남자는 어느 정도 등산복 차림이었으나 여자는 별로 그렇지 않은 것이 부부 같지는 않았다. 부부라면 내 말이 들리지 않았더라도 남편이 산중에서 담배 피는 것에 대하여 아내가 반대했을 것이다.

과거 80년대 말, 방송사 아마추어 야구팀에 소속돼 야구시합을 할 때, 팀원들이 시간이 날 때마다 담배 피우는 것을 보고 왜 피우냐고 물었더니 "심신의 긴장 뒤 담배를 피우면 긴장도 풀리고 담배 맛도 더 꿀맛 같다."고 했다. 하지만 나의 입장에서는 담배냄새도 싫지만 꼭 이기고 싶은 경기인데, 그렇게 덕아웃에서 담배를 태우면 주위가 산만해져서 팀이 패할까 봐 속으로 담배 피는 것을 몹시 싫어했었다. 그들이 담배를 피워서 그랬는지 아니면 이와 같은 분위기 속에서 팀 화합이 별로 안 되서 그랬는지, 실제로 우리 팀은 5년 정도의 역사 속에 이긴 경우가 별로 많지 않았다.

내 경우 담배 냄새만 맡아도 폐와 뇌는 물론 온몸이 부패되는 느낌이 든다. 그래서 심지어는 길을 갈 때 맞은편에서 담배를 피우며 오는 사람이 있으면 담배연기가 흐르는 반대 방향으로 피해 걷든지 숨을 멈추어 얼른 지나간 뒤 살짝 숨을 들이켜 냄새를 확인한 뒤 몰아쉬곤 한다. 공공장소는 물론이요 길 위에서 담배 피는 사람을 만나는 것도 싫은데 산에서까지 담배를 피우는 사람과 마주치다니!

간접흡연의 폐해가 얼마나 큰지 미디어에서 연신 떠드는 데도 주변을 아랑곳하지 않고 공공장소에서 담배를 태우는 사람들은 자신이 타인의 목숨을 빼앗고 있다는 사실을 알고 있을까. 사정이 이러하니 산에서 담배 피우는 것을 어찌 산불예방의 차원으로만 다스려야 하겠는가?

요즘 나의 교습소 주변 골목에서 담배 피우는 중학생들이 있다. 이 곳에 사시는 할머니들께서 아이들을 혼내는 것은 엄두도 내지 못하고 그저 담배꽁초나 치워주었으면 좋겠다고 하소연하신다. 이렇듯 나를 비롯해 담배가 싫은 사람들에게는 담배와 흡연자들 모두 악마나 다름없다. 사실 내일 죽거나 세상이 무너져도 담배를 피울 것이라고 말하는 애연가들이 있는 것도 사실이다. 그러니 그들마저 무시하며 흡연자들 모두를 원망하고 싶지는 않다. 다만 그들이 도덕과 법이 정한 테두리 내에서 흡연을 즐기며, 싫어하는 사람들에게 피해를 주지 않았으면 좋겠다는 것이다.

흡연을 하고 있지만 끊지 못해 괴로워하는 사람들과의 대화에서 들은 이야기는 이렇다. "쉽게 들어온 것은 쉽게 나간다."라는 말이 무색한 것이 흡연이라고 한다. 담배라는 악마가 이들에게 말하길 "담배를 배우는 것은 너무나 쉽지만 끊는 것은 목숨을 내놓을 때만이 가능할 것이다."라고 했단다.

그들은 가정과 사회에서 자신이 흡연하면서 겪는 고초를 늘 토로한다. 또한 담배로 인해 담배의 노예가 되어 벗어나지 못하는 것이 자신의 결단력이 부족해서 그렇다는 등 자괴감도 가지고 있다.

안쓰럽다. 어떻게 도와줄 방법이 없을까? 적어도 팔봉산에 오르는 사람들만큼은 담배를 끊게 되길 간절하게 바란다. 산에 오르내릴 때 한 번만이라도 담배를 안 피우면 온몸으로 받아들인 맑은 공기가 쉬이 담배 생각을 못하게 할 것이다. 팔봉산이 아니더라도 주변에 산이 있다면 등산을 습관화하며 금연을 시도하면 분명 효과가 더 좋은 것이다.

"팔봉산이여! 산에 오르는 많이 흡연자들이 담배를 끊게 하고 더 건강한 삶을 살게 해주세요."

팔봉산에 살어리랏다

팔봉산 부근에 집이 있어야겠다. 팔봉산에서 좀 더 넉넉한 마음으로 지내고 싶기 때문이다. 가능하면 집이 팔봉산 경계 내에 속해 있다면 더욱 좋겠다.

영어 교습소가 쉬는 날이면, 아주 특별한 일이 있을 경우를 제외하고 대부분 팔봉산에 찾아와 등산을 하며 마음을 가다듬지만, 이제는 팔봉산에서 잠도 자며 밤을 보낼 수 있는 집이 있으면 좋겠다. 당일 일정으로 낮에만 팔봉산을 묻혀 있다가 급하게 돌아오기보다는 밤에도 팔봉산과 하나가 된 상태로 지내고 싶다.

팔봉산에 있는 나의 집에 도착하면 짐을 풀어 놓고, 산책하듯 가볍게 채비하여 집 뒷산을 시작으로 팔봉산 이곳저곳을 다람쥐처럼 돌아다니고 싶다. 그렇게 지난 일주일 동안 몸과 마음에 쌓인 노폐물을 팔봉산의 솔향기와 맑은 공기, 바람소리, 새소리, 파란 하늘, 흰 구름,

진녹색 등으로 밀어내고, 산 속 어느 조용한 곳에서 명상에 잠긴 뒤 다시 집으로 돌아와 팔봉산 물로 깨끗이 씻고 팔봉산 지역에서 나는 먹거리로 직접 음식을 지어 먹고 싶다. 밤에는 통 창문을 통해 들이치는 달빛과 별빛을 배경으로 팔봉산을 감상하다 잠들고 싶다. 다음 날 아침엔 집 앞 정원을 거닐며 여명으로 깨어나는 팔봉산을 살펴보다, 팔봉산이 내뿜는 아침의 깨끗한 기운을 받기 위해 정상으로 향할 것이다.

그동안 벌써 몇 년째 팔봉산으로 등산을 다니느라 도시 속에서의 잡스러운 일들에 빠지지 않고 그럴 생각도 없으니 머리도 맑고 몸과 마음이 건강하게 유지되어 학생들에게 영어를 더욱 효과적으로 가르치기에 더없이 좋은 상태가 되었다. 이렇게 팔봉산으로 등산을 다닌 뒤로 내 인생이 많이 개선되었다.

과거 나의 생활을 되돌아보면, 본업보다는 퇴근 이후와 휴일의 시간을 잘못 사용하여 금전이 낭비되었고 생각이 병들어 본업에 영향을 끼치면서 삶 자체가 무너진 경우가 있었다. 월요일 아침부터 금요일 밤까지 아이들과 열심히 생활하는 목적이 표면상으로는 주말에 팔봉산 등산을 위해서인 것 같지만, 실제로 이것은 내가 현재를 소중하게 지키기 위해 과거의 실수를 재연하지 않으려고 의식적으로 행하는 것이다. 결과적으로 '아이들을 잘 가르치기 위해 팔봉산으로 등산 간다.'는 것과 '팔봉산으로 등산가니 아이들에게 더욱 잘 가르치게 되더라.'가 서로 꼬리를 물며 돌아가는 형상이 되었다.

팔봉산의 산행은 여느 산과는 확실히 다르다. 길지도 않고 힘들지도 않기에 산행 이후의 일상생활에 전혀 무리가 없다. 팔봉산은 비교적 낮은 산이지만 정상에 오르면, 산 아래에 시골 마을과 바다가 정겹게 어우러져 장관을 이루고 주변을 꽉 메운 녹음이 사방 어디에서나 눈 아래 놓여 있으니 마음이 시원하고 편해진다.

팔봉산을 찾아가기 위해 길을 나서는 것도 즐겁다. 인천에 있는 영어교습소로부터 그리 가깝거나 멀지도 않아 심리적으로 안정이 된다. 서산 시내에서 조금 벗어나 팔봉산으로 향할 때부터는 눈을 즐겁게 하는 농촌 풍경이 펼쳐져 있다. 평지의 약간 구불구불한 길을 운전하기에 서두르는 마음도 사라져 이 또한 좋다.

이렇게 팔봉산을 중심으로 내 삶은 조화를 이루었으니 어찌 팔봉산이 나의 정신적 지주가 아닐 수 있겠는가.

내 인생을 이모작으로 만들어준, 아이들에게 영어를 가르쳐 온 십년. 내 삶의 수단이요 방법인 영어교습은 팔봉산을 알았기에 가능했다. 더 알차고 보람 있는 삶을 위해 나의 사고와 행동의 시작점을 팔봉산으로 옮겨놓을 것이다.

팔봉산은 내 인생의 베이스캠프다. 팔봉산 내 집을 뒤덮은 팔봉산 에너지를 무의식과도 같은 밤잠을 통해 받아들인 뒤, 집 밖으로 나가는 순간부터 다시 돌아오는 그때까지 밖에서 활기 넘치게 사용할 것이다. 그리고 또 한 가지. 세상을 위해 할 수 있는 의미 있는 일들을 생각해내지 못할 때나 하고 있는 일을 결정하지 못할 때 밤을 통해 팔봉산으로부터 영감을 받을 것이다. 내가 계획하려는 일과 하고 있는 일 그리고 마치는 일의 모든 시작점은 팔봉산에 속한 나의 집에 두고 싶다.

팔봉산엔 나의 집이 꼭, 필요하다.

▶ 여름철 구름 낀 팔봉산

팔봉산을 소개하다 1

　팔봉산을 알려주고 싶어 첫 번째로 데려 왔었던 사람은 인천 동산 고등학교 김군선 선배였다. 김포시 대명리에서 조그마한 공장을 운영하고 있는 선배는 색소폰 부는 것이 취미로, 이곳저곳 색소폰을 연주할 수 있는 곳을 찾아 놀러 다니는 것은 좋아하지만 등산은 별로 좋아하지 않았다. 그런데 어쩐 일인지 팔봉산 얘기를 듣자, 성큼 자신의 승용차로 가자며 약속을 정하는 것이 신기했다.

　우리는 서해안 고속도로를 이용하여 서산 톨게이트를 빠져나와 팔봉산 일봉 입구의 양길리 주차장까지 쉬지 않고 달렸다. 오는 내내 팔봉산에 대한 더 많은 얘기와 더불어 구도 항구, 고파도 등 주변 경관에 대해서도 알려 주었다. 차에선 내린 선배는 팔봉산을 올려 보더니 등산은 내일 하고 우선 점심식사도 할 겸 바닷가로 가자고 하였다. 미리 계획이나 되었던 것처럼 꺼지지 않았던 자동차 엔진은 다시 힘을 받아 구도로 옮겨졌다.

　잠시 바다를 향해 시선을 던졌던 우리는 이내 바닷가의 한 횟집 수족관으로 시선을 돌리며 그곳으로 들어갔다. 이곳에서 회를 시켜 먹기보다는 마침 제철인 숭어회를 떠서 이 지역의 명주인 지곡 막걸리와 함께 숙소에서 먹는 것이 어떠냐는 나의 제안에 따라, 회를 뜬 뒤 막걸리를 사기 위해 다시 지곡에 있는 양조장으로 발을 뻗었다. 양조장 문을 열자, 할머니 혼자서 정화조 통과 같은 커다란 통의 아래 부분에 장치된 수도꼭지 옆에 앉아서, 그곳에서 나오는 막걸리를 판매용 플라스틱 병에 담고 있었다. 연세가 많은 것 같았지만 곱상하게 늙으신 모습이, 말로만 전해 들었던 옛날 양조장집 마나님의 권세가 느껴지는 듯했다.

　할머니는 하던 일을 잠시 거두고 옆에 있던 그릇을 통에 대고 막걸리를 조금 따라 주며 이를 마셔 보라고 하였다. 선배가 이를 받아 마시는 동안 나는 그 통 안을 들여다보았다. 통 속에는 반 이상이나 되는 양의 허연 막걸리가 뽀글뽀글 방울을 터트리고 있었다. 선배는 입에서 그릇을 떼면서 극찬했다.

　나는 이미 지곡 막걸리를 팔봉산 가든에서 마셔 보았다. 그래서 팔봉산 등산을 마친 뒤면 항상 이곳에 들러 막걸리를 사 가는 것이 또 하나의 즐거움이었다. 팔봉산 가든에서 지곡 막걸리를 처음 마셨던 날, 그 맛이 좋아 병에 적힌 전화번호를 휴대전화에 기록한 뒤 집으로 향했었다. 집에 돌아와 직접 전화하기 이전에 인터넷을 이용하여 지곡 막걸리에 대하여 검색하였다. 지곡 막걸리 맛을 본 많은 사람들이 글을 올렸다. 그 가운데 어떤 사람은 "이 맛을 잊을 수 없어, 귀가 길에 서산의 한 농협 매장에 들려 지곡 막걸리를 찾았는데 없더라. 지역 농협은 무엇을 하느냐? 왜 지역의 명주는 팔지 않고 타 지역의 술들만 파느냐?"는 등의 볼멘소리들도 올라와 있었다. 무엇보다 나도 지곡 막걸리 맛은 공감할 수 있는 내용이다. 그 이후 나는 지곡 막걸리 양조장에 직접 전화하여 소재를 알아냈었다.

우리는 몇 병의 막걸리를 사서 다시 차를 타고 팔봉산 아래 양길리에 있는 사촌 여동생의 집으로 갔다. 여동생은 아이들 교육 때문에 대전에서 살고 있고, 매제는 사업상 밤 늦게 귀가하기 때문에 3층짜리 번듯한 집은 거의 통째로 비어있었다. 이전에도 몇 번은 이곳에서 밤을 보낸 적이 있었기에, 숙박을 할 경우에는 매제에게 미리 전화해 두고 이용하곤 했었다. 우리는 숭어회에 지곡 막걸리로 밤이 깊어 가는지 몰랐다. 평상시 술을 잘 못하는 선배와 나였지만 감미로운 막걸리에 우리가 살아온 삶의 이야기를 띄워가며 어느덧 5병을 모두 비웠다. 음식물을 대충 치우고 몸도 씻고 좋은 기분으로 잠자리에 들고 나서 아침을 맞이했다. 비교적 많은 술을 마셨다고 했는데도 머리가 아프지 않고 뱃속도 깨끗했다. 거의 동시에 눈을 뜬 우리는 팔봉산에 오른다는 것이 당연하다는 듯 자연스럽게 밖으로 나섰다.

조금은 싸늘한 듯 했지만 오히려 차가운 공기가 좋았다. 산을 향해 올라가면서 선배는 전국 몇 곳에 부동산을 가지고 있다고 말했다. 그러면서 선배는 팔봉산 주변의 땅값 시세를 물어보았다. 이런 것을 잘 모르기에, 나중에 매제에게 물어봐 알려주겠다고 했다. 매제의 집에서부터 걸어서 팔봉산 입구에 도착하자 선배는 힘들다고 오늘은 일봉까지만 가자고 했다. 선배는 정말로 힘들어하는 것 같았다. 선배가 안쓰러웠지만 선배가 오히려 나에게 미안해할까 봐, 더구나 일봉까지는 별 어려움이나 위험한 것이 없었기에 나는 선배와 보조를 맞추지 않고 먼저 올라갔다.

일봉 앞에서 기다리고 있던 나는 뒤따라온 선배와 다시 만나 함께 일봉 정상에 올랐다. 선배가 올라오면서 팔봉산 주변의 땅에 대해 물어서 그랬는지, 우리가 일봉 정상에서 손가락으로 가리키며 나누었던 대부분의 얘기들은 팔봉산 아래 주변의 땅에 대한 것들이었다.

잠시 서로가 시선을 달리했을 때, 내려가야겠다는 생각으로 선배에게 이를 권하려 뒤돌아보니 선배는 머리 숙여 기도하고 있었다. 나도 얼떨결에 머리 숙여 팔봉산을 다 오르지 못한 것에 대한 미안함의 기도를 했다. 우리는 이렇게 팔봉산과의 첫 만남 뒤, 무사히 내려와 귀가 길에 어느 식당에서 아침식사를 하기로 하고 바로 집으로 향했다.

차 안에서 선배에게 묻고 싶었다.

"무엇에 대하여 기도했느냐?"고. 그 내용이 무엇이든 간에 그의 바

람이 꼭 이루어지기를 다시 한 번 팔봉산에 빌었다. 그리고 그 간절
한 마음은 꼭 이루어질 것이라고 확신했다. 팔봉산이 나에게 그랬던
것처럼 선배 역시 팔봉산을 통해 더 밝은 미래를 맞게 될 것이다.

팔봉산을 소개하다 2

   팔봉산을 두 번째로 소개한 사람은 동국대학교 동창 안희석이다. 그는 대학을 졸업할 무렵부터 한 무역업체에서 일해 왔었다. 그랬던 그가 어느덧 정년을 맞아 퇴직하게 되었다. 위로도 할 겸 처음으로 그와 팔봉산 산행에 나섰다.

   팔봉산 초입에 들어서기 전부터 벌건 얼굴로 헉헉대던 친구는 돌탑이 나타나자 그 앞에 멈춰 섰다. 그러더니 "나도 돌 하나를 쌓아야지."라며 근처에서 돌 하나를 주웠다. 어찌 보면 잠시 쉬어가고 싶어서 그런 건가 싶었지만, 금세 진지한 표정이 돌탑을 에워쌌다. 친구는 돌탑에 돌을 놓으며 무엇인가를 빌었다.

   나도 팔봉산에 처음 왔을 때, 이 돌탑에 돌을 놓으며 소원을 말했었다. 확실하게 기억은 못해도, 아마 '나의 영어 교습소가 잘되게 해 달라.'고 빌었음이 틀림없다. 덕분일까. 나의 영어 교습소는 잘되고 있다. 그로 인해 먹는 것과 입는 것 그리고 사는 곳마저 달라졌고 부모님을 모시고 제주도와 울릉도, 독도뿐만 아니라 일본과 중국 상해도 다녀왔다.

처와 일찍 사별하고 아들과 둘이 살고 있는 그는, 군 복무를 마치고 대학 3학년인 아들이 얼른 졸업하여 취업하기만을 바라고 있다. "아들이 졸업할 때까지는 수입이 있어야 하는데!" 팔봉산에 오르며 그가 되뇌던 말이다. 이는 우리 주변에서 쉽게 접할 수 있는 현실적 모습이었다.

친구는 익숙하지 않아서인지 산을 오르며 몹시 힘들어했다. 일봉에서 쉬고 이봉에서 쉬고 그리고 삼봉 아래 정자에서 쉬고, "그만 하산하자."는 것을 "기왕 왔으니 정상까지 가보자."며 겨우 달래 삼봉까지 올라갈 수 있었다. 정상에 오니 친구의 표정이 밝아졌다. 나는 친구에게 일자리가 생기고 서로 당당하게 만나 행복한 이야기를 나누게 되기를 기도했다. 등산을 마칠 무렵, 친구가 팔봉산에 오른 것에 만족하고 기뻐하는 것을 보며 뿌듯함을 느꼈다.

산행 이후 우리는 팔봉산 입구의 식당에 들어갔다. 내가 처음 지곡막걸리를 접했었던 당시에는 식당이 이곳 한 군데뿐이 없었다. 두부전골은 이 식당의 대표적인 음식으로, 우리는 두부전골과 도토리묵 그리고 막걸리를 시켰다. 하지만 내가 팔봉산에 올 때마다 먹고 싶은 것은 사실 돼지 뼈를 넣은 감자탕이었다. 감자탕을 좋아하기 때문이기도 했지만, 감자는 팔봉의 특산물로서 매년 6월이면 양길리에서 감자 축제도 열리는 곳이기에, 당연히 이곳에 감자탕 정도는 있을 것이라고 생각했었다. 그런데 감자탕은 없었다. 지금은 몇 개의 식당이 더 생겼지만 아직도 감자탕 집은 없다.

팔봉산에 오면 올수록, 이 지역에 대한 관심과 애정도 깊어지는 만큼, 기회가 된다면 나라도 이곳에 감자탕 집을 개설하고 싶다. 그래서 돈을 많이 벌 수 있으면 좋겠지만 그렇지 않더라도, 감자 축제가 열리는 팔봉산 아래에도 감자탕 집이 있다고 명분과 체면을 세워주고 싶다. 아무리 붕어빵에 붕어가 없어도 된다지만 감자 축제가 열릴 만큼 감자 주 생산지인 팔봉에 감자탕 파는 곳이 하나 없어서야 말이 되겠는가?

집으로 올라오면서 친구 집이 있는 목동까지 갔다. 내 승용차로 팔봉산에 왔기 때문이기도 했지만, 그의 집 주변에 몇몇 유명한 감자탕 집이 있다고 하여 그곳에서 감자탕 맛을 볼 겸 늦은 저녁을 먹기 위해서였다. 마치 팔봉산에서 감자탕을 먹는 기분이었다. 팔봉산에 대한 이야기를 감자탕에 섞어 맛있게 먹은 뒤 우리는 헤어졌다.

며칠 후 그 친구는 전화로 일자리가 생겼다는 소식을 알려왔다. 예전 회사에서 아래 직원이었던 대학교 후배가 몇 년 전 그 회사를 그만두면서 새로운 회사를 차렸는데, "회사도 잘 되고 손이 필요하니 도와 달라."고 요청을 한 것이었다. 비록 급여가 이전 직장만큼은 아니었지만, 앞으로 10년 정도 다닐 생각으로 흔쾌히 수락했다고 했다.

팔봉산에 오르고 돌탑에 돌을 쌓고 소원을 빌었던 것이 효험이 있었나 보다.

팔봉산을 소개하다 3

"으아, 이거 큰일 났네!"

"어쩌면 좋지요?"

"책에 넣을 사진인데, 어떻게 하나?"

"우선, 제가 전문가에게 CD를 복원할 수 있는지 알아볼게요. 오늘
은 쉬는 날이라고 하니 내일 알아보고 전화 드리겠습니다."

"꼭 복원되어야 합니다. 꼭이요!"

　　오히려 내가 애원하듯이 부탁하며 사진관을 나와 코엑스로 향했
다. 그날 코엑스에서는 '조경박람회'가 있었기에 사진관에 들러,
그동안 '팔봉산'에서 찍었던 CD의 사진을 인화하고 그 CD를 다시
포맷하여 코엑스의 '조경박람회'에서 조경을 촬영할 계획이었다.
그런데 사진관에서 CD를 망가트렸기 때문에 우선 새로운 CD를 사
야 했다.

나의 카메라는 10여 년 전 구입한 일제 '소니 마비카'로서, 촬영된 내용물이 CD에 저장되는 방식이다. 그래서 코엑스 1층에 있는 '소니 스타일'에 갔으나, 직원이 말하기를 '이 카메라는 단종 되었으며 CD도 없다.'고 했다. 결국 사용하지도 못할 카메라만 들고 코엑스를 헤매다 돌아왔다. '몰라도 그렇게 모를 수가 있나? 화가 나고 짜증이 났지만 기다릴 수밖에 없었다.

다음날 수업 중에 그로부터 전화가 왔다. "전문가들을 만났는데 이 CD를 도저히 복원할 수 없다고 합니다." 나는 멍한 상태에서 아무 말도 못하고 더구나 수업 중에 통화할 수 없었기에 "내일 들를게요." 하면서 전화를 끊었다. 다음날 오전에 다시 사진관을 찾았다. 처음 이 일이 발생했을 때는 어찌해야 할 바를 몰라, 화도 내고 진정하기를 반복했지만 이제는 그런 문제가 아니었다.

수년 동안 '팔봉산'에 다니면서 느꼈었던 일들을 책으로 펴내기로 하여 글쓰기를 마쳤다. 그리고 그동안 팔봉산과 관련하여 촬영했던 약 100장 정도의 사진이 담긴 CD, 그 사진들을 인화하여 책에 삽입할 만한 사진을 선별하려고 우선 동네 사진관에 CD를 맡겼던 것이었다.

"아! 이제 어찌해야 하나? 사진도 없이 책을 출판할 수도 없고, 다시 팔봉산에 다녀와야 하나? 하지만 이 문제는 어떻게 처리하지? 여행경비와 CD값을 달라고 할까?"

문 밖을 바라보며 생각에 빠져 있을 때 그는 말했다.

　"제가 팔봉산에 다녀오겠습니다."

　자신도 어찌해야 할지 모르는 가운데, '책에 수록할 팔봉산을 찍은 사진'이라고 들었기에 하는 말이었다. 말이야 좋지만 어떻게 무엇을 대신 찍어오겠다는 것인가? 태어나서 처음 겪는, 도대체 어떻게 판단해야 할지 모를 일이었다. 사실 그 CD 안에는 팔봉산에서 찍은 사진 말고도 어머니와 처 그리고 사촌 여동생 내외 등과 함께 찍은 팔봉산 감자축제, 호리 바다에서 바지락을 캐기 위해 태워주었던 배의 주인과도 함께 찍은 사진 등이 있었다. 그렇다고 이것을 다 보상받을 수 있겠는가?

　'그래, 그렇게 하자! 그가 팔봉산에 직접 가서 찍어 온다고 하니.'

　마음 한구석에서 그렇게 해주기를 바라는 기대가 일기 시작했다. 그것은 오직 그가 전문가로서 사진관을 운영하니, 좋은 기술과 카메라로 사진을 찍게 되면 더 좋은 사진이 나올 것이고, 그렇게 되면 책도 더 가치가 있을 것이라고 생각했기 때문이었다. 그래서 '사진 속 인물들에게는 미안했지만 더 좋은 사진을 갖게 되었으니 됐다.'고 위안을 삼았다.

　사진관 부부가 메모지를 건네주었다. 팔봉산을 손바닥 보듯이 알고 있는 나는 팔봉산에서 촬영해야 할 대상들을 상세하게 적으면서 설명해주었다. 설명을 듣고 난 그는 엄살을 부리듯, 허리디스크와 관절이 좋지 않아 한 번도 등산을 가본 적이 없고 더구나 고소공포증도 있어서 못할 것 같지만 어쨌든 큰 실수를 했으니 부부가 함께 다녀오겠다고 하였다.

"기왕에 이렇게 된 것, 팔봉산을 잘 느끼고 오세요. 제게는 팔봉산이 참 좋습니다. 팔봉산에만 가면 가슴이 후련해지고 심신이 평안해진답니다."

이렇게 팔봉산을 접하게 된 이야기와 내가 팔봉산 덕분에 행복하게 살고 있는 이야기 등을 함께 해주었다. 끝으로 "잘 다녀오십시오."라는 말을 전하며, 그들이 다녀온 뒤 다시 연락받을 것을 약속하고 사진관을 나왔다.

며칠을 계속해서 비가 내렸다가 주말이 되자 비교적 날씨가 괜찮아졌다. 혹시 그들이 팔봉산에 다녀오지 않았을까 궁금하여 연락하고 싶었지만, 못 갔을 경우엔 부담을 줄 것 같아 그만 두었다. 월요일 오전에 사진관에 전화했으나 받지를 않았다.

'팔봉산에 다녀왔으면 연락 주겠지, 뭐.'

화요일 아침에는 도저히 기다릴 수 없어서 사진관에 가보았다.

문 안쪽 유리에 메모가 붙어 있었다.

'지방 출사관계로 오후 4시30분 이후에 문을 엽니다.'

'아마 오늘 찍으러 간 모양이구나!'

나는 미소를 지으며 나의 교습소로 떠났다. 오후 6시쯤 휴식시간이 되자 갑자기 사진관이 생각났다. 바로 사진관에 전화했다.

이전에 전화했을 때는 신호만 가고 받지 않더니 금방 "여보세요."

소리가 들렸다.

너무 반가운 그의 목소리였다.

"잘 다녀오셨나요?"

"네, 가르쳐 준대로 찍어왔습니다."

"내일 오전 11시까지 가겠습니다."

기대에 부푼 가슴을 안고 다음날 사진관으로 향했다.

"고생하셨습니다."

"네, 고생은 했습니다만 팔봉산이 너무 좋더군요."

그는 찍어온 사진들을 컴퓨터의 모니터로 보여주며 팔봉산 얘기로 혼을 빼다시피 하였다. 그의 열강에 내 입은 열릴 틈이 없었다. 하지만 기분이 좋았다. 그는 팔봉산에 매료되었던 것이었다.

'참 묘한 일로 팔봉산에 보낸 꼴이 되었는데 이렇게 좋아하다니!' 나는 팔봉산이 자랑스러웠다. 그리고 팔봉산을 좋게 말하는 그에게도 고마웠다.

"산이 그리 높지도 않고 정상에서 보이는 마을이 평화롭게 보이고 팔봉산에 오르기 위해 자동차로 마을에 진입할 때부터 포근함과 안정감이 있어서 그곳에서 살고 싶다."고 그의 아내가 거들었다.

별 희한한 일로 소개하게 된 팔봉산! 그들은 다음에 기회를 만들어 함께 가자고 하였다.

"출판 기념회 언제 하나요? 그때 우리도 함께 팔봉산에 갈게요."

나는 이 책이 나오면 팔봉산에서 출판기념회를 가질 계획이다.

내 인생의 전환점이 되어준 팔봉산. 팔봉산은 이런 식으로도 나를 이끌어준다. 너무 고마운 팔봉산! 팔봉산에 대한 얘기는 내가 교습소로 가야할 시간이 다 될 때까지 계속되었다. 부부에게 다시 한 번 고마움을 표하고 사진이 담긴 CD를 받아 서둘러 교습소로 향했다. 수업을 마친 뒤 집으로 돌아와 CD속에 담긴 사진을 자세히 보았다. 사진 속에는 그들이 애쓴 흔적들이 담겨 있었다. 내가 가르쳐 준대로 대상물들이 모두 촬영되어 있었고 날씨도 좋고 카메라도 좋아 사진이 무척 잘 나왔다. 특히 물을 뿜는 돌 거북은 큰 수확이었다. 많은 비가 온 뒤였기 때문인지, 입이 터질 것처럼 물을 뿜어대는 돌 거북의 사진은 보는 이에게 복을 뿜어대는 것 같았다. 팔봉산에 그렇게 많이 갔어도 이런 모습은 보지 못했었다.

그분들께 감사드린다. 하지만 다른 사진들은 선택될 수 없을 것 같다. 비록 그들이 좋은 실력과 카메라로 찍었다 해도 사진의 모습이 내가 쓴 글의 혼이 담긴 것 같지 않았다. 모든 것은 마음에서 온다 하지 않았는가. 비록 나의 좋지 않은 카메라와 그저 그런 실력으로 사진을 찍었어도 그 사진 속에는 당시 나의 마음이 피사체와 함께 담겨져 있었다. 나는 마음으로 사진을 찍었었고 그 마음이 사진에 담겼던 것이었다.

팔봉산은 나에게 또 하나의 지혜를 깨달을 수 있도록 하였다. '다시 시작하자. 무엇인가 문제가 있었으니까, 그럴 필요가 있었으니까,

새로운 인연이 생겨야 했었기에 이렇게 어긋나게 되었겠지.'

진정성이 없으면 어떤 것도 제대로 될 수는 없는 것이다. 날씨가 좋은 어느 주말에 다시 팔봉산을 찾아, 팔봉산에게 사진 찍을 수 있도록 허락을 받아야겠다.

팔봉산을 소개하다 4

　팔봉산과의 네 번째 인연은 내가 처음 팔봉산에 찾아간 행로를 따라 이루어졌다.

　2011년 10월 22일 토요일 아침 8시에 9명의 학생들이 교습소로 모였다. 인천버스터미널에서 서산버스터미널로 가는 고속버스는 09시 15분 출발. 세 번의 전화로 초등학교 4학년인 성빈에게 빨리 올 것을 재촉하며 나머지 모두 신포시장 버스정류장으로 향했다.

　성빈이 도착하자마자 서둘러 탄 6번 시내버스가 그만 인천을 뱅뱅 돌아 1시간 만에 인천버스터미널 건너편에 도착했다. 시내버스에서 내린 우리는 서산행 고속버스가 있는 곳까지 내달렸다. 출발시간 2분 전인 09시 13분이었다. 버스표를 살 시간도 없었기에 직접 버스에서 현금을 주고 승차했으나 모두 좌석이 없어 복도에 앉아 그렇게 서산으로 향했다.

버스가 소래 옆을 지날 즈음, 중학교 1학년인 현주가 자신의 휴대전화를 나에게 건네주었다. 아이 어머니가 나와 통화하기를 원한다고 했다. 어머니는 현주 친할아버지가 돌아가셨다는 연락을 받아 대전에 가야하기 때문에 자신들이 화성휴게소로 따라갈 것이니, 현주와 동생인 승우를 화성휴게소에서 내려달라고 부탁하였다. 하지만 버스기사는 교통법규 상 휴게소에 들릴 수 없다며 이를 일언지하에 거절하였다. 결국 현주와 승우는 서산 버스터미널까지 간 다음에 그곳에서 다시 유성으로 향하는 고속버스를 타기로 했다. 30분 정도 늦게 서산버스터미널에 도착한 우리는 그곳에서 현주와 승우를 위한 기념촬영을 하였다. 그리고 현주와 승우에게 유성 행 버스표를 사주어 시간에 맞추어 태워 보낸 뒤, 우리는 12시에 출발하는 양길리 행 서산 시내버스에 몸을 실었다.

버스가 서산 시내를 벗어나 대문다리검문소를 지날 때쯤, 창밖에 펼쳐지는 시골길과 마을 그리고 산의 전경을 보고 아이들의 목소리가 높아졌다. 그러자 나와 비슷한 나이의 한 남자 승객이 시끄러워서인지 이를 통제하려는 듯 아이들에게 학교 이름을 물었다. 이로 인해 나는 56세의 임세빈이라는 사람과 인사를 나누었고 그에게서 팔봉산엔 영지버섯이 많다는 등 팔봉산에 대해 알지 못했던 얘기들도 들을 수 있었다.

버스는 팔봉면사무소와 구도 항을 지나 팔봉초등학교에 도착했고 바다와 인접한 언덕을 돌아 내려오니 어느덧 팔봉산 입구였다. 버스에서 내린 시각이 12시 40분. 멀리 보이는 팔봉산 3봉 정상의 모습에 아이들이 난색을 표한다. 버스에 지쳤기 때문이기도 했지만 근본적 이유는 대부분 제대로 아침식사도 하지 않았기 때문이었다. 그래서 먼저 식사를 하기로 했지만 버스 정류소 부근엔 식당이 없기에, 멀리 보이는 주차장 부근 식당까지 걸어야만 했다. 힘들어 죽겠다던 아이들이었지만 식당까지 걷는 동안 내내 장난치느라 쫓고 쫓기고 팔봉산으로 향하는 고을이 시끌벅적하게 만들었다.

2봉 위에 선 교습소 학생 ◀

마침내 팔봉산 가든 식당에 이르렀다. 이곳 사장님은 항상 식당 건물 맞은편 비닐하우스 입구에서 어묵 등을 준비하고 있기 때문에 여기서 인사를 나누었다. 고향인 전라도를 떠나 우연히 이곳에 정착하게 되었다는 사장님의 음식 솜씨는 팔봉산의 가치를 높이는 데 한 역할을 하고 있다.

'손 두부전골.' 가히 팔봉산에서만 맛볼 수 있는 풍미다. 나는 우선 아이들의 허기를 달래주고 싶어 손 두부전골 두 개를 시켰다. 전골이 끓기 전부터 아이들은 숟가락을 손에 쥐고 안달을 냈다.

드디어 식사가 시작되었다. 그런데 눈앞에서 놀라운 일이 벌어졌다. 식사 도중 엄마에게 전화해서 '손 두부전골'이 너무 맛있다며 집에서도 해달라는 아이도 있었고 음식을 휴대폰 카메라로 찍는 아이도 있었다. 나는 뿌듯했다. 마치 자식들에게 맛있는 음식을 마련해주었다는 자부심이 이는 것 같았다. 나는 아이들이 먹는 것을 쳐다보기만 해도 배가 부른 것 같았다. 우리는 '손 두부전골'과 함께 20여 그릇의 공깃밥을 해치웠고 사장님은 고맙게도 8그릇 이외의 값은 받지 않았다.

식당을 나서면서 바로 산행에 들어갔다. 초소를 지나 돌탑에 다다랐을 때 아이들에게 돌을 하나씩 주워 돌탑에 돌을 쌓으며 소원을 빌자고 했다. 우리의 숫자만큼 돌탑에는 돌이 또 쌓였다. 잠시 후 돌 거북을 지나 소나무 숲 골짜기인 공터에 도달했다. 이제부터는 가파른 길이니 공기 중의 피톤치드를 잔뜩 들이키며 서두르지 말고 서서히 함께 올라가자고 하였다. 돌계단 길을 지나 금세 1봉과 2봉이 갈라지는 곳에 도달했다. 과체중인 중학교 1학년 원종이와 초등학교 5학년인 동현이가 벌써부터 힘들어하며 처지기 시작했다. 하지만 이들을 제외한 중학교 1학년인 홍일과 초등학교 6학년인 인성, 창순 5학년인 원빈, 4학년인 성빈은 어느새 잘 따라와 이미 많은 사람들이 차지하고 있는 평상과 벤치의 한 부분에 앉아있었다.

1봉을 뒤로 놓고 전체 기념촬영을 한 뒤, 체력이 각각인 아이들이 각자 행동을 하지 못하도록 통제하기 위하여 올라가는 곳곳에서 전체 기념촬영을 할 것이니 떨어지지 말라고 하였다. 2봉으로 향하는 길에 우럭바위에서 기념촬영을 하고 그 옆의 철 계단을 벗어난 곳에서 일봉을 배경으로 독사진을 찍으며 2봉에 도착했다. 그러자 원종은 2봉까지만 가겠다며 우리가 정상에서 돌아올 때까지 그곳에서 기다리겠다며 주저앉았다. 이를 간신히 말리고 비 맞은 듯 땀을 흘리며 처지는 동현을 뒤에서 밀면서, 이렇게 모두 3봉 정상까지 올랐다. 아이들은 정상을 정복했다는 기쁨에 탄성을 질렀다. 모두 산 아래 경치를 감상하며 독사진도 찍고 얘기들을 나누었다. 그리고 각자 가지고 온 과일들을 꺼내어 나눠 먹었다.

이제 하산길이다. 하산은 비교적 안전한 곳인 운암사 절터 쪽을 이용했다. 우리는 소나무 숲의 빈터에서부터 산 입구 초소까지 내려가며 내내 깊은 심호흡을 했고, 모두들 피톤치드를 몸속에 꾹꾹 눌러 담았다. 하산을 마친 우리는 터미널 행 시내버스를 타기 위해 정류장까지 걸었다.

뒤돌아보며 우리는 다시 한 번 팔봉산을 감상했다. 대부분 등산경험이 없다는 아이들은 팔봉산을 바라보며 자기 자신을 대견스러워했다. 다음에는 부모님과 함께 와서 두부전골을 먹고 천천히 등산할 거라는 아이도 있었다. 무사히 등반을 마친 것에 대해 팔봉산에 감사의 마음을 보냈다. 등산 경험이 없는, 그것도 이렇게 많은 아이들을 이끌고 무사히 등반을 마쳤다는 사실에 나 역시 내 자신이 대견스러웠다.

서산 버스터미널에서 5시 35분에 출발하는 인천행 고속버스를 탔지만 고속도로는 또 정체였다. 하지만 무척 피곤했던 아이들에게는 더 할 나위 없이 좋았다. 모두가 코를 골 정도로 깊은 잠에 빠졌다. 그렇게 잠들어 있는데 아이들 부모님들이 계속 전화를 했다. 아이들 중 누군가가 전화에 대고 짜증나는 목소리로 "잠 좀 자자."라고 외치는 소리가 들렸다. 얼마나 피곤했을까.

버스는 8시가 넘어서 인천버스터미널에 도착했다. 다시 시내버스로 갈아타고 배다리 청과물시장에서 내리니 밤 9시가 넘었다. 평상시 집을 나와 12시간을 넘겨 귀가한 적이 없었다고 했던 아이들이 드디어 그 기록을 깼다. 세상에 태어나 처음으로 등산을 했고, 평상시에 집을 나와 12시간을 넘겨 귀가한 적이 없었다는 아이들. 생의 두

가지 기록을 동시에 달성한 오늘이 지나갔다.

　나 역시 오늘 한 가지 기록을 세웠다. 등산 경험이 없는, 이렇게 많은 사람을 이끌고 팔봉산에 오른 것. 이 뜻깊은 날을 아이들이 오래오래 간직했으면 좋겠다. 그래서 아이들이 어른이 된 후에도 자주 팔봉산을 찾길 바란다. 내가 팔봉산에 의지해 새 삶을 찾은 것처럼, 아이들이 인생에서 어려움을 겪어도 팔봉산을 통해 꼭 이겨내게 될 것이다.

3봉 정상에 오른 학생들과 나 ◀

팔봉산은 비교적 낮은 산이지만 정상에 오르면,

산 아래에 시골 마을과 바다가 정겹게 어우러져 장관을 이루고

주변을 꽉 메운 녹음이 사방 어디에서나 눈 아래 놓여 있으니

마음이 시원하고 편해진다.

서산 마라톤대회

　승용차로 팔봉산에 가기 위해 서해안 고속도로를 이용하여 서산에 진입한 뒤 태안과 대산으로 가는 사거리에 이르렀다. 여기서부터 좌회전하여 태안으로 가는 길로 접어들어 달리다 보면 오른쪽에 팔봉이라는 표지판이 나오는데, 이곳이 팔봉산의 여덟 번째 봉우리 팔봉으로 오르는 어송리이다.

　초창기에 버스를 타고 다녔을 때는 어송리의 팔봉에서부터 등정을 시작하거나 버스를 더 타고 팔봉산의 삼봉이 보이는 곳에서 내린 뒤 양길리 쪽의 일봉 입구 쪽으로 걸어와 일봉부터 등정을 하곤 했었다. 하지만 승용차를 이용한 다음부터는 거의 대산 쪽으로 가는 대로를 타고가다 좌측 팔봉산으로 빠지는 도로를 이용하여 양길리 쪽 일봉 입구 주차장까지 와서 차를 주차하고 이곳에서 시작하여 삼봉을 등정한 뒤 다시 일봉 입구로 내려오는 방법을 이용했다.

어느 봄날이었다. 역시 팔봉산 등반을 왔는데, 대산 쪽으로 가는 대로에서 좌측의 팔봉산으로 가는 도로에 접어들자, 길가의 나무와 나무 사이에 마라톤대회 개최에 따른 교통 통제를 알리기 위해 걸린 플래카드가 보였다. '이곳이 서산 마라톤 코스라니.' 가슴이 설레었다.

'만일 내가 이곳에서 다시 마라톤을 시작한다면?'

팔봉산을 향해 이 길 위를 달리고 있는 나의 모습이 그려졌다. 인터넷을 통해 서산 마라톤 사이트에 들어가 보았다. 순전히 팔봉산과의 더 깊은 추억을 만들기 위한 것으로서 이 대회가 존재하는 한, 오직 이 대회만을 위하여 마라톤을 다시 할 각오를 가졌다. 가장 긴 거리가 하프코스인데 서산종합운동장을 출발하여 팔봉산이 보이는 양길리 2, 3구 입구가 반환점이었다. 이를 기억해 둔 것이 2년 전이었다. 그리고 마침내 2012년 4월 8일 일요일 10시에 개최되는 제 11회 서산 마라톤대회에 출전하기로 하였다.

마라톤은 나의 정신력 증강에 커다란 도움이 되었던 운동으로서 이미 다른 도시들에서 열렸던 여러 대회에 출전하기도 했었다. 오래달리기를 운동수단으로 정한 것은 39세부터였다. 과거 방송사에서 라디오프로듀서로 일하는 가운데, 우리나라와 중국과의 수교를 예측, 향후 중국 전문 언론인이 되겠다는 각오로 2년 동안 싱가폴 국립대에서 중국어를 공부하고 돌아왔다. 그 후, 중국과 수교가 되어 국내 방송사를 떠나면서부터 오래달리기를 시작했다.

어려서부터 운동을 좋아해, 초등학교 때 달리기 선수를 했었고 중학교 때부터 공군복무를 마치고 대학에 복학하여 졸업할 때까지 태권도 선수를 했었으며 방송인이 되어 야구와 수영, 헬스, 그리고 골프도 했었지만 중국으로의 선택이 잘못되어 한창 나이에 인생의 쓴맛을 겪다 보니 몸보다는 마음을 다스릴 수 있는 것이 필요했었기에 오래달리기를 선택했었다. 그리고 그 이후 약 10년 동안 각 언론사마다 서울을 비롯하여 인천, 춘천, 대전 등지에 마련했었던 여러 마라톤에 참석했었다. 하지만 대부분의 대회가 대회유치를 위한 사람 모으기에만 요란했지 정작 대회 진행은 무성의했었고 마무리는 허접하기만 하여 마라톤 대회 출전을 중지했었다. 그런데 다시 마라톤을 시작하는 것은 순전히 팔봉산 때문이었다. 팔봉산을 바라보며 달릴 수 있다는 것이 좋았었다. 인터넷을 통해 접수하고 은행에서 신청금도 송금했다.

그동안 매일 30분씩 학교 운동장에서 달리기를 했었는데 시간을 늘렸다. 하프를 신청했으니 두 시간 정도 달릴 것을 예상하고 하루에 두 시간씩 달렸다. 3월말이 되자 서산시생활체육회에서 보내온 소포가 왔다. 대회안내책자와 배번, 기록을 위한 칩 그리고 한과가 들어있었다.

'한과가 너무 맛있다.'

대회일자보다 하루 일찍 서산에 도착하여 대회장소인 서산종합운동장과 코스를 확인하였다. 대회당일 9시에 운동장에 오니 벌써 많은 사람들이 스트레칭 등으로 몸을 풀고 있었다. 식순에 따라 국민의례와 서산시생활체육회장과 대전일보 사장의 대회사 서산시장의 환영사 등에 이어 스트레칭과 경품 추첨을 마친 뒤 10시가 가까워지자 '열'부터 '하나'까지 함께 카운트다운을 하고, 총소리가 나자 모두 대기하고 있던 스타트라인을 벗어나 달려 나갔다. 목표는 1시간 40분에서 50분정도로 무리한 추월은 하지 말고 그것에 맞추어 페이스를 조절하며 달리다가 반환점을 돌고부터는 앞의 주자를 하나씩 추월하며 완주하는 것이 계획이었다.

우르르 남문을 통해 운동장을 벗어나며 줄이 형성되더니 금방 운동장과 인접한 대산 방향의 대로 위에 올라섰다. 내려가는 언덕길이다. 주자들이 모두 속도를 내기에 하마터면 나도 과속 할 뻔했다. 하지만 무릎만 조금 더 들고 보폭만 넓히며 페이스를 유지했다. 이렇게 달려 내려가며 금방 팔봉산으로 향하는 왼쪽 도로에 올라서려는데 한 무리의 주자들이 뒤에서 나타났다. 커다란 풍선을 매달고 달리는 페이스메이커와 그를 따라 달리는 서너 명의 주자들이었다. 그 풍선에는 1시간 45분이라고 적혀있었다. 내가 예상한 시간이었다. 그래서 그 대열에 합류했다. 팔봉산으로의 방향은 표지판이 서있는 주변만 평지이지 시야의 좌측에서부터 우측까지는 산으로 막혀있었다.

페이스메이커와 그의 커다란 풍선 그리고 함께 달리는 무리들이 내딛는 이 길을 멀리 뒤편의 하늘에서 본다면 마치 이 무리들이 풍선을 타고 산속으로 스며드는 것처럼 보여질 것이었다. 페이스메이커와 함께 달리는 대여섯 명의 우리는 오르막길을 오르며 앞서가던 많은 주자들을 따라잡았다. 앞서 달리다 따라잡힌 주자들이 우리들 무리와 같이 뛰려고 따라오면서 위치가 바뀌는 등 함께 달리기가 부담스러워졌다. 그러다 보니 조금 오버 페이스 하는 것 같아, 그들을 먼저 보내고 대열에서 이탈하였다.

이제 일정한 호흡과 속도로 앞의 주자만을 따라 달리다 보니 저만치 왼쪽 길가에 검은색 체육복을 입은 서산여자고등학교 학생들의 모습이 또 보였다. 그들은 음료를 건네주며 진심 어린 눈빛과 표정으로 환호해주었다. 마치 나만을 위해 응원해주는 것 같아 가슴이 싸하고 눈물이 핑 돌며 코끝이 찡해졌다. 그들을 위해 당장 무언가 보답하고 싶을 정도로 고마웠기에 그들을 향해 외쳤다.

"Cheer up! Cheer up!"

오른쪽의 고남 저수지와 5킬로미터를 나타내는 표지판을 지났다. 마을로 들어가는 가지길마다 경찰관이 서 있다. 아마 마을에서 혹시 나올지도 모르는 자동차들을 통제하기 위해서인 것으로 보였다. 이번 대회를 위해 하나하나 세심히 준비한 것 같았다.

이제 왼쪽의 산만 지나면 팔봉산의 삼봉이 보일 것이었다. 약간 오르막길이지만 팔봉산을 볼 수 있다는 기대로 그리 힘든지 몰랐다. 잠시 후, 앞의 산 너머로 팔봉산의 삼봉이 보였다.

'한없이 좋은 팔봉산이여! 당신이 내려다보는 가운데 달릴 수 있어서 너무 너무 행복합니다. 제 꿈을 안고 달리니 잘 완주한다면 그 꿈이 이루어질 수 있도록 도와주세요!'

다시 내리막길인지 별로 힘들지가 않자, 이런 길이 계속되길 바라며 과속하고 싶은 생각도 들었었다. 하지만 될 수 있는 한 무릎만을 높이 들고 보폭을 넓히며 그냥 굴러 내려가듯이 하면서 체력을 아꼈다. 돌아올 때 이 길은 지금 쉬웠던 만큼 반대로 힘들 것이니까!

9킬로미터를 넘어서자 맞은편에서 경찰 패트롤카가 보였다. 첫 번째 주자가 벌써 반환점을 돌아 달려오고 있다. '대단하다!'

자그마한 키에 탱글탱글, 불도저가 달려오는 것 같다. 좀 떨어져 두 번째 주자도 역시 거침없이 달려왔다. 세 번째와 네 번째가 줄줄이 이어지더니 여자 마라토너도 나타났다.

'어찌 저렇게 잘 뛸 수가 있을까? 에이, 얼른 반환점에 도착해서 그때부터 나도 속도를 내야지.'라고 혼잣말만 했다.

드디어 반환점을 돌았다. 내가 지나가자 기록을 위해 발판에 설치된 기계에서 울리는 '삐' 소리가 희열을 느끼게 했다. 그 소리가 절반의 성공을 청각으로 확인시켜주니 컨디션도 좋아지는 것 같고 그래서인지 저절로 속도도 나는 것 같았다. 내가 달려왔던 맞은편 길에는 여전히 적지 않은 주자들이 열심히 달려오고 있었다.

'이젠 앞 주자들을 따라잡아야지. 한 명, 두 명, 세 명.'

사람 수를 헤아리며 따라잡으려니 좀 힘든 것 같다.

'내가 키가 커 보폭이 넓으니, 앞 주자의 발걸음에 맞추어 뛰어야
겠다.'

이렇게 해서 몇 명을 더 추월하며 13킬로미터를 지났다. 오른쪽에
다시 팔봉산 삼봉이 보였다.

'팔봉산이시여! 당신 덕분에 이만큼까지 왔으니 나머지도 잘 되게
하여주시옵소서! 이제, 오름길이니 힘을 주세요!'

아까 가벼이 내려왔던 길이 이제는 거친 언덕이 되었다. 저만치 앞
에 두 명의 주자가 힘들게 오르막길을 달리고 있었다. '잡아보자!'
하지만 힘들었다. '이 페이스를 유지했다가 내리막길에서 잡자.'

갑자기 뒤에서 가쁜 호흡소리가 들린다.

'아니! 나를 추월하는 것이 아닌가. 안 돼, 추월당하는 것은 안 돼!'

하지만 나 역시 도저히 안 되겠다.

'일단 이곳을 넘은 뒤, 힘을 내 다시 따라잡자.' 드디어 앞섰던 한
명의 주자를 잡았다.

이제 내려가는 길인데, 좀 전에 나를 잡았던 주자와 그 앞에 가던
주자의 모습이 너무 멀리 있었다. 둘이 경쟁이 붙었던 모양이었다.

'그들을 따라잡는 것보다는 내 페이스를 유지해야겠다.'

어느덧 다시 고남 저수지 옆을 지나게 되었다. 구부러지는 언덕길
을 내리달리니 서너 명의 주자들이 걷고 있었다. 포기한 모양인데,
이들이 나를 자꾸 유혹하는 것 같았다. 저 끝에 대산과 운동장 방향

을 가리키는 녹색의 표지판이 보였다.

'이제 거의 다 왔으니 좀 더 힘을 내자.'

운동장 방향의 대로에 들어왔는데 언덕 위에서 불어 내려오는 마파람이 보통이 아니었다. 바람과 함께 불어오는 흙먼지 때문에 눈도 잘 못 뜨겠고 숨 쉬기도 힘들고 앞을 향해 걷기도 힘들 지경이었다. 그래서 그런지 앞의 많은 주자들이 뛰기보다는 걷다시피 하고 있었다. 오른쪽에 역시 검은 운동복을 입은 서산여고생들이 음료수를 건네주며 응원하고 있었다.

'그래, 저기서 물 한 컵 마시고 사력을 다해 마지막 언덕을 바람과 맞서며 올라보자.'

그렇게 하여, 대로와 운동장으로 들어가는 입구 사이에서 10명 정도의 주자들을 따라잡은 것 같았다. 이때 오래도록 앞에서 달리던 '서산경찰서'라고 써진 상의를 입고 뛰던 주자 또한 나에게 순위를 양보하며 뒤에서 잘 뛴다는 말을 전해주었다. 드디어 눈 아래에 운동장이 들어왔고 사회자가 골인하는 주자의 번호를 외치는 마이크 소리가 선명하게 들려오고 있었다. 갑자기 가슴이 설레더니 빨리 달려 내려가고 싶은 욕심에 허벅지에 힘이 들어갔었다.

'아!' 하마터면 왼쪽 허벅지에 쥐가 날 뻔했었다.

다시 마음을 진정시키고 조심조심하며 운동장 안으로 진입했다.

북문 출구에 들어서자 녹색의 필드 때문인지 눈이 편해지고 훤해지더니 운동장 안의 사람들 표정이 세세히 보이고 사회자의 시끄러운 마이크 소리보다는 사람들의 작은 대화가 선명하게 들리는 것 같았는데, 어느새 골인했다.

나의 기록은 1시간 53분 38초였다. 골라인을 넘어서자 한 여고생이 기다리다 전해준 생수는 꿀맛이었다. 내가 들어오는 것을 사진으로 담기 위해 운동장에서 기다리고 있었던 아내와 힘찬 포옹을 한 뒤 필드에 앉아 숨을 고르고 있는데, 그제야 달려 들어온 서산경찰서 유니폼을 입은 주자는 내 옆을 지나며 나에게 미소를 날렸다. 그 미소는 모나리자의 미소조차 견줄 수 없는 감미로운 것으로서 내 가슴속에 영원히 각인될 것이었다.

잠시 후, 주최 측이 마련한 음식을 먹기 위해 운동장 밖으로 나왔다. 음식은 국수와 삶은 돼지고기 등이 있었는데 아내가 두 그릇이나 먹을 만큼 국물이 끝내주는 국수였다. 정말 잊을 수 없는 최고의 맛이었다. 같은 테이블에서 음식을 먹으며 정겹게 담소했던 공군 해미기지 소속 요원들의 인심도 좋았다.

제11회 서산 마라톤대회는 한마디로 인심 좋은 잔치였다. 어쩌면 서산사람들의 본래 마음인가보다! 아버지와 어머니 그리고 아내 역시 서산 출신이다. 하지만 어느 누구도 나에게 충청도 사람에 관해서는 말하지 않았다. 그것은 내가 충청도 사람들을 몹시 싫어했기 때문

이었다. 모든 가족이 서산 출신이라 특히 충청도 사람들을 믿었었는
데, 그만 충청도 출신의 사람에게 결정적으로 피해를 입어 나락에 떨
어진 이후부터 그렇게 되었다. 물론 어디나 좋은 사람도 있고 나쁜
사람도 있다는 것을 잘 알지만 이 일이 있은 후부터는 솔직히 어떤
새로운 일을 시작하기 위해서나 사업의 파트너를 만날 때, 먼저 충청
도 사람인지를 확인하게 되고 그들에게 마음을 열 수도 없었다.

하지만 이제 제 마음을 조금 열 수 있을 것 같다. 바로 제11회 서산
마라톤대회에 참가하고부터이다. 처음엔 오직 팔봉산이 있기에 신
청했었던 마라톤이었지만 대회가 진행될수록 다른 대회와 다르다는
것을 직접 경험할 수 있었다. 모든 것이 마음에 드는 것이 마치 홀린
기분이었다. 서산 마라톤대회에서 체험한 모든 환경과 사람들이 나
를 회복시켜주었다.

'대단히 고맙습니다. 서산을 사랑합니다. 서산 사람들을 사랑합
니다.'

다음에는 나도 팀을 만들어 여럿과 함께 온다면 더욱 좋을 것 같다.
내가 운영하고 있는 영어 학원을 중심으로 많은 사람들을 만나, 인심
좋은 서산사람들과 팔봉산이 있는 행복한 서산을 소개하고, 다음의
서산 마라톤 대회에서 이를 직접 확인시켜 주고 싶다. 나는 팔봉산에
사는 인심 좋은 충청도 사람이 되고 싶다. 그래서 서산 팔봉산을 찾은
모든 사람들에게 좋은 인심을 베풀어줄 것이다. 그렇게 하여 그들 또

한 서산에서 살게 되어 다른 이들에게 좋은 인심을 베푸는 것이 계속적으로 이어져, 서산은 영원히 인심 좋은 곳이 되면 좋겠다.

그리고 이곳의 마라톤을 위해 한 가지 하고 싶은 것이 있다. 지금의 코스를 연장하여 팔봉산 일봉 주차장 앞을 지나 산속 길을 통과하여 어송리와 대문다리 검문소 쪽까지 잇는 마라톤 풀코스를 개발하고 싶다. 그러면 팔봉산을 한 바퀴 도는 세계 최초의 팔봉산 둘레길 국제 마라톤 코스가 되어 이 대회가 세계 사람들을 불러들이고 서산이 '국제적으로 인심 좋고 행복한 서산'으로 알려지는 데 크게 기여할 것이라고 생각된다.

서산마라톤대회에 출전한 선수들의 힘찬 스타트 모습 ◀

팔봉산을 오르내리면 도심 생활 중에

어쩔 수 없이 쌓인 독소들이 빠져나간다.

뻣뻣해진 온몸의 관절이 부드럽게 돌려지고

어깨부터 종아리까지 모든 근육이 말랑말랑해진다.

오감을 통해 느껴지는 사물에 대한 인식이 또렷해지고

생각은 여유로워진다.

팔봉산과 함께 하며 학생들을 가르쳐오면서 온 지난 10년,

아! 지금 상황을 잘 유지하여 좀 더 많은 학생들과 부모님들과 인연을 만들어

훗날 돌아본 내 인생이 자랑스러워 보이기를 항상 바라고 있다.

팔봉산이 주는 선물

　　팔봉산을 오르내리면 도심 생활 중에 어쩔 수 없이 쌓인 독소들이 빠져나간다. 뻣뻣해진 온몸의 관절이 부드럽게 돌려지고 어깨부터 종아리까지 모든 근육이 말랑말랑해진다. 오감을 통해 느껴지는 사물에 대한 인식이 또렷해지고 생각은 여유로워진다. 산에 있을 때는 '싸아' 소리와 함께 머릿속이 확장되고 넉넉해지며 엉켜 있던 여러 생각들이 정리된다. 또한 마음에 담아 두었던 안 좋은 기억들에 대해서도 관대해진다. 집에 돌아와 몸을 씻고 다시 한 번 심신에 집중하면 머릿속은 기억력과 집중력이, 몸은 탄력이 향상되었음을 느낀다. 다음날 아침 발바닥을 만지면 어느 곳이든 시원하고 온몸이 가뿐한 것 같다. 한마디로 팔봉산에 다녀오면 온몸에 기운이 솟고 마음이 편해지는 것이다. 나 좋다고 하는 사람 좋아하듯이, 이렇게 어느 때나 반갑게 맞아주는 팔봉산을 항상 생각하고 찾는 것은 당연지사다.

공부하는 학생들과 복잡한 생각에 사로잡힌 사람들에게 팔봉산 등
정을 권하고 싶다. 팔봉산 등정은 오랜 시간이 걸리거나 많은 힘이
들지는 않다. 사람에 따라 다르겠지만 대개 2시간 전후면 마칠 수 있
다. 축구나 야구 경기장에서 자신이 좋아하는 팀을 응원하는 데 드
는 정도의 에너지가 사용되지만, 그 성취감과 심신이 얻는 소득은 응
원 팀이 승리하는 데서 오는 것보다 훨씬 높다. 팔봉산 등정은 조용
히 본인의 일기에나 기록할 만한 작은 산행이지만 팔봉산은 자신을
찾은 누군가가 세상을 위해 큰일을 할 수 있도록 대단한 기운을 주고
있는 산인 것이다.

내 경우 이렇게 좋은 팔봉산을 찾기까지 참으로 오랫동안 힘들었
던 시절이 있었다. 갈 곳도 만날 사람도 없었다. 막연하게 산에 가서
경건한 마음으로 하늘에 빌면 일자리도 구할 수 있고 돈도 벌 수 있
을 것이라 믿었다. 집이 인천 중구에 있었기에 매일 새벽 자유공원을
비롯하여 연수구 인천박물관 쪽의 청량산과 문학산 그리고 계양구
문화회관 쪽에 있는 계양산의 가파른 쪽을 번갈아 5년 정도 올랐었
다. 그런 곳들에서 '열심히'라는 말이 학창 시절 공부하는 것에 어울
리는 것보다도 더할 만큼 정말 성실히 기도했었다.

산이 나의 간절함을 알아준 것일까. 마음에 변화가 생기는 것 같았
다. 일자리나 무언가를 구하려 할 때 시도만 하고 그저 그 결과를 기
다렸었는데, 이제는 적극적으로 나서게 되었다. 그렇게 눈에 보이는

것과 할 수 있는 것이 점점 많아졌고, 내가 가지고 있는 재능을 찾아 확인한 뒤 현재의 여건에 맞추어 환경에 적용하고 바로 실행할 수 있게 되었다.

그것이 바로 영어를 가르치는 것이었다. 위의 기획에 따라 최종 장소를 선택하여 시작하자 학생들이 모여들었다. 시작한 지 7개월 만에 예상을 넘는 학생 수와 그에 따른 수업 시간으로 하루 일과가 꽉 찼다. 잠 또한 영어책을 만들며 사무실에서 잤었다.

그러던 어느 날, 과외지도를 함께 시작했던 수학선생이 떠나야만 했었던 이유 때문에 살짝 맛보았었던 좌절감에, 번득 인천을 벗어나 등산을 하고 싶은 생각이 들었다. 어렸을 때 아버지로부터 들었던 팔봉산이 떠올랐다. 아버지의 고향인 충남 서산 팔봉에 있는 산으로 아버지가 어렸을 때 그곳엔 호랑이가 살았는데 심부름을 위해 넘어 다녔었다는 이야기 이외에 아는 것은 없었다. 다음날 무조건 서산을 향해 인천 시외버스터미널에서 버스에 몸을 실었다. 이것이 팔봉산과 내가 서로 이어져 오늘에까지 이르게 된 출발점이었다.

이후 영어책도 출판되었고 좋은 건물로 옮길 수도 있었고 학생 수도 정원을 채웠다. 삼십 대 후반에 실직하여 10년 가까이 허송세월하였기에 내 주변엔 아무도 없었고 팔봉산만이 유일한 안식처였다.

이젠 내가 의식적으로 아무와도 어울리지 않는다. 영어를 가르치는 것 외에 다른 일을 하지 않으니 정신이 흐트러지지 않아서 좋고 휴일엔 오직 팔봉산에만 다녀오니 당연히 머리가 맑고 건강해서 좋기 때문이다. 그리고 돈 쓸 일 또한 없으니 은행에 돈이 쌓이기 시작했다.

팔봉산과 함께 하며 학생들을 가르쳐오면서 온 지난 10년, 아! 지금 상황을 잘 유지하여 좀 더 많은 학생들과 부모님들과 인연을 만들어 훗날 돌아본 내 인생이 자랑스러워 보이기를 항상 바라고 있다. 소위 망가졌다는 소리를 들을 만큼 지독히도 풀리지 않았던 암흑과도 같았었던 그 이전의 10년을 생각한다면, 아휴! 너무나도 다행이고 감사하다.

학생들을 잘 가르칠 수 있도록 바른 생활의 길을 알려주며 이끌어준 팔봉산!

고맙습니다, 팔봉산이여! 앞으로도 잘 부탁합니다.

▶ 교습소 내부의 모습

팔봉산의 전설

팔봉산엔 크게 7가지 이야기가 전해져온다.

첫 번째는 팔봉산이 원래 9개의 봉우리로 이루어진 구봉산이었는데 가장 낮은 봉우리를 빼고 팔봉산이라 불렀더니 그 낮은 봉우리가 매년 12월만 되면 "왜 나는 뺐어?"라며 울었다고 한다.

두 번째는 팔봉산엔 호랑이들이 살았었다고 한다. 1봉과 2봉 사이의 안부에서 운암사지로 가는 길로 들어서 걷다보면 오른쪽에 호랑이굴이 있는데 여기서 살았던 호랑이들이 한국전쟁과 일제강점기 또는 그 이전의 시대에 팔봉산으로 피신하여 들어온 사람들과 나무를 하러 온 사람들 가운데 의인과 효자들을 가리어 무사히 돌아갈 수 있도록 도와주었다고 한다. 그래서 충청도 서산은 효자와 충신의 고장이 되었나보다.

세 번째는 3봉. 못 미처에 용이 살았다는 용굴이 있는데 이 용은 마을의 수호신으로서 마을사람들이 물을 필요로 하면 구름을 불러 비를 내려주고 어떠한 풍수로부터도 지켜주며 복을 주었다고 한다. 그래서 그런지 팔봉산에선 물이 귀한 편이다. 또한 이런 이유 때문이었는지 팔봉산 3봉에 구름이 끼면 마을에 경사가 생겼고 또한 이와 같은 전설에 유래해 구름을 품고 있다는 뜻의 운암사라는 절이 있었으며, 이 운암사지 옆 너르고 평평한 바위 위에서는 비를 기다리는 기우제도 올렸었다고 한다.

네 번째는 우럭바위에 관한 전설이다. 1봉에서 2봉으로 오르는 길인 철 계단에 올라 왼쪽 벽을 보면 우럭 대가리의 모습을 닮은 바위가 있다. 옛날 용왕의 심부름으로 팔봉산을 찾은 우럭이 팔봉산과 산 아래 마을의 풍경에 감탄하여 돌아갈 날을 잊고 머물다 바위가 되었다고 한다. 그 이후로 팔봉산 앞바다 마을은 물론 서산의 모든 어촌이 풍어를 이뤘다고 한다.

다섯 번째는 1봉의 감투봉에 관한 전설이다. 양길리 주유소 쪽에서 바라본 1봉의 모습이 옛날 높은 벼슬에 오른 대감이 썼던 감투의 모습처럼 생겼다고 감투봉이라고도 부르는데, 이곳에 올라 소원을 빌면 부귀영화를 얻는다고 전해온다. 실제로 이 감투봉에서 내려다보이는 팔봉초등학교 출신의 졸업생 가운데는 장관을 비롯하여 많은 교육자들이 탄생했을 뿐만 아니라 이름난 경제인들도 다수 있다.

여섯 번째는 1봉에 있는 바랑바위(복주머니 바위)에 대한 이야기다. 어느 고승이 탁발을 위해 팔봉산을 넘으려고 1봉에 올랐다가 마을과 바다의 경치에 취해 그만 바랑을 두고 간 것이 바위가 되었다고 한다. 어쩜 그리도 어마어마하게 큰 바위의 윗부분이 바랑의 윗부분처럼 끈으로 당겨 주름이 진 모습이고 아랫부분이 바랑 속의 내용물로 늘어진 것처럼 보이는 것이 실제와 너무도 닮았다. 이 바랑바위를 만지며 소원을 빌면 그 소원이 이루어진다고 한다.

일곱 번째로 팔봉산 앞 바다에 조기떼가 가득할 것이라는 전설이다. "내 몸의 바위들이 나무로 가려지면 앞바다에 조기 떼가 가득할 것이다." 팔봉도농교류센터 지선하 센터장이 어린 시절 조부모를 비롯한 선친들의 꿈에 팔봉산 산신령이 나타나 말한 얘기라고 한다. 지선하 센터장이 팔봉초등학교에 다니던 1960년대 초반 팔봉산은 민둥산이라고 불릴 만큼 나무들이 귀했다고 한다. 어쩌면 '나무가 하도 없으니까 나무를 심자.'는 뜻으로 누군가 지어낸 이야기일 수도 있다. 어쨌든 130여 년 전 팔봉산 주변 마을 사람들의 꿈에 팔봉산 산신령이 나타나 이와 같은 말을 했다고 한다.

팔봉산은 우리나라 100대 명산이라고 해도 그리 많이 알려져 있지 않은 산이다. 서산 사람들조차 팔봉산을 잘 모르고 설사 안다고 해도 동네 뒷동산 정도로 여길 뿐이다. 하기야 우리나라 대부분의 명산엔 대찰이 있기도 하지만 팔봉산엔 없다. 1봉과 2봉 사이인 안부로부터 2, 3봉을 지나지 않고 뒤로 돌아가는 길에 '운암사지'가 있는데 이곳에 있었던 운암사는 언제였는지는 모르나 어떤 무속신앙인에 의해 세워졌다가 제5공화국 때 정부에 의해 폐사된 작은 암자였다고 한다. 이럴 만큼 팔봉산은 별로 주목받을 만한 것이 없을 것처럼 보인다.

하지만 이런 팔봉산에 요즘 들어 엄청 많은 등산객들이 울긋불긋 최신 등산복을 입고 찾는다.

주말이면 주차장에 대형버스들이 가득한 것을 보면 5천 명 정도의 사람들이 산행을 하는 것 같다. 또한 봄이면 팔봉산에서 시산제를 올리는 산악회들이 무척 많다. 그래서 물어보았다. "최근 들어 팔봉산에서 시산제를 많이 올리는데 이유가 무엇인가요?" 팔봉산이 100대 명산에 들어가고 지리적으로 우리나라의 한가운데에 위치하여 서울이나 부산 등 어디서든 찾아와 하루 산행을 즐기기에 알맞고 또 팔봉산에서 시산제를 올린 후로 모든 산악회원들이 무탈했었기 때문이라고 한다.

약 10년 가까이 팔봉산으로 등산 다니면서 느끼는 것인데, 최근 들어 팔봉산에 많은 변화가 생긴 것 같다. 2천 년대 초기 팔봉산에서는 지금처럼 많은 등산객을 볼 수 없었다. 더구나 팔봉산으로 향하는 길도 좋지 않았고 넓은 주차장도 없었다. 그랬던 팔봉산에, 2006년경 주차장도 생기고 진입로도 좋아지고 산행을 위한 계단 등의 안전시설물도 갖추어지기 시작했다. 마을 사람들에게 물어보니 주차장 개설과 도로정비 등 모든 것이 팔봉산 지역 주민들이 직접 나서서 애쓴 결과였다고 한다. 이와 같은 주민들의 노력 끝에 2012년 7월부터 시내버스가 아침과 저녁 하루 두 차례씩 도농교류센터까지 들어오고 있다.

조기는 서해안 지방에 사는 사람들에게는 필수이자 가장 귀한 제수용품이다. 그만큼 조기는 귀한 어물이다. 하지만 세상은 변하여 조기의 가치도 많이 낮아진 것을 볼 때, '조기떼가 가득할 것이다'라는 말에서 조기의 의미는 이제 사람으로 바뀐 것 같다. 팔봉산 산신령이 주민들의 꿈에 나타나 말했던 조기떼는 조기가 아니라 사람인 것이다. 팔봉산을 찾는 사람들이 많아지고 팔봉산을 찾는 사람들이 모두 행복해짐으로써 우리나라는 살기 좋은 나라가 될 것임을 후대에게 예언한 것이리라.

시산제

"팔봉산에도 이런 일이 있네."

3월의 봄볕이 내리쬐는 어느 토요일 오전 11시쯤, 팔봉산 일봉 입구 두 개의 주차장엔 대형관광버스와 승용차들이 종횡으로 가득하여 마땅히 주차할 공간이 없었다. 간신히 주차한 뒤 등산로 입구에서 각종 농산물을 팔고 있는, 얼마 전부터 알고 지내는 아주머니에게 물었다.

"오늘 팔봉산에서 무슨 일이 있나요? 이렇게 차량들이 많은 것은 처음 보는 것 같습니다."

그러자 그녀는 신나는 표정으로 대답했다.

"등산객들이 매년 더 늘어나는 것 같아요. 팔봉산이 우리나라 100대 명산에 들어간다고 하면서 이곳에서 시산제들을 올린다고 합니다."

새로운 한 해의 시작과 더불어 산행의 철을 맞아 무사안녕을 산신령님께 빌기 위해서라고 그녀는 덧붙여 말했다. 아주머니로부터 궁금증을 해소한 뒤 고구마 한 박스를 사서 차에 실어놓고 산으로 향했다.

팔봉산 입구의 초소를 지나면서부터 왠지 팔봉산에게 미안한 생각
이 들었다.

'그래, 남들은 한 해의 무탈 산행을 위해 이곳에 와서 제를 올린다
고 하는데 나는 이곳 팔봉산을 그렇게 오랜 기간 동안 찾았으면서도
고마움의 표시 한번 제대로 못했었네. 팔봉산이여 미안합니다! 다음
번엔 꼭 간단하게라도 제수를 마련하여 일봉 뒤 바위 아래에서 우선
그동안의 고마움에 대한 감사 시산제를 올리겠습니다.'

일봉과 이봉의 사이인 안부에 도착할 때까지 이런저런 생각들이
들어 발걸음이 조금은 무거웠지만 쉬지 않고 올라 일봉에 다다랐다.
양길리 마을과 바다를 바라보며 다시 한 번 팔봉산에게 미안했음을
표하고 감사의 기도도 했다. 그리고 바로 일봉에서 내려와 이봉에 올
라서자 꼬리를 물고 삼봉을 향해 오르는 등산객들의 모습을 볼 수 있
었다. 팔봉산에 이렇게 많은 사람들이 동시에 올라와 있는 것을 눈으
로 확인한 것은 처음이었다.

정말 대단했다. 겨울 기운이 가시기도 전에 팔봉산엔 울긋불긋 화사한 꽃들이 피어났다. 빨강, 파랑, 노랑, 움직이는 꽃들이 장관이었다. 등산복이 이렇게까지 화려하리라고는 전혀 예상하지 못했다. 다양한 색깔과 개성이 가득한 디자인의 등산복 그리고 등산화와 모자와 배낭들. 하지만 모두 같은 브랜드임을 확인하자 순간 "이 회사 엄청 돈 벌었겠네?"라는 말이 입 밖으로 나왔다. 하기야 등산인구가 많아지면서 등산복이 평상복이 되었다고 하니 대한민국은 과연 '등산 공화국'이라고 아니할 수 있겠는가?

그건 그렇고 팔봉산에 다니면서 3봉으로 올라가는 벼랑과 철 계단 앞에서 줄을 서보기는 처음인 것 같았다. 벼랑의 밧줄을 잡을 때쯤 뒤돌아보니 꼬리 지어 늘어선 줄이 꺾어지는 흙 계단 아래까지 이어져 있었다. 밧줄을 잡고 올라선 벼랑에서 좌측의 철 계단에 들어서며 갑자기 두려움이 엄습했다. 이렇게 많은 사람들이 철 계단은 물론 3봉 정상에 오르면 바위들이 무너져 내릴 것 같은 생각이 들었다.

바위로 이루어진 팔봉산 정상 3봉에서 잠시 휴식을 취하겠다는 원래의 계획은 엄두도 내지 못할 만큼 그야말로 팔봉산 3봉은 또 하나의 '人山'이었다. 전국의 여러 산악회에서 왔는데, 새해의 시산제를 올리러 왔다고들 했다. 인천에서 온 한 산악회원은 구청장도 함께 왔다며 자랑하듯 말했다. 팔봉산에서 시산제를 올리러 왔다는 얘기를 들으니 왠지 뿌듯하며 좋았다. 마치 많은 사람들이 내가 살고 있는 집을 좋아하기 때문에 찾아주는 것처럼 느껴졌다.

　삼봉을 거쳐 하산하는 길은 지금까지 올라온 길의 뒷길인 운암사
터가 있었던 곳으로 택했다. 가파른 삼봉 일대를 내려온 뒤 비스듬한
산 옆구리들을 한참 지나자 흙바닥과 높이가 같은, 하나의 돌로 된
평지에 이르렀다. 거기에는 많은 사람들이 경건한 자세로 서 있었는
데, 가까이 가서 보니 시산제를 올리기 위해 준비하고 있었다. 이들
은 정성스럽게 제단을 만들어 그 위에 돼지머리와 떡 그리고 각종 과
일들을 올려놓았다. 모두 제단 앞에 엄숙하게 서 있는 동안 한 사람
이 제단 옆에 서서 축문 낭독을 마치자, 서 있던 사람들이 혼자 또는
짝을 지어 차례로 돼지 입에 지폐를 끼우고 술을 따르며 절을 했다.
이들이 진지하게 절하는 모습을 살피다 보니 나도 마치 시산제에 함
께하고 있는 듯 착각이 들었다.

　팔봉산은 명산으로서 예전부터 정상에서 산신제를 올려왔었다고
한다. 임오년과 을미년에 심한 가뭄이 있었을 때 팔봉산에서 기우제
를 지내자 비가 와서 위기를 면했다고 하여 그 후로도 가뭄이 심할
때마다 이곳에서 기우제를 지냈다고 한다.
　팔봉산의 산신제는 충청남도 서산시 팔봉면에서 마을 신앙으로 전
승되어 왔는데 매년 음력 2월 그믐날에 정상인 3봉에서 기관장과 사
회단체장 등이 제를 지냈으나 새마을 운동이 전개되면서 중단되었다
가 마을주민들의 음독자살과 젊은이들의 교통사고 등 액운이 끊이지

않자 팔봉면 전체의 안녕과 발전을 위해 다시 지내게 되었다고 한다.

　전국적인 분포를 보이는 산신제는 고대사회에서부터 명산으로 알려진 산과 산악지대 또는 산악과 인근한 마을들에서 행해져왔다고 한다. 산신제는 산악숭배의 표현이며, 산악숭배 사상은 천신신앙의 다른 표현으로서 산신숭배 사상은 『삼국유사(三國遺事)』「기이(紀異)」편 고조선조에서 "단군은 아사달로 돌아와 산신(山神)이 되었다."는 기록에서 확인되듯이 우리 민족에게 매우 오래된 신앙이었다고 한다.
　산신제의 대상 신인 산신은 호랑이로 이해되는 것이 일반적이지만, 호랑이는 산신의 매개자일 뿐이며 하늘에 뜻을 모아 빌기 위해 하늘과 가깝고 하늘에 그 뜻이 도달될 수 있는 명산을 찾아 제를 올리는 것이라고 한다.

　이러한 내용으로 본다면 팔봉산은 가히 하늘에 소망하는 그 뜻이 닿을 수 있는 곳이었다. 팔봉산에서 시산제를 올리는 모든 등산객들에게 무사안녕과 행복한 삶이 펼쳐지기를 소망하며 이러한 팔봉산에 오도록 허락한 팔봉산에게 다시 한 번 감사드린다.

　삶의 애환을 들어주고 심신의 고통을 씻어준 팔봉산이여!
　건강과 기쁨을 주고 있는 팔봉산이여!
　고맙습니다! 하늘이시여!
　팔봉산으로 저를 불러주시어 그 속에서 지혜를 얻게 하여, 건강과 기쁨, 행복으로 살아갈 수 있도록 이끌어주시고 있는 것과 항상 보호 속에 내일을 기약할 수 있도록 살펴주심에 감사드립니다.

하늘이 주신 그 은혜에 보답코자 하늘이 저에게 주셨던 것처럼 더 많은 사람들이 하늘과 소통하며 살아갈 수 있도록 팔봉산을 알고 그 속에서 지혜를 얻을 수 있도록 돕겠습니다.

한 무리의 외국인들과 마주쳤을 때 "팔봉산 감자축제를 잘 즐겼냐?"고 물었더니,

우리말로 인사하며

"왜 사람들이 이곳에 와서 직접 감자를 캐면서 사려는지 이제는 이해할 수 있다."며

"팔봉산 감자축제 원더풀!"을 외쳤다.

소나무 숲과 피톤치드

팔봉산을 등반하고 나면 마음이 잔잔해지면서 머릿속에 잠재하고 있었던 생각이 표출되거나 풀지 못했던 문제에 대한 해법이 떠오르곤 한다. 아마도 팔봉산의 소나무에서 나오는 피톤치드 때문인 것 같다.

팔봉산 입구의 초소부터 1봉과 2봉이 갈라지는 곳인 안부까지는 주로 소나무들이 군락을 이루고 있다. 그래서 돌 거북을 조금 지난 공터와 본격적으로 경사가 심해지는 언덕에 이르면, 특히 여름과 가을에 진한 솔향기가 가득하다. 이곳은 왼쪽의 일봉과 오른쪽의 이봉 사이 골짜기로 소나무들이 빼곡한데, 공기 흐름이 많지 않아 소나무에서 나오는 피톤치드가 공기 중에 그대로 떠있기 때문인 것 같다. 이곳을 지날 때는 머리가 맑아지고 속이 편안해지며 몸에 탄력이 생기는 기분이 든다. 팔봉산 초소가 있는 입구에서부터 맡을 수 있는 소나무 냄새는 바로 이곳에서 짙은 솔향기가 되어 폐부 깊숙한 곳까지 채워진다. 이 순간만큼은 그동안 심신에 누적되어 있던 모든 불순물들이 빠져나가는 기분이다. 이 상태에서 정상으로 향하면서 좀 더 가쁘게 호흡을 하면, 몸속 모든 불순물은 물론 머릿속의 잡생각들마저 몸 밖으로 빠져나와 한 줌 수증기가 되어 저편 산꼭대기에 둥실 떠 있는 구름 속으로 빨려 들어간다. 정상에 도달했다는 기쁨 때문일 수도 있지만 몸이 가벼워지니 불어오는 산들바람에도 날아갈 것만 같다.

심신의 찌꺼기를 비워내고 하산할 때의 기분은 이루 다 말할 수 없다. 이쯤 되면 욕심이 발동한다. 다음 산행 때까지 사용할 피톤치드를 온몸에 꽉꽉 담겠다는 것이다. 큰 들이쉼으로 솔향기를 배꼽 아래까지 눌러 담는다. 피톤치드가 몸속 깊숙이까지 옮겨졌다고 생각하니 심신이 깨끗하고 가볍게 느껴진다. 마치 하늘로 둥실 떠오를 수 있을 것만 같다.

팔봉산을 뒤에 두고 집으로 향하는 순간, 벌써 다음 등정을 계획하고 있다.

'피톤치드'

1937년 러시아 레닌그라드 대학(현 상트페테르부르크 대학)의 생화학자인 토킨(Boris P. Tokin)이 처음으로 제안한 것이라고 한다.

대부분의 나무에서는 피톤치드가 나온다는데 특히 편백나무에서 가장 많이 나오며 소나무에서도 많이 나온다고 한다. 피톤치드는 희

랍어로 '식물의'라는 뜻의 'phyton'과 '죽이다'라는 뜻의 'cide'가 합해서 생긴 말로서, 이 말은 1943년 러시아 태생의 미국 세균학자 왁스만(S. A. Waksman)이 처음 만들었다고 한다. 왁스먼은 스트렙토마이신의 발견으로 결핵 퇴치에 공헌해서 1952년에 노벨의학상을 받기도 했다.

그는 숲 속에 들어가면 시원한 삼림향이 풍기는 것은 피톤치드 때문이며 이것은 수목이 주위의 포도상 구균과 연쇄상 구균, 디프테리아 따위의 미생물을 죽이는 휘발성 물질이라는 결론을 내렸다. 20세기 초까지 폐결핵을 치료하려면 숲속에서 좋은 공기를 마시며 요양해야만 한다고 생각했다. 오늘날도 이것은 일반적인 생각이며 피톤치드의 구성 물질은 테르펜을 비롯한 페놀 화합물, 알칼로이드 성분, 글리코시드 등이라는 것을 밝혀냈다.

피톤치드는 심리적인 안정감 이외에도 말초 혈관을 단련시키고 심폐 기능을 강화시킨다고 한다. 기관지 천식과 폐결핵 치료, 심장 강화에도 도움이 된다고 한다.

이것만이 아니다. 피부를 소독하는 약리 작용도 하는 것으로 알려져 있다. 피톤치드의 효과는 산 중턱이 효과적이라고 한다. 숲 한가운데서 숲의 향기를 깊이 들이마시고 조금씩 내뱉는 복식 호흡을 하면 효과가 훨씬 크다고 한다. 삼림욕은 초여름부터 초가을까지 일사량이 많고 온도와 습도가 높은 시간대가 효과적인 것으로 알려져 있다. 또한 식물의 고유한 피톤치드 향기는 식품을 오랫동안 보관할 수 있도록 해준다고도 한다.

그 어떤 거대한 태풍이 오더라도

전국적으로 커다란 피해를 입힌 태풍 곤파스가 지나간 후 처음으로 팔봉산을 찾았다. 일봉에서부터 오르기 위해 양길리 쪽으로 차를 몰았다. 팔봉산 입구 주차장에 다다르자 쓰러진 소나무들이 눈에 들어왔다. 매스컴들은 태풍 곤파스에 의해 서산 일대에서만 60만여 그루의 소나무들이 쓰러졌다고 했는데, 이를 직접 보니 너무 속상했다. 이번 산행은 팔봉산과 소나무들을 위로하는 것이 되어야겠구나 생각했다.

입구의 초소를 지나면서 바로 왼쪽을 보니 놀라움에 "어머나!" 소리뿐이 나오질 않았다. 조금 더 올라가 오른쪽을 보니 "아휴." 하는 탄식으로 이어졌다. 잠시 후 어송리 길의 사거리에서 정상으로 향하는 언덕길로 들어서니 사방에 찢기고 쓰러진 소나무들이 즐비했다. 너무나 안타까워 만져도 보았지만 어떻게 할 수도 없고 한숨만 나올

뿐이었다.

산행인들이 돌을 던져 쌓은 돌탑을 보고 다행이라는 생각보다는 '이것은 태풍에도 무너지지 않았네.'라는 의아함을 느껴졌다. 조금 더 올라가자 밤낮 쉴 새 없이 물을 뿜어대는 돌 거북도 그대로 있었다. 하지만 공터에서 잠시 쉬며 언덕길의 왼쪽 위를 보니 화장실 건물이 사라졌다. '참 대단했었구나.' 탄식만을 남긴 채 일어나 얼른 발걸음을 산으로 옮길 수밖에 없었다.

일봉 이봉 삼봉, 여느 때와는 완전히 다른 등정이었다. 산을 즐기는 것이 아니라 소나무들이 얼마나 피해를 입었나를 확인하는 꼴이었다. 원래 계획은 삼봉에서 다시 일봉으로 하산하려 했으나 팔봉까지 등정하고 어송리로 내려가, 도로를 따라 걸어서 다시 일봉 입구까지 오는 것으로 변경하였다.

사봉에 이어 오봉 육봉 칠봉 팔봉까지 등정하면서, 태풍에 희생된 소나무들에 대한 착잡한 마음 이외에 다른 생각이 들지 않았다. 내려오는 길에 사찰에 잠시 들려 불쌍한 소나무들과 팔봉산을 위해 기도했다. 사찰에서부터 내려오는 비교적 너른 길에서는 허탈한 기분마저 들었다. 도로 옆 좌우측 소나무들의 피해는 더 극심했다. 이곳의 소나무들은 수령이 비교적 오래된 것들이라 쓰러지진 않았지만 허리가 꺾이고 가지들이 모조리 찢겨져 있었다.

"어쩌나!"

가서 만져도 보고 두드려보기도 하고, 마치 전쟁터에서 총을 맞고 쓰러져 있는 사람들의 의식을 확인해 보는 듯했다. 한참 동안 어루만지다가 벗겨진 껍질 몇 조각을 집어 들어 배낭에 담고 어송리 주차장으로 향했다.

　산에서도 그랬듯이 도로가에 인접한 민가들의 피해 역시 엄청나 보였다. 비닐하우스가 통째 날아가 흔적도 없는 것은 물론이요, 기와지붕까지 날아가 버린 집들이 많았다. 마당의 거목이 넘어져 지붕 위로 덮치지 않은 것이 다행이었지만 집 앞의 관상용 나무나 집 뒤편 언덕에는 소나무들이 뿌리째 뽑혀 누워 있었다. 더 이상 무어라 할 말이 없이 기가 막힐 뿐이었다.

　어쩌다 피해를 입은 집주인과 눈이 마주치면 왠지 미안한 생각에 고개를 도로로 돌려 버렸다. 그런데 대부분의 집 앞마당이나 길옆에는 승용차들이 많이 있었다. 아마도 외지에서 살고 있는 자손들이 찾아와 부모 혹은 친척을 위로하고 파손된 집 등을 돌보는 모양이었다. 그나마 이런 모습을 보니 참담했던 마음이 아주 조금 나아진 것 같았다.

　민가의 피해 상황을 살피듯 바삐 걸어서인지 어느덧 양길리로 향하는 팔봉산 아랫길 입구에 닿았다. 너무 많은 시간을 보냈기에 발걸음을 재촉했다. 하지만 그 발걸음도 얼마 못가서 멈추었다. 길가의 대나무 밭이 엉망이었다. 역시 태풍 곤파스에 생명을 내준 채 대부분 꺾여있었다. 그중에는 내 손가락 두 마디 정도 굵기의 대나무들도 많이 있었다. 바람이 대나무 밭을 지나면 "임금님 귀는 당나

귀 귀."라는 소리보다는 실제로는 비명이 들린다고 하는데, 이 대나무들은 영락없이 비명과 함께 운명을 달리했다. 어쩌면 이대로 버려질지도 모를 대나무들. 비록 죽어서라도 유용하게 사용될 수 있다는 그 가치를 인정해주고자, 안타까움과 함께 그 가운데 하나를 가져가기로 하였다.

완전히 허리가 끊어진 대나무를 하나 질질 끌면서 일봉 입구의 작은 사거리에 도달했다.

일봉 입구로 내려와, 어느 정도 대나무의 잔가지를 정리하고, 팔봉산 가든 주인께 톱을 빌려 적당한 길이로 잘라 차 안에 넣었다.

팔봉산 가든에서 저녁식사를 하면서 생각했다. 지금까지의 팔봉산 산행 가운데 가장 긴 시간을 보낸 하루이지만 가장 많이 속상함을 느낀 날이었다. 그런데 그 속상함을 만들어준 태풍 곤파스를 향한 원망이 있었지만, 그렇다고 그 태풍에 대항하겠다는 마음이 들지는 않는다.

'내가 직접 피해를 당하지 않았기 때문일까?'

'어쩔 수 없는 자연 현상이기 때문일까?'

'이번 태풍 곤파스에 피해를 입은 피해자들도 그렇게 생각할 수 있을까?'

팔봉산은 곤파스가 상처를 입히기 전이든 지금이든 저렇게 두 팔 벌려 많은 사람들을 환영하고 있다. 또한 그렇게 많은 사람들 역시 변함없이 찾아오고 있다. 태풍 곤파스가 입힌 피해를 일부분이라도 확인한 사람으로서, 어쨌든 이번 태풍으로 피해를 입은 분들에게 위로를 전하고 꼭 재기할 수 있을 거라는 격려의 마음을 진심으로 표하지 않을 수 없었다.

그리고 지난 시절, 나에게 해를 끼쳤다고 생각했었던 모든 사람들의 행동을 한순간 자연의 현상에서 빚어진, 어쩔 수 없었던 것이었다고 생각하며 그들에게 언젠가는 대항하겠다는 울화가 담긴 짐을 모두 내려놓겠다고 생각했다.

오랜 짐을 내려놓을 수 있도록 지혜를 준 팔봉산에게 다시 한 번 감사한 마음을 전했다. 집을 향해 차에 올랐다. 내가 가져온 대나무는 부모님과 함께 찍은 사진이 담긴 액자를 올려놓은 지지대가 되어 거실에 놓여 있다.

팔봉산과 산나물

봄 산엔 산나물이 널려있다. 냉이와 고사리, 쑥, 취, 머위, 두릅, 미나리, 뽕나무 그리고 민들레 등이 밭을 이룰 정도인데 팔봉산의 봄도 역시 산나물에서부터 시작된다. 4월과 5월엔 팔봉산 곳곳에서 냉이와 쑥, 민들레를 캐고 고사리와 취나물, 머위, 두릅, 미나리를 꺾으며 뽕나무의 오디를 따는 지역주민들과 등산객들의 모습을 쉬이 볼 수 있다. 나도 어머니와 아내, 사촌 누이와 사촌 여동생과 한 달 동안 매주 토요일마다 팔봉산에서 산나물들을 채취했다.

산나물은 우리나라 전역에서 자생하는데, 산뜻한 맛이 일품인 무공해 식품으로 일반 채소류에 비해 영양가가 높을 뿐만 아니라 약리적인 특수 성분을 함유하고 있어 건강식품으로도 가치가 매우 높다고 한다. 그런 이유인지 요즘엔 일부 지방 자치단체에 의해 산나물 캐기 테마여행이 마련되어 남녀노소를 불문한 참가자들이 대성황을 이룬다고 한다. 하기야 나도 직접 경험을 했지만, 온 가족과 함께 산에 올라 쑥떡을 나누어 먹으며 산나물을 캐는 것만큼 즐거운 산행도 없을 것이다.

이렇게 채취한 산나물들 가운데 많은 사람들이 사시사철 즐기는 것이 고사리이다. 고사리를 잘 다듬은 뒤 끓는 물속에 넣어 데치고 3일 정도 봄볕에 말리면 바짝 마르는데 이것을 양파자루에 넣어 서늘하고 건조한 곳에 보관해두면 1년 내내 제사상에 올리거나 육개장 등에 넣어 먹을 수 있다.

고사리는 비타민 B1, B2, C와 아미노산류인 아스파라긴과 글루타민 산, 플라보노이드의 일종인 아스트라 갈린 등 특수 성분을 다량으로 함유하고 있고 기타 영양가도 높아 우수한 식품으로 알려져 있다. 또한 우리 몸에 갑자기 나는 열을 내리게 하고 신진대사를 촉진시켜 소변을 잘 통하게 하는 등 체내의 노폐물을 배출시킨다. 고사리의 뿌리는 한방에서 궐근, 궐기근, 고사리근이라 하여 해열, 이뇨, 설사, 황달, 대하증 치료에 쓰이기도 한다.

취나물은 가장 흔한 나물이며 봄나물을 물어보면 대부분 취나물을 말할 정도로 잘 알려져 있다. 취나물은 생으로 쌈을 싸서 먹거나 끓는 물에 데쳐서 기름양념을 해서 먹기도 하며 삶아서 말려두었다가 볶아 먹기도 한다.

취나물은 오장의 기운을 고르게 하며 소화를 촉진시키고 정장작용이 있어서 만성변비를 없애는데 사용되기도 한다. 취나물과 미나리를 섞어 생즙을 내어 마시면 황달에 상당한 효험이 있고 타박상에는 취나물 생잎을 촛불로 그을려 환부에 붙였다가 5분쯤 지난 뒤 다시 다른 취나물을 촛불로 그을려 환부에 붙이기를 반복하면 효험이 있다고 한다.

우리나라 전역에서 자라는 냉이는 봄에 줄기와 뿌리를 채취해서 깨끗이 손질하여 된장국을 끓여먹거나 뜨거운 물에 데쳐서 초장에 찍어 먹는다. 냉이는 이질과 설사, 간경화, 간염, 복막염, 이뇨, 백내장, 녹내장 등에 효험이 있어 간을 튼튼하게 하고 눈을 밝게 하며 위와 장을 이롭게 한다.

냉이 씨를 항상 먹으면 신장 기능을 강화시켜주어 이뇨작용에 도움을 주고 고혈압을 억제하며 또한 남자들의 양기를 강하게 만든다. 냉이 씨를 침대 밑이나 옷장에 두면 벌레가 생기지 않고 씨앗을 태워서 연기를 피우면 파리가 접근하지 못한다.

이른 봄에 새순을 채취해서 뜨거운 물에 데쳐서 된장이나 초고추장에 찍어먹으면 맛이 좋고 만성변비가 개선된다는 두릅나무는 전국의 산과 들에 서식한다. 두릅나무에는 가시가 많이 달려 있으며 새순이 우산과 같이 퍼지면서 자라고 여름에 흰색 꽃이 피며 열매는 까만 작은 구슬모양을 하고 있다. 두릅나무의 나무뿌리 새순 등은 약으로 사용되며 새순은 산채의 왕자라고 불릴 만큼 맛이 좋다. 두릅나무의 뿌리를 잘 말린 뒤 달여서 음료수로 마시면 당뇨병과 고혈압, 위장병, 신장질환에 효험이 있다고 한다.

민들레는 토종인 흰 민들레는 찾아보기 힘들며 노란 꽃이 피는 서양민들레가 대부분이다. 민들레는 잎과 줄기, 뿌리를 식용하며 끓는 물에 데쳐서 들기름을 넣고 간장으로 맛을 내어 먹기도 하며 된장 장아찌로 담아 먹기도 한다. 민들레의 어린잎을 이른 봄에 따서 쌈으로 이용하면 식욕부진과 만성위장병 치료에 효과가 있고 암세포의 성장을 억제하는 항암물질이 들어 있어 각종 암과 부종, 위장병, 황달, 간염, 치질, 장염에 효험이 있다고 한다.

머위는 독특한 향이 있으며 줄기를 데쳐서 껍질을 벗겨낸 뒤 기름에 볶아먹든지 아니면 장아찌로 담아 먹기도 하며 연한 잎을 뜯어서 쌈을 싸서먹기도 한다. 머위는 해독작용을 하기에 기침과 기관지염, 인후염에 달인 물을 만들어 사용하면 효험이 있다고 한다. 그리고 머위 즙을 내어 토종계란 흰자에 넣고 정종을 조금 넣어서 마시면 중풍을 예방한다고 하며 또한 머위에는 각종 항암물질이 다량 함유되어 있어 항암제재를 추출하기도 한단다.

미나리는 재배보다는 자연에서 채취한 야생이면서 심산에서 자란 것일수록 향이 짙다. 미나리는 간장 질환과 간염, 간경화, 간암 등에 생즙을 내어 마시면 효험이 있고 고혈압과 해열, 지혈 등에도 효과적인 약재라고 한다. 미나리는 생선찌개와 김치를 담글 때 양념재료로 사용되며 멥쌀로 죽을 쑬 때 함께 넣어서 사용하기도 하며 끓는 물에 살짝 데쳐서 볶아먹거나 깨 무침을 해서 먹으면 맛이 일품이다.

뽕나무를 식용할 때에는 논밭 주위에 있는 개량종보다는 심산계곡에 자생하는 토종 뽕나무를 이용하는 것이 좋다. 뽕나무열매를 오디라고 부르는데 5월경에 까맣게 익었을 때 따 먹으면 단맛이 강하다. 그래서 오디를 따다가 술을 담기도 하는데 오디술은 알코올도수 30% 정도의 증류수를 이용해서 담그면 된다.

이른 봄에 뽕나무 새순이 나오면 씻어서 밀가루 반죽을 묻혀서 튀김을 해서 먹어도 맛이 좋고 어린잎을 끓는 물에 삶아서 찬물로 헹구어 떫은맛을 제거한 뒤 겨자와 양념을 넣고 무침을 만들어 먹어도 좋다. 뽕나무는 고혈압과 당뇨병, 천식, 중풍, 신경통 등에 효험이 있는 약재라고 한다.

쑥은 우리나라 건국신화에 등장할 정도로 그 이용의 역사가 장구하다. 쑥에는 무기질과 비타민의 함량이 많은 것이 특색이라고 하며 특히 비타민 A와 C가 많다고 한다. 쑥의 연한 잎을 말려 찐 다음 착즙한 액은 해열, 진통, 해독, 구충, 혈압강하와 소염작용에 쓰인다고 한다. 쑥은 뜸으로 이용하고 있는데 면역물질이 생기는 것으로 믿어지고 있다.

쑥은 독한 맛이 있기 때문에 삶아서 하룻밤쯤 물에 담갔다가 먹는

게 좋고 말려두면 1년 내내 먹을 수 있다. 어린잎은 국을 끓이거나 개피떡이나 쑥떡에 영양가와 색, 향을 돋우기 위하여 쓰인다.

이와 같이 산나물은 거의 약리작용을 할 만큼 몸에 좋다는 것이 알려지자 봄이 되면 많은 사람들이 직접 산을 찾아 이들을 채취하려 나서고 있다. 전국적으로 산나물 캐기 행사가 열리는 곳은 대부분 예전부터 지역주민들이 자연산 산나물들을 채취했던 곳이었는데, 지금은 재배 산나물의 주요 산지가 되어가기도 한다.

경기도 양평의 용문산과 포천의 백운산, 강원도 홍천의 공작산과 원주의 치악산, 화천의 광덕산과 화악산, 충북 제천의 월악산, 경북 영양군의 일월산, 경남의 가야산, 전북 완주, 지리산 등지의 자치단체에서는 이를 사업화하기 위해 산나물 단지를 개발하고 재배하여 산나물 채취 이벤트 등을 하고 있다.

그 어느 지역 못지않게 팔봉산에는 다양한 산나물이 많이 난다. 그러기에 출향인들을 많이 배출한 서산시에서도 이와 같은 산나물 채취 이벤트를 팔봉산 일원에 마련하면 어떨까. 고향을 찾는 방문객과 더불어 어느 지역의 행사보다도 많은 관광객을 유치하여 주민 소득도 높이고 지역 경제 발전에도 커다란 도움이 될 수 있으리라.

많은 사람들이 봄나물을 캐기 위해 팔봉산을 찾고, 그 산나물로 더 건강해지고, 팔봉산의 좋은 기운을 받아 삶을 잘 이끌어 가길 기대해 본다.

구도 항과 고파도

팔봉산에서 훤히 내려다보이는 가로림만 한가운데에 있는 고파도에 가기 위해 구도 항에 갔다. 구도 항에서는 고파도행 여객선이 아침 7시 30분과 오후 4시 두 차례 있지만 우리는 사촌 매제의 배로 가기 위해 늦은 아침을 먹고 거의 점심시간이 돼서야 움직였다.

항구가 보이는 언덕에 올라서자 도로 좌우측에 여름철에는 보이지 않았었던 1동짜리 작은 규모의 비닐하우스들이 들어서 있었다. 그리고 그 비닐하우스 문 앞에는 굴 껍질들을 담은 자루들이 쌓여있었다. 김장이 가까웠기에 가격을 알아볼 겸 잠시 자동차를 세우고 비닐하우스 안으로 들어갔다. 비닐하우스들 안에서는 아낙들이 모여 굴 까기 작업을 하고 있었다. 가로림만 내 고파도 인근 굴 양식장에서 채취해온 굴들이었다.

아낙들은 우리의 질문에 답을 하면서도 손놀림을 멈추지 않았다.

자세히 보면 그 잰 손놀림에 눈이 휘둥그레질 지경이었다. 끝이 고부랑한 쇠갈고리(조새)로 두 껍데기를 맞닿게 이어주는 부위를 탁 친 다음, 위쪽 껍데기를 들어내고 안의 뽀얀 살을 쿡 찍어 그릇에 담았다. 연거푸 반복해도 일사천리로 군더더기 하나 없었다. 말 그대로 달인들이었다.

생굴은 수분과 단백질, 지방, 탄수화물 그리고 회분으로 이루어졌고 비타민 A와 B1, B2, C와 나이아신 등이 함유되어 있다고 한다. 글리신과 글루타민 산이 함유되어 좋은 맛을 내는 굴은 생으로 먹거나 밥과 죽, 국, 전, 젓갈 등 다양한 방식으로 조리된다.

가격을 알아낸 뒤 우리는 다시 항구로 옮겨 매제의 배에 승선했다. 항구로부터 1킬로미터 정도 될까 하는 거리를 쾌속으로 달려 10여분의 후에 고파도에 도착했다. 선착장 모습이 더없는 시골 풍경이었다. 해안을 따라 돌과 시멘트로 축조된 부두와 그 옆의 작은 슈퍼마켓 그리고 그 부두 아래 해안에는 엄청난 양의 굴 껍데기들이 쌓여있고 흩어져 있었다. 그야말로 고파도 해안 일대가 굴 산지임을 알 수 있게 해주는 풍경이었다. 본래 고파도에는 성이 있었는데, 이 성에 있었던 돌들을 굴 양식을 위해 바다로 옮겨와 뿌리다시피 펼쳐 놓았다고 한다.

부두 옆 길 건너부터는 농사를 짓기 위한 밭들이 펼쳐졌다. 그런데

밭의 한쪽 끝에 또 비닐하우스가 있었다. 이곳에서도 굴 까기 작업이
한창이었다. 한 아주머니가 맛을 보라며 굴 하나를 까주기에 받아먹
었다. 맛이 환상적이었다.

고파도를 떠날 때 꼭 사가기로 하고 섬을 둘러보기 위해 언덕길로
올랐다. 작은 마을이 있고 건너편 언덕 위에 조그마한 학교 건물이
보였다. '팔봉초등학교 고파도 분교'. 한적한 마을에 평화로운 기운
이 서려있었다.

다시 계속 걸어 언덕을 넘으니 바다가 보이고 해수욕장인 듯한 모
래사장이 나왔다. 철 지난 바닷가가 쓸쓸하게만 느껴졌다. 섬 안쪽으
로 이어지는 낮은 구릉을 따라 잎이 다 떨어진 조그마한 크기의 해당
화나무들이 즐비하게 서 있었다. 갑자기 해당화나무들 사이에서 노
래가 들려오는 듯했다.

"해~당화 피고 지는 섬~마을에 철새 따라 찾아온 초옹~각 선생님,
열아홉 살 섬 색시가 순정을 바쳐 사랑한 그 이름은 총각선생님,
서울엘랑 가지를 마오 가지를 마오."

내가 초등학교에 다니던 1967년에 상영되었던 '섬마을 선생'이란
영화 주제가로 이미자 씨가 불러 대단히 유행했던 노래였다. 잠시 내
가 그 노랫말의 총각선생님이 된 것 같았다.

다시 배를 타러 부두로 왔다. 오는 길에 굴을 사기 위해 비닐하우
스에 들렀다. 이렇게 싱싱하고 맛이 좋은 굴을 무척 싸게 샀다. 입안

에선 어느새 깨와 파가 뿌려진 굴회의 새콤달콤함이 느껴졌다. 아낙
들이 고파도는 굴도 좋지만 봄에는 바지락도 많고 소라도 많다고 또
찾아오라 했다.

언젠가 기회가 된다면 고파도에서 바지락이 들어간 감자국도 먹고
바닷가에서 해당화도 감상해야겠다. 별빛 아래서 아이들과 어우러
져 옛날이야기를 풀어놓는 섬마을 선생님이 될 수만 있다면…. 생각
만 해도 미소가 지어진다.

▶ 3봉에서 바라본 구도 항과 주변의 모습

팔봉산 감자축제

두메산골에 이렇게 많은 사람들이 모일 수 있을까? 승용차를 비롯한 각종 차량들이 팔봉산 소나무 밭 아래 주차장에 가득했다. 이도 모자라 팔봉산으로 향하는 진입로 양쪽 길가에서부터 산 아래 주차장 입구까지도 각종 차량들이 주차되어 있다. 주차장 안쪽엔 팔봉산 등산을 위해 찾은 등산객들의 대형 버스도 있지만 나머지 대부분은 팔봉산 감자축제를 위해 찾아온 차량들 같았다.

정말로 엄청 많은 사람들이 팔봉산 감자축제를 위해 찾아왔다. 공식 행사가 열리는 등산로 입구 인근의 행사장이나 주차장 가장자리에 마련된 행사 부스 안과 천막 속 그리고 산 아래로 내려가는 도로변 감자밭에도 온통 인산인해다. 마을 사람들이 다 나왔다 해도 또한 아무리 많은 관계공무원들이 업무를 본다고 해도 이렇게 많은 사람들이 이 산골에 모여들 수 있을까? 특히 전국 규모의 장터에서나 볼 수 있을 법한 엿장수를 비롯해 뱀이나 원숭이 등 진기한 동물을 보여주며 장사하는 사람들, 심지어 전자제품을 판매하는 사람들까지 온갖 상인들이 다 몰려온 것 같다. 다양한 부류의 상인들이 많다는 것은 그만큼 이곳에 사람들이 많이 모이고 수익도 있다는 의미일 것이리라.

사람으로 들어찬 부스에서는 다양한 감자 요리들이 소개되고 있고, 감자를 피부미용을 위한 감자마사지도 시연되고 있었다. 전국 그어느 행사와 비교해도 빠지지 않는 커다란 축제가 벌어진 것이다.

지금까지의 내용은 2011년 제10회 팔봉산 감자축제 현장의 모습이었다. 그런데 2012년 6월 23일과 24일 이틀간 열린 제11회 팔봉산 감자축제는 전국을 넘어 세계를 향한 감자축제의 시작이라고 말할 수 있었다.

감자축제 공식 행사장이나 감자밭 그리고 길가 행상 주변에 모인 인파 속에서 어렵지 않게 외국인들을 볼 수 있다. 조그마한 감자상자들을 들고 버스에 승차하기 위해 돌아가는 한 무리의 외국인들과 마주쳤을 때 "팔봉산 감자축제를 잘 즐겼냐?"고 물었더니, 우리말로 인사하며 "왜 사람들이 이곳에 와서 직접 감자를 캐면서 사려는지 이제는 이해할 수 있다."며 "팔봉산 감자 축제 원더풀!"을 외쳤다.

공연장으로 바뀐 공식 행사장에서는 군복을 입은 미군들이 그룹사운드를 이루어 흘러간 팝송을 노래하고 있었고 감자밭에서는 직접 감자를 캐고 있는 외국인들도 있었다. 알고 보니 '재경 서산 향우회'의 조재석 이사가 고향의 축제를 더욱 빛나게 하고 싶어 개인적으로 친분이 있는 미8군들에게 한국문화의 현장을 방문하여 체험할 수 있도록 소개한 것이라 한다. 이들은 이 제안을 오히려 더욱 반갑게 맞이하며 "한국의 농촌에서 주민들과 축제를 함께하며 공연으로 봉사 활동 할 수 있기를 원한다."면서 군무원 및 가족들과 함께 자비를 들여 참석했다고 한다.

또한 팔봉초등학교 출신이자 원년부터 팔봉산 감자축제 명예회장인 '인천영어마을' 이우영 이사장은 원어민 교사들에게는 한국 농촌문화 체험을 기회를 주고 주민들에게는 이들을 통해 영어를 접하는 특별한 추억을 만들어 준다고 한다.

잠시 공연을 감상한 뒤 내려오는 길에 감자 시식회에서 감자를 얻어먹었다. 삶은 감자든 구은 감자든 시식하려는 사람들이 너무 많아 기다려야만 했다. 내 차례가 되어 삶은 감자 하나를 받아들고 한 조각을 입에 넣으니 파삭파삭한 것이 정말 맛이 좋았다. 이러니 팔봉산의 감자축제에 사람들이 몰릴 수밖에 없다.

길가의 감자밭 일대는 어린이들이 포함된 가족단위 참가자들이 감자를 캐는 데 여념이 없었다. 온 가족이 이런 행사에 참여한다는 것은 가정의 화목을 위해 더없이 좋으리라. 특히 학생들이 직접 감자를 캔다는 것은 교육적인 면으로도 좋고 작으나마 우리나라 농업의 미래를 위해서도 바람직한 일일 것이다. 어느 감자밭의 주인은 체험자들의 감자 캐기가 끝난 밭에서 땅속을 깊이 파면서 숨어있는 감자를 캐기도 하는데, 오히려 그것들이 씨알이 굵고 더 맛있어 보였다.

    팔봉산을 비롯한 여러 지역에서 감자 수확 철에 맞추어 감자의 이름을 빌린 각종 축제들을 개최한다. 충남 당진 황토 감자 축제, 충북 옥천군 안내면 옥수수와 감자의 만남 축제, 경남 김해시 상동면의 상동 감자 캐기 체험 그리고 강원도 평창군 횡계리의 강원 감자 큰잔치 등이 있다.

    감자가 우리의 건강에 대단히 유익하다는 것은 자명한 사실이다. 그러기에 좋은 감자가 저렴한 가격으로 소비자에게 직접 전달될 수만 있다면, 팔봉산 감자축제 같은 것이 전국 어디에서나 열려 농민과 소비자가 함께 기뻐하는, 말 그대로의 축제가 많아졌으면 좋겠다. 이렇게 감자를 비롯한 우리의 먹을거리들을 매개로 산지에서 농민과 소비자가 지속적으로 만나 축제도 즐기고 직접적인 수요자와 공급자로 맺어지기를 늘 희망하고 있다.

    농산물 가격의 폭등과 폭락은 대부분 농민들의 무계획적인 재배와 중간 유통 상인의 사재기에서 비롯되는 경우가 많다고 한다. 그로 인해 결국에는 우리의 농산물이 수입 농산물에 밀려 밥상에서 사라지고 농민들은 실의에 빠질 수밖에 없다. 그러니 모든 농산물을 소비자들과 미리 협의하거나 계약하여 재배한다면 폭리, 폭락 등의 단어가 사라지고 수요와 공급이 형평을 이루어 소비자는 항상 우리의 식품을 안전하게 먹을 수 있고 농민들도 안정되게 농업에 종사할 수 있을 것이다. 아마 이런 이유 때문에 각 농산물 생산지마자 도농교류센터가 들어서는지 모르겠다.

과거보다는 교통 사정도 좋아졌고 집집마다 대부분 승용차들이 있으니 소비자들이 산지에 직접 찾아와 농산물도 사고 농촌 체험도 할 수 있다면 더욱 좋지 않겠는가? 또한 농가에서는 시기적으로 재배한 농산물을 잘 보관하여 소비자에게 일 년 내내 꾸준히 공급하기 위해 과거 선조들이 사용했던 저장기술을 계발하는 것도 필요해 보인다. 그리고 가전제품 회사에서는 소비자들을 위해 김치 냉장고처럼 가정용 저장고를 개발하여 공급한다면 좋을 것 같다.

나의 부모님 고향은 바로 충남 서산 팔봉면과 음암면이다. 그래서 어머니께서 익숙하게 만들었던 반찬에는 감자가 주로 쓰였다. 학창 시절, 여름철이 가까워지면 어머니가 꾸려주신 도시락 반찬은 감자로 만든 반찬이 많았다. 감자를 썰어 아무것도 첨가하지 않고 프라이팬에서 식용유 같은 것을 이용하여 볶아낸 감자볶음이 있었고 감자를 작은 깍두기처럼 썰어 멸치와 풋고추 또는 납작한 어묵을 사각으로 잘라 함께 졸인 것 등을 싸 주셨는데 그 맛이 참 좋았다. 고등학교 시절 야간 자율학습을 하기 위해 잠시 집에 잠시 들러 저녁식사를 할 때, 어머니께서 차려주신 감자 국 또한 일미였다. 감자를 납작하게 썰어 바지락과 함께 끓인 맑은 국에 고추장을 넣고 밥을 말아 신

김치와 먹었던 바지락 감자 국보다 맛있는 건 없었다. 또한 여름 방학 때는 감자를 으깨 설탕을 넣고 비벼 한 숟가락씩 퍼 먹으면 체력도 보강되었고 더위도 잊곤 하였다.

감자로 만들 수 있는 요리는 감자밥과 감자수제비, 감자전, 감자조림, 감자채 볶음, 감자 버터 조림, 감자 국, 버섯 감자 국, 돼지 등뼈 감자탕, 감자 샐러드, 감자 케이크, 포테이토 칩 등 동서양 모두 합해 수도 없이 많지만 그래도 역시 가장 좋았던 것은 어머니께서 해 주셨던 '바지락 감자 국'이다. 다음번 팔봉산 감자 축제 때에는 인근의 호리 앞바다나 대산, 안면도 등지에서 바지락을 잡아와 팔봉산 감자와 함께 끓여 어머니가 끓여주시던 바지락 감자 국 그대로 만들어 팔봉산 아래 소나무 그늘에 앉아 먹어야겠다.

이제는 아내의 음식솜씨도 좀 이용해야겠다. 아내는 음식을 잘한다. 감자탕을 만들어보자고 하는 건 어떨까. 그렇게 기회가 된다면 팔봉산 감자축제 때에 감자탕으로 아내의 음식솜씨를 보여주고 싶다.

명색이 팔봉산 감자고을인데 감자탕이 없어서야 되겠는가? 빠른 시일 내에 팔봉산 주변에 감자탕 주막을 열어야겠다. 그래서 팔봉산 감자축제 때는 물론 일 년 내내 팔봉산을 찾는 사람들을 위해 감자탕과 막걸리를 서비스하고 싶다.

팔봉산에 오시면 꼭, 감자탕 맛보세요!

1봉의 위대함

팔봉산 1봉은 희망과 미래의 봉우리다. 그 의미도 남다르지만 실제 보이는 모습 또한 예사롭지 않다. 양길리 팔봉산 입구에서 바라본 1봉의 모습은 소나무 숲에 올려놓은 바위의 형상이다. 바로 뒤 왼쪽의 2봉과 그 너머에 거리를 두고 있는 3봉과 어우러져 팔봉산 전체에 대한 입체감과 위엄을 느끼게 한다. 산 아래에 마을들을 좌우로 낀 팔봉산은 마치 파수꾼이라도 된 것처럼 굳건히 서 있다.

1봉 아래에 있는 넓은 주차장을 시작으로, 등산객들의 일반적인 루트인 초소와 돌탑, 돌 거북 그리고 공터를 차례로 지난 뒤 가파른 언덕을 넘어 1봉에 오른다. 정상에 서면 제일 먼저 눈에 들어오는 것은 바다 끝을 오므린 땅과 맞닿은 하늘이다. 그 하늘이 1봉 위로 되돌아오면서, 좌우측의 나지막한 산줄기에 둘러싸인 마을을 포근히 덮어주고 있다. 1봉 아래 양길리 마을과 건너편의 대황리 마을 그리고 마을 끝의 바다와 섬 고파도 등 1봉에서 볼 수 있는 모든 것은 1봉의 기운을 받아 세상과 어우러진다. 팔봉산의 어느 곳에서든 이 골짜기 속 마을을 들여다보면, 마음이 편안해지고 여유로워지는데 특히 1봉 위에서 바라볼 경우, 사방으로부터 보호받는 듯한 안정감을 느낄 수 있다.

　　그런데 산행 초기에는 1봉에 대해 간과했었다. 당시에는 구도 항쪽에서부터 시작하여 팔봉산 가든 앞 주차장을 끼고 오른쪽으로 올라 초소를 지나 등반했다. 그때 바라본 1봉의 뒷모습은 그저 커다란 몇 개의 바위로 쌓여진 걸로만 보였었다. 그래서 당장에 오르고 싶다기보다는 팔봉산의 정상인 3봉에 먼저 오른 뒤에 하산하면서 들릴 것으로만 마음먹었었다.

　　이처럼 3봉으로 향하려는 마음이 앞서, 1봉에 오르려는 기회를 빼앗겼지만, 얼마 뒤 2봉에 오르면서 되돌아본 1봉의 뒷모습은, 3봉까지 올라가는 내내 시선을 잡아놓았다. 1봉 뒤에 펼쳐진 마을은 팔봉산에서 뻗어 나온 좌우의 낮은 줄기로 감싸져 있고, 그 산줄기 사이를 통해 뻗어나간 논밭이 바다로 이어지는 모습에서 자연스러움과 여유를 찾을 수 있는데, 이 모든 것은 1봉이 그곳에 있기 때문인 것 같았다. 그도 그럴 것이 짙은 초록빛 속에 솟아있는 1봉의 모습을 보니, 마치 무엇인가를 손가락 끝으로 집어 세워 하늘에 보여주면서 하늘과 소통하는 듯했다.

1봉에 대한 또 다른 가치를 알아내고 싶었다. 그래서 그 다음 등반 때는 평소와 달리 그 아래 숲을 통해 직접 올라가기로 하였다. 하지만 1봉 아래의 주차장 위쪽 소나무 숲을 가로질러 오르려니 길도 없고 가팔라 올라갈 수가 없었다. 하는 수없이 다른 길을 찾기 위해 우선 1봉 아래 가까운 곳까지 갔다. 팔봉산 입구의 초소를 지나 작은 사거리에 오면 좌우측으로 갈라지는 길이 있는데, 우측을 가리키는 이정표에는 어송리 2킬로미터라고 쓰여 있고 좌측을 가리키는 이정표에는 양길리 2.8킬로미터라고 쓰여 있다. 좌측 양길리로 가는 길이 1봉 아래로 향하는 길이었다.

이 길을 따라 조금 걸어가자 오른쪽에 가파르고 좁은 산길이 나타났다. 1봉으로 올라가는지 정확히는 모르지만 위치상으로는 맞을 것 같았다. 조금 올라가니 길이 오른쪽으로 꺾이면서 왼쪽에 묘지가 나왔고, 다시 오른쪽엔 실과 같은 오솔길이 숲속으로 이어졌다. 오솔길은 그다지 넓지 않고 잘 닦여지지 않은 것으로 보아 사람들의 왕래가 적었던 모양이었다. 그러한 오솔길을 따라 소나무 가지에 어깨를 스치면서 무조건 위쪽을 향해 조금 올라가 보니 소나무 가지 사이로 회색빛의 커다란 바위가 보였다. 좀 더 다가가 바라보니 마치 땅속에서 솟아오른 것 같은, 놀라운 크기의 바위 덩어리가 하늘을 향해 수직으로 서 있었다.

팔봉산 1봉을 만들어낸 바위였다. 얼마나 큰지 알고 싶어 발걸음을 오른쪽으로 옮겼다. 바위와 맞닿은 땅이 오른쪽으로 갈수록 점점 가팔라져서 그런지 바위가 땅속에서 솟아오른 것처럼 보였다. 바위에 다가가 직접 만지며 좌우로 위로 바라보니 무섭게까지 느껴졌다.
마치 하늘에서부터 땅까지 이어져 앞을 막아버린 듯, 위압감에 어깨
가 움츠러들고 허리가 굽혀졌다. 이런 바위를 감히 우습게본 것은 물
론 그 위에 오르는 것을 너무 가볍게 생각했다는 마음이 들었다.

'경망스러웠던 것 용서하세요.'

뒤로 몇 발자국 물러서 허리 숙여 인사한 뒤 주변을 둘러보니 모든
나무들이 1봉을 향해 경배하듯 서 있었다. 나무들의 표정을 살피며
다시 바위의 왼쪽으로 돌아와 그 옆으로 이어지는 길을 따라 넘어섰
다. 평상과 벤치 등이 있는 쉼터가 나왔다. 이곳은 평소 산 입구의 초
소와 돌탑, 돌 거북 그리고 공터를 차례로 지나는 등정로의 1봉과 2
봉 사이에 있는 휴식 공간이었다. 이전엔 이곳 평상에 앉아 1봉 뒷모
습을 보면 그저 높이 쌓여진 바위 덩어리들이 눈앞을 막고 서있어 답
답하게만 느꼈었는데 이젠 그렇지 않았다. 시선은 비록 바위에 가려
졌지만 1봉 정상에서 볼 수 있는 전경이 훤히 보이는 듯했다.

팔봉산 3봉 정상에 가는 코스가 2봉을 지나쳐야만 오를 수 있는 것
처럼 꼭 1봉을 거쳐야만 했었다면 어땠을까? 그랬다면 지금과 같은
느낌이 들었을까? 1봉에 대하여 두려운 느낌이 든다고 해서 기분은
나쁘지는 않았다. 이는 1봉에 대한 외경에서 왔기 때문이었다.

이제 팔봉산에 오면 1봉엔 당연히 오른다.
경건하고도 신선한 마음으로 오르고 또 오른다.

그리고 그곳에서 하늘에 늘 기도한다.
'무슨 일이든 잘되게 해달라고'
1봉은 희망과 미래의 봉우리다.

인천에서 구도까지, 은하 호여 다시 한 번

'저것이 구도 항이었구나?

부두 옆의 바닷모래 세척 시설만이 눈에 들어오고 바다는 텅 빈 채 작은 배들만이 부두에 묶여 있었다. 전혀 예상하지 못했던 광경이었다. 팔봉산 삼봉에서 내려다본 구도항의 모습은 항구라기보다 마치 작은 포구와도 같았다.

어린 시절 기억으로, 구도는 무척 크고 바쁜 항구였다. 인천에 살면서 무슨 때만 되면 아버지 어머니의 고향인 서산에 오기 위해 인천에서 '은하 호'라는 배를 타고 구도에 왔었다. 뱃멀미에 시달린 어머니가 동생을 업은 채 한 손은 내 손을 잡고, 다른 한 손은 보따리를 들고 버글버글했었던 여객들 속에 묻혀 있다가 엄청 커다란 배에서 내리면서 "이젠 살았다."라고 말했던 것이 기억난다.

내가 초등학교에 입학하기 전후였던 1950년대 말과 60년대 초부터, 인천을 비롯한 수도권에는 무척 많은 충청도 사람들이 옮겨와 살고 있었다고 한다. 그 가운데 서산과 태안 당진 인근 출신의 사람들과 또한 그들과 관련된 사람들의 비율이 반은 넘었었나 보다. 명절 때는 물론 연휴 심지어 평상시에도 서해안 고속도로는 당진과 서산 쪽으로 빠지는 많은 차량으로 정체되어, 고속도로의 기능이 상실될 정도인 것은 바로 이와 같은 이유 때문일 것이다.

또 여름철 휴가철엔 어떤가? 수도권이나 여타 대도시로 옮겨왔던 그 많은 사람들이 고향이나 바닷가 또는 계곡을 찾아 나서지만, 꽉 막힌 도로 위에서 고생만 하다 온다. 그래서 많은 사람들이 으레 그러려니 하면서 멀리 떠날 생각보다는 가까운 곳을 찾게 되고 또한 고향 인근의 추억을 찾아 서해안의 바닷가로 향한다. 이런 이유 때문에 예전이나 지금이나 수도권 사람들의 전통적 휴양지는 만리포와 안면도를 비롯한 서해안이다.

십리도 못가서 발병난다는 우리나라의 도로 상황. 육지의 도로망이 이렇듯 몸살을 앓는다고 해도 뚜렷한 치료 방법이 없다면 바다에서 길을 찾는 것이 어떨까? 삼면이 바다인 우리나라는 원래부터 바다가 우리 삶의 주요 무대였어야 한다. 웬만한 육지는 포화상태가 되었고 좀 더 있으면 더 이상 개발할 곳도 없을 것 같다. 아니, 이젠 길마저 막혔으니 어디 갈 곳이 있겠는가?

바다로 길을 내자!

이미 50년 전에 열렸었던 인천과 구도를 잇는 뱃길을 다시 내자. 그리하여 인천을 비롯한 수도권에서 서산 일대를 찾기 위해 발생하는 교통 문제도 해결하고 이 지역을 휴양도시로 만들어 보자! 자동차도 실을 수 있고 온갖 휴식 시설이 잘 갖추어진 커다란 배를 마련하자. 온 가족이 함께 즐길 수 있고, 승선하는 순간부터 놀이 시설에 온 것처럼 지루할 틈을 주지 않는, 자신도 모르는 사이 목적지에 도착할 만큼 즐거운 시간을 주는 배를 띄우자!

물론 이 뱃길을 다시 살리려 한다면 경제성을 가장 많이 고려해야 할 것이다. 먼저 이 뱃길을 다시 열었을 때 기본적으로 이용할 수 있는 사람들이 얼마나 될지 알아봐야 한다. 다음으로 이 부근에서 생산되는 농수산물과 공업용품의 운송로가 될 수 있는지와 오락과 레저산업이 있는 주변 지역과 연계될 수 있는지를 파악한다. 세 번째로 이를 위한 기본적 투자비용은 어느 정도 인지를 분석하고 네 번째, 합리적 운영의 묘안을 최대한 마련해야 한다. 마지막으로 이를 통한 시너지 효과에 따른 자체 산업의 육성과 지속적 수익모델의 개발 가능성은 얼마나 되는지를 연구해야겠다.

이런 것들이 본 사업의 성공을 위해 대표적으로 염두해야 할 기본 사안일 것이다.

이 글을 쓰기 위해 고파도에 다녀왔다. 고파도는 서산 시민들의 휴식처로 서서히 떠오르고 있다. 고파도는 그리 작지 않은 섬으로 이미 거주민들도 많고 완만한 산과 소나무 숲 그리고 해안엔 백사장과 자갈밭 등이 갖추어진, 구도 항과도 그리 멀지 않은 팔봉면의 일개 리이다. 이곳을 싱가폴의 센토사 섬처럼 개발한다면 그 효과가 어떨까?

팔봉산과 구도 항 그리고 고파도를 연결하는 휴양과 관광 레저 벨트. 이곳을 인천을 통해 구도로 들어오는 관광객과 당진과 서산 일대 산업단지 근로자 가족들이 이용하는 휴양지로 만드는 것을 시작으로 나중에는 전국적, 세계적 휴양지로 만들 수 있도록 노력해 보자!

그 아주머니는 앞으로도 팔봉산과 함께 살아갈 분이셨다.

그녀와 친해지면 마음이 든든해질 것 같았다.

이젠 팔봉산에 갈 때마다 우리를 잘 기억할 수 있도록

꼭 그분으로부터 필요한 농산물을 산다든지 만날 것이다.

왠지 팔봉산에 아지트를 마련한 기분이 들었다.

셋 : 팔봉산과 사람들

나중에 이곳에 사는 사람들은 여가를 어디에서 어떻게 보낼까?

팔봉산과 인근의 구도와 고파도의 역할이 클 것으로 기대된다.

팔봉산은 서울의 남산처럼 될 것이다.

엄마 고향이 팔봉산 있는 곳이래요

"선생님! 우리 엄마 고향이 팔봉산 있는 곳이래요."

수업 도중 승연의 생뚱맞고 갑작스런 말에 조금은 놀랐다. 하지만 아마 다른 말을 했다면 꾸지람을 주었겠지만 '팔봉산'이라는 말에 나의 목소리도 부드러워졌다.

"갑자기 왜 팔봉산 얘기를 꺼내니? 다른 생각 하지 말고 이거나 잘 영작해 봐!"

"벌써 다 했어요."

"그래, 어디 보자."

나는 승연이의 공책을 들여다보았다.

"퍼펙트!"

승연은 영어를 곧잘 하는 아이였다. 초등학교 2학년이 되던 어느 봄날, 옆집에 사는 현주와 함께 현주의 엄마 손에 이끌려 나의 영어교습소에 입소한 지 4년째였다. 영어작문을 위주로 영어를 함께 익히고 있는 이 영어교습소에서, 승연의 영어 능력은 영어책을 읽는 것은 기본이고 단어의 활용을 위한 영어문장의 구성 등도 몹시 뛰어났다.

그렇지만 나는 마음속으로 승연이가 나의 교습소를 그만두길 바라고 있었다. 그것은 승연이 때문에 다른 학생들이 많은 피해를 입고 있었기 때문이었다. 커다란 테이블에 여럿이 둘러앉아 수업을 하는 가운데, 승연은 수업 도중 맞은편 아이에게 지우개를 던지거나 옆에 앉은 아이에게 시비를 거는 것이 다반사였다. 또한 다른 아이들이 어쩌다 자신보다 잘하면 야유하기도 하는데, 이럴 때는 선배든 남학생이든 가리질 않는다. 이에 대해 매일의 행사처럼 꾸짖기도 하고 달래기도 하였지만 그때만 듣는 척하지 소용이 없었다.

어쩌다 승연이가 교습소에 오지 않는 날이면, 실제로 이와 같은 승연의 태도는 전교생은 물론 학교 선생님들도 다 아는 사실이라고 다른 아이들이 승연이의 학교생활을 일러바치느라 시간 가는 줄 모를 지경이었다.

하지만 승연은 상당히 총명한 아이였다. 교습소에 입소했을 때만 해도 알파벳조차도 잘 몰랐었는데, 금방 알파벳을 익히더니 바로 단어 읽는 요령을 터득하여 2학년 2학기 때는 350단어가 담긴 명작 소설을 막힘없이 읽었고 벌써 영어의 문장 구조와 단어의 쓰임새까지 이해하기 시작하는 단계였다.

　　그런데 2학년 2학기 말쯤부터 함께 오던 현주가 따로 오기 시작하였다. 그리고 겨울 방학이 되자 현주 엄마가 찾아와 승연과 관련된 여러 이야기들을 알려주었다. "승연이가 자꾸 현주를 때리고 무시하여, 현주가 승연과 함께 어울리는 것을 싫어한다."는 이야기였다. 당시 나는 이 말을 '승연이가 현주보다 뛰어나니까 시기하는구나.'라고 생각하며 대수롭지 않게 생각하며 가만히 듣기만 하였다. 그러자 현주 엄마는 "승연이 엄마가 위암을 앓아 2번이나 수술했다."면서 "승연이 엄마는 말을 잘 듣지 않는 승연을 길에서도 때리는 등 거의 매로 승연을 다스린다."는 등의 말을 남기고 갔다.

　　승연이가 안타까웠고 애처로워 보였다. 나는 그날 이후로 승연에게 더 많은 관심을 가지며, 승연이가 시간이 있을 때는 다른 시간의 강의도 듣도록 허락하거나 아무 때나 이곳에 와서 쉬면서 내가 교재로 사용하고 있는 명작 영어 소설들을 읽을 수 있게 했다.

　　그런데, 승연은 3학년이 되자 빠지는 날이 많아졌다. 승연이 엄마가 아프기도 했지만 승연이도 병치레가 많은 것 같았다. 그래서 승연은 3학년 2학기 때부터 수업시간을 잘 지키지 않아 이 시간 저 시간으로 자주 반을 옮기는 경우가 많았다. 이로 인해 함께 수업을 했었던 다른 시간의 학생들을 비롯한 전체 교습소에서 '승연은 똑똑한 아이'로 알려지는 결과를 낳았다.

　　4학년이 되자 승연이가 이상하게 변해갔다. 책가방 속에 엄청 커다란 연필꽂이를 가져와서 수업 도중 이를 테이블 위에 올려놓고, 함께 가져온 많은 연필과 볼펜들을 그것에 꽂으며 돌리곤 하였다. 또한 수업을 시작하려 하면 여러 가지 질문을 하였는데 그 가운데 한 가지 이야기는 매일 계속되는 시리즈와 같았었다. 그러자 다른 아이들도 그 이야기에 흥미를 느끼며 다음 이야기를 듣고 싶어했다. 수업에 지장이 많아지자 나는 더 이상 그런 얘기를 하지 말라고 승연을 타일렀다. 하지만 승연은 듣는 척만 할뿐 여전히 달라지지 않았다. 승연의 엄마에게 연락하여 해결하고도 싶었지만 가뜩이나 승연이 엄마가 몸이 좋지 않은 상태일 것 같아 그러지도 못하고 또한 그런다고 해도 승연이가 매를 맞을 것 같아 측은하게 느껴져 그저 달래기만 할 뿐이었다.

그런데 4학년 2학기가 되자, 승연이가 '영어교습소를 끊을 것'이라고 했다고 다른 아이들이 전해주었다. 속으로 '잘된 일'이라고 생각하면서 승연이가 직접 말해주기만을 기다렸다. 그러나 승연은 말해주지 않았다. 내가 물어보고도 싶었지만 승연이가 관심을 끌기 위해 그랬을 수도 있었을 텐데, 공연히 물어보았다가 아이의 마음만 아프게 할 것 같아 묻지 않고 잊어 버렸다. 그렇게 5학년 1학기를 맞았다.

나는 팔봉산이 너무 좋아, 팔봉산 이봉에서 찍은 일봉의 뒷모습이 담긴 사진을 액자에 담아 교실에 걸어 놓았었다. 아이들이 이를 보고

뭐냐 묻기에 팔봉산이라고 알려주며, 내가 팔봉산에 등산 다녀온 이 야기 등을 해주곤 하였다. 그래서 그랬는지 승연이가 어느 날 느닷없 이, "엄마 고향이 팔봉산 있는 곳이래요."라고 말한 것 같았었다.

그 후 두 달 정도가 지난 어느 날, 수업이 끝날 때쯤, 승연은 "엄마 전화가 왔는데 받아도 되요?"라고 묻기에 허락하면서 수업을 마쳤다. 나의 교습소에서는 휴대전화를 이용하여 영어단어를 찾을 수 있도록 하였기에, 휴대전화가 있는 학생들은 휴대전화를 모두 켜 놓은 상태 였다. 언뜻 들어보니 승연의 엄마가 교습소 근처에 온 모양이었다.

수업을 마치고 아이들과 함께 밖에 나와 보니, 건물 모퉁이에서 승 연의 엄마가 승연을 기다리고 있는 것 같았다. 커다란 키에 긴 외투 를 입고 창백하고 여윈 얼굴에 안경을 낀 모습이 언뜻 보아도 아픈 것 같았다. 멀리 떨어져 있었지만 서로 눈이 마주쳤기에 간단히 목례 만 하고 교실로 들어왔다. 그것이 처음이자 마지막으로 보았던 승연 이 엄마의 모습이었다. 그리고 한 달쯤 지나, 승연은 "내일부터 오지 않아요."라며 인사한 뒤 이곳을 떠났다.

아이들은 가끔 승연의 소식을 전해주었다. "승연이가 팔에 깁스를 했다." "운동장 구석에서 어떤 아이를 혼내주고 있다."는 등 승연의 좋지 않은 이야기만 해 주었는데, 1학기가 끝날 때쯤 어느 날엔 "승 연이가 충남 서산으로 이사 간다."고 하였다.

'아! 그랬었구나.'

'엄마 고향이 팔봉산 있는 곳이라고 했던 말은, 관심을 끌기 위해서 그냥 해 본 소리가 아니라, 사실인 모양이었다. '그때 승연이의 애기 좀 받아주고 엄마 고향에 대한 이야기를 들어줄 걸.' 나는 잠시 후회하며 반성했다.

그러던 어느 날, 길에서 우연히 현주 엄마를 만났다. 현주는 3학년 초에 다른 구에 새로 지은 아파트로 이사하면서 전학과 함께 나의 교습소를 떠났지만 미술학원만큼은 아직도 이 동네로 현주 엄마가 직접 데리고 다닌다고 하였다.

"승연이 엄마가 세상을 떠났다는군요!"

끝내 승연이 엄마는 위암으로 사망하였고 승연은 승연이 엄마의 고향인 할머니 댁에서 살기 위해 서산으로 이사했다고 하였다. 처음이자 마지막으로 보았던 승연이 엄마의 모습과 승연이가 엄마와 함께 손을 잡고 나를 향해 처다보던 모습이 떠오르며 눈물이 핑 돌았다.

다음해 봄 어느 날, 팔봉산에 왔을 때였다. 내가 처음 팔봉산을 찾았을 때와는 달리 음식점들이 생기는 등 팔봉산 일봉 입구의 모습도 많이 바뀌었다. 여느 때와 다름없이 팔봉산 일봉 입구 초소 이전의 노점을 지나가면서 얼핏 보니, 나물을 파는 할머니 옆에 눈에 익어 보이는 한 아이가 있었다. 승연이 같았었다. 깜짝 놀라 되돌아서며 자세히 보니 승연이가 아니었다. "엄마 고향이 팔봉산 있는 곳 이래요."라고 했던 승연이. "승연이 엄마가 암으로 사망하였고 승연은 승연이 엄마의 고향인 할머니 댁에서 살기 위해 서산으로 이사했대요."라는 현주 엄마의 말.

이 두 마디 말이 귓가에 맴돌았다. 승연은 어디서 어떻게 살고 있을까? 보고 싶다. 그날은 삼봉에 오르기까지 승연에 대한 추억이 떠올라, 팔봉산 일봉 뒷모습과 마을의 경치를 감상하는 것도 잊었다. 아주 천천히 삼봉 정상에 올라 승연에 대한 미안한 마음을 풀어놓았다. 그리고 승연이가 건강하게 잘 자라주기를 팔봉산과 하늘에 간절한 마음으로 기도했다.

팔봉 출신 명사 – 이우영 이사장

　내가 팔봉산이 좋아 자주 온다 하니 인근에 사는 한 남자가 "나는 이곳에 살면서도 팔봉산에 올라간 것이 초등학교 때 소풍갔었던 것을 제외하고 없다."며 조금은 비웃듯이 대꾸하였다. 내가 가르치는 '성문기본영어' 책에 'Though living close to the beach, he rarely goes swimming.(그는 비록 바닷가 가까이에 살지만 거의 수영을 하러 가지 않는다)' 이라는 문장을 보고, '아무리 그래도 그렇게까지 할 수 있을까?' 생각했었는데, 정말 그런 사람이 있었다. 그는 내가 "인천에서 왔다." 하자 "팔봉산이 무슨 대단한 산이라고 인천에서까지 올 정도가 되나요?"라며 여전히 비아냥거렸다.

　기분이 상한 나는 팔봉산의 가치를 모르는 그와 더 이상 말을 섞고 싶지 않아 떠나려는데, 이번엔 그가 나에게 물어왔다.

　"인천에서 영어마을을 하는 이우영이사장을 아세요?"

과거 '통역협회'를 만들면서 그를 이사로 추대하기 위해 인천부시장을 지낸 유필우 씨와 함께 그가 운영했던 경문직업학교를 방문하면서 수차례 만난 적이 있었기에, "그렇다."고 하였다. 그랬더니 "그 사람이 이 지역 출신으로 학교 선배가 되는데, 이곳의 팔봉 감자축제를 위해서도 커다란 역할을 해오고 있다"고 했다. 이런 말이 나오자, 내가 조금 전까지 그를 충청도식 표현으로 '이런 싸가지!'라고 느꼈던 마음이 조금은 풀렸다. 이제는 그 사람과의 대화가 긍정적으로 바뀌면서 화재는 '이우영' 씨로 옮겨졌다.

그 사람 말에 따르면, 팔봉산이 있는 이곳은 골짜기 중에 골짜기, 그야말로 산골짜기로서 아주 낙후된 곳이었다고 한다. 그런데도 이런 곳에서 컴퓨터 전문가가 태어났었다며 이우영 씨가 인천에서 팔봉전산원도 했다는 얘기도 해주었다. 예전 90년대 무렵에 인천 연안부두로 들어가는 도로변 건물 벽에 '팔봉전산원'이라고 검정색 페인트로 커다랗게 쓰어 있는 것을 본 적이 있었다. 그즈음 싱가폴국립대에서 유학할 때, 캠퍼스 내에 컴퓨터 제품 광고와 컴퓨터 교육 안내 포스터들을 보고 나도 수강할 계획을 가졌었는데, 당시 '인천에는 벌써 저렇게 커다란 컴퓨터 교육 학원이 일반인을 대상으로 생기다니 그 오너는 상당히 앞선 사람일 것'이라고 생각했었다.

나는 그와 얘기하는 도중 다시 한 번 팔봉산을 올려다보았다. 팔봉산에 온 것이 더욱 좋았다. 그리고 이우영 씨는 안녕하신지? 다시 대화하던 그 사람을 보니, 조금 전과는 태도가 달라진 채, 팔봉의 사람들을 말하느라 신이 나 있었다. 그의 말을 다 들어주기에는 어느 정도 인내심이 필요했지만, 그래도 끝까지 들어주었다. 그래서인지 아니면 이젠 서로가 조금은 익숙해져서인지 나도 이번엔 자신감을 갖고 그에게 말했다.

"팔봉산에 등산 다니세요! 그리고 팔봉산을 사랑하시고요!"

그와 헤어지며 차를 타고 조심스럽게 달리는 시골길에서, 지난날 함께 지냈던 사람들의 모습들이 내가 가는 반대 방향으로 휙휙 지나듯 느껴졌다. 항상 열심이었던 이우영 씨의 모습이 잔영으로 남아 그의 근황이 궁금했다. 기회가 된다면 꼭 한 번 함께 팔봉산에 오르고 싶다.

팔봉산 아줌마

승용차를 타고 팔봉산에 가게 되면 먼저 팔봉면 진장리에 들린다. 그곳엔 90세가 넘으신 큰어머니가 홀로 거주하신다. 60세 전후의 딸만 셋 두고 계신 큰어머니는 큰아버지와 30년 전쯤에 사별하시고 그곳에서 줄곧 혼자 살아오시고 있다. 독거노인의 외로운 생활과 어려운 형편을 확인할 수 있는 현장으로서 너무나 안타깝지만, 조카로서 어쩔 수도 없고 그저 팔봉산에 갈 때마다 가끔 들려 인사를 드리는 정도이다. 방문할 때마다 나의 미래에 대한 경각심이 일고는 한다.

이런 큰아버지 댁이 어린 시절 방학 때면, 공부와 부모님의 간섭으로부터 해방을 맛볼 수 있는 행복한 시골이었다. 여름엔 저수지에서 헤엄을 치고 개울에서 붕어를 잡으며 산과 들에서 말처럼 뛰어놀다가 밤이면 피로에 지쳐 쓰러져 잠들곤 했었다. 특히 겨울방학 때에는 사랑방 한쪽 구석에 마련된 둥근 통에 고구마가 가득 담겨 있었다.

밤이면 이곳에서 친척 아이들과 호롱불을 켜놓고 밤늦도록 이야기를 나누며 고구마 껍질을 이로 대충 벗겨 생으로 먹곤 했었다. 그리고 방학이 끝날 때쯤엔 역시 한상자의 고구마를 들고 집으로 돌아왔는데, 이것은 더없이 좋은 겨울의 간식으로서 겨울 내내 방귀냄새가 집 안에 머물게 한 원인이었다.

큰아버지 댁의 고구마는 물고구마였다. 그 지역의 토양은 질기 때문에 진장리라고 이름이 붙여졌다고 할 만큼 약간의 비와 눈만 와도 질퍽했다. 그래서 고구마도 물고구마였던 것 같다. 친척 아이들과 사랑방에서 보내는 밤이면 으레 부엌에서 고구마를 삶으며 구들장을 덥혔다. 고구마를 삶기 위해선, 가마솥에 주발 하나를 엎어놓고 그 주발의 3분의 1 정도 잠길 만큼 물을 부은 다음, 깨끗하게 씻은 고구마를 넣고 뚜껑을 덮었다. 그리고 아궁이에 불을 지핀 다음, 장작으로 화력을 높이면 어느새 솥뚜껑과 솥 사이의 틈으로 일직선의 센 김이 뿜어져 나오면서 고구마 익는 냄새가 부엌 안에 진동했다. 그러다가 금방 고구마 타는 냄새가 나기 시작했는데, 이때쯤 솥뚜껑을 열어 젓가락으로 가장자리에 놓인 고구마의 한가운데를 푹 찔렀다. 젓가락이 걸리는 것 없이 잘 들어가면 고구마가 잘 익혀진 것이었다. 이렇게 삶아진 고구마를 젓가락이나 집게로 꺼낼 때면 고구마가 껍질이 벗겨지고 속살이 늘어져 물이 뚝뚝 떨어졌다. 물기가 많은 이 고구마는 반으로 갈라 속을 떠먹거나 어느 정도 식은 다음 고구마를 손에 들어 한쪽 꼭지를 입에 대고 빨면 기가 막힌 꿀맛이었다. 그 맛을 아직도 잊을 수가 없다.

　며칠 전에 아내와 함께 마트에서 밤고구마를 샀다. 한 번 구워 먹고 나머지는 튀겨 먹기로 했다. 그런데 고구마가 너무 팍팍해서 먹기가 힘들었다. 큰어머니 댁에 오니 옛날 진장리의 물고구마가 더욱 그리웠다. 그래서 내려온 김에 사가려고 했지만 올해는 농가마다 다른 농산물을 심느라, 어느 집에서도 물고구마는커녕 밤고구마도 살 수 없다고 하셨다.

　아내가 미리 장만해 간 동태로 찌개를 끓여 함께 점심식사를 마친 뒤 우리는 팔봉산으로 가기 위해 큰어머니와 작별 인사를 나누었다. 팔봉산 등산을 마치고 내려오면서 그만 양길리와 어송리가 나뉘는 곳의 이정표 사진을 찍는다는 것을 잊었기에, 아내에게 먼저 내려가 차에 있으라고 한 뒤 다시 그곳으로 돌아가 이정표를 카메라에 담고 내려왔다.

　팔봉산 입구 옆 주차장으로 눈길을 옮겨 아내를 찾았으나 그곳에 없었다. 아내는 팔봉산 입구 맞은편의 노상에서 농산물을 팔고 있는 아주머니와 함께 앉아 이야기를 나누고 있었다. 나를 맞이하는 둘의 표정은 무척 상기되어 있었다.

　"이분이 인천분이시래요."
　아내는 내가 기뻐하는 모습이 얼른 보고픈 듯 말을 꺼냈다. 아주머니와 아내는 이미 인천과 나에 대하여 많은 이야기를 나눈 것 같았다.

"네, 제가 인천 신홍초등학교 16회입니다."

아주머니는 마치 초등학생의 순진무구한 모습 자체였고 나 역시 헤어졌던 지인을 객지에서 우연히 만난 것과 같은 커다란 기쁨과 함께 함께 쪼그리고 앉아 눈높이를 맞춰 대화를 나누기 시작했다.

"네, 그러세요, 반갑습니다. 저도 인천이 고향이고 현재 신홍초등학교 앞에서 영어를 가르치고 있습니다."

"집이 신홍학교 앞 답동이었어요. 올해 예순네 살인데, 36년 전 이곳으로 시집와서 살고 있지요."

아주머니의 목소리는 충청도 사투리가 전혀 없는 소녀 시절의 목소리처럼 음색이 여려졌다.

"정말 반갑습니다. 인천에는 자주 가세요?"

공연히 내 목소리와 질문 내용이 주제넘게, 마치 아주머니가 벽지에 와서 사는 것이 안타까워 위로하는 것처럼 바뀌었다.

"네, 아들이 셋 있는데 모두 인천에서 살고 있어서 자주 올라가지요. 그리고 인천사람들이 팔봉산에 많이 오는데요, 저희 동창들이 와서 동창회 기념품인 이것도 주고 갔어요."라며 목에 감고 있던 넥 워머도 보여 주었다. 64세 아주머니라고 말할 수 없을 만큼 건강한 모습에 표정이 무척 밝았다.

"어떻게 해서 이곳으로 시집 오셨어요?"

"인천 답동에 살 때 이곳에서 이사 오신 동네분이 혼기가 찬 저에게 고향에 좋은 사람 있다고 중매해서 이리 시집 왔어요. 그때는 이곳이 아주 두메산골이었지요. 제가 제 발등을 찍었지요."

갑자기 표정이 어두워지며 옛날 생각을 하는 듯했다. 얼른 말을 돌려야했다. 그 시절엔 인천과 팔봉의 구도 항 사이에 여객선이 다녔었는데, 그 배는 주로 인천을 비롯한 도시에 취업하기를 바라는 서산지역의 사람들과 이미 이곳 고향을 떠나 인천과 서울 일대에 거주하고 있었던 사람들이 양쪽지역으로 왕래하는 교통수단이었다고 들었다. 아마 이분의 옛 동네 사람도 그 시절 직장을 구하기 위해 인천에 와서 그 동네에 정착했었나 보다.

"팔봉산에 사람들 많이 오지요? 농산물도 여러 종류 파시는 것을 보니 괜찮으신가봅니다?"

"네, 그저 열심히 농사지어 자식들 공부시키고 사는 것이 전부였는데, 얼마 전부터 팔봉산에 등산오시는 분들이 많아지면서 이곳에서 여러 가지 농산물도 팔게 되어 좋아졌습니다."

산에서 먼저 내려와 주차장에 주차한 차에서 기다리던 아내는, 내가 진장리 물고구마를 애타게 찾는 것을 알고, 마침 팔봉산 입구 맞은편 노상에서 여러 농산물을 팔고 있는 이 아주머니가 고구마도 팔고 있는 것을 발견하고, 그게 혹시 물고구마인지 물었다가 소위 '팔봉산 아주머니'를 알게 되었던 것이다. 우리는 이 밖에도 많은 이야기를 나누었고 아내가 이미 값을 지불한 물고구마 한 상자와 선물로 받은 파란 콩을 챙겨 일어섰다.

인천 출신의 팔봉산 아줌마는 팔봉산 아래에 꽤 넓은 농지를 가지고 있으며 그곳에서 각종 농산물을 재배하고 있다고 했다. 또한 집에 농산물 저장소도 있기 때문에 겨울철에도 그곳에 고구마를 비롯한 각종 농산물을 저장해두고 팔봉산 입구 등지에서 팔고 있다고 했다. 그러면서 공급할 수 있는 농산물의 종류와 전화번호와가 담긴 스티커를 건네주었다.

진짜 대단한 팔봉산 아주머니였다. 그 아주머니는 앞으로도 팔봉산과 함께 살아갈 분이셨다. 그녀와 친해지면 마음이 든든해질 것 같았다. 이젠 팔봉산에 갈 때마다 우리를 잘 기억할 수 있도록 꼭 그분으로부터 필요한 농산물을 산다든지 만날 것이다. 왠지 팔봉산에 아지트를 마련한 기분이 들었다.

팔봉산 고구마!
집으로 돌아오자마자 어린 시절 큰아버지 댁에서 그랬었던 것처럼 고구마를 삶았다. 비록 가마솥에서 장작불로 삶지는 못했을지라도 깨끗하게 씻어서 주물 솥에 넣고 가스불로 삶았다. 그것은 물고구마였다. 어린 시절, 큰아버지 댁에서 맛보았던 그 맛, 역시 그 옛날 꿀고구마였다. 수십 년을 지내고나서야 진장리 물고구마는 꿀 고구마였다는 것을 팔봉산이 깨닫게 하였다.

오늘도 팔봉산을 통해 삶의 소중한 가치 하나를 더 깨닫게 되었으니 너무 행복하다. 팔봉산은 잊혀진 나의 어린 시절의 추억을 되살리게 하여 그것만으로도 오늘을 기쁘게 살아갈 수 있도록 힘을 주는 내 삶의 반려자이다. 그리고 추억을 공유하고 있는 팔봉산 아줌마와 같은 분들과 인연의 고리를 맺어주어 나와 팔봉산의 관계는 더욱 공고해지고 있다. 팔봉산은 나의 과거와 현재를 그곳으로 불러 모으고 있으니 미래 역시 당연히 팔봉산에서 보일 것이다.

팔봉산 사람들

　팔봉산 이봉 가까이에서부터 삼봉까지 올라가며 되돌아보면, 내내 보이는 것이 사촌 여동생의 집이다. 여동생은 지금 큰어머니가 살고 계시는 팔봉면 진장리에서 태어나 팔봉초등학교 앞에서 문방구를 하던 중 매제를 만나 혼인한 지 벌써 30여 년이다. 한때 매제가 사업에 실패하면서 동생은 지금의 이곳 양길리 시댁에서 나와, 2녀 1남의 자녀교육과 생활비를 위해 대전에서 시작했던 타향살이를 지금도 하고 있다.

　10여 년 전부터 매제는 그의 고향인 이곳에서의 사업이 나아지자, 우선 가족을 다시 모으기 위해 부모님과 함께 살아왔던 집을 허물고 새로 지었으나 완공되자마자 안타깝게도 부모님이 돌아가시는 불행을 겪었다. 그런 가운데 어느덧 자녀들도 모두 성인이 되어 외지에서 각자 인생 여정을 시작하고 있다. 내가 이들의 집을 알고 드나든 지 벌써 3년째다. 팔봉산에 마음을 심고 다닌 지 수년이 되었지만 2년 전쯤에야 비로소 이들에게 나의 방문을 알렸다.

양길리 팔봉산 입구에 새로 지은 한옥 모양의 3층짜리 건물이 그들의 집이다. 처음 건물만 한 채 덩그러니 있을 때만 해도 겨울이면 오히려 이 집 때문에 주변이 삭막하게만 느껴졌었다. 그러나 집을 새로 지을 때부터 구상했었던 것이었겠지만, 정원에 건물 높이만큼이나 되는 키 큰 소나무들도 심고 정자도 만들어 놓으니 이 집은 어느덧 팔봉산 입구의 명물이 되어간다. 하지만 이렇게 보기 좋은 집에 매제 혼자만 밤늦게 돌아와 눈만 붙이는 곳으로 사용되니 아깝기만 했다. 그래서 이곳을 2년 전부터 주말이면 가끔 아내와 내가 찾아와 마치 우리 집에서처럼 편히 지냈다. 때때로 대전에 있는 이 집의 안주인인 여동생과도 약속하여 팔봉산 등산도 하고 호리 앞바다에서 바지락을 캐기도 하며 이곳에서 하룻밤을 함께 보내기도 했다.

요즘 주말에 팔봉산에 오면 꼭 그 집 앞을 지나며 매제와 만난다. 정원 옆에 도랑도 만들고 입구에 울타리 모양의 나무도 심고 자갈도 까는 등 행복을 일구기 위한 땀 흘림에 표정도 밝아졌다. 아직도 집 밖 조경을 위해 해야 할 것이 많지만 우선 빠른 시일 내에 식구들을 모아 새로운 삶을 살겠다고 한다. 또 팔봉산을 찾는 모든 사람들이 쉬어갈 수 있는 명소로 만들어 그들과 함께 팔봉산을 느끼며 살고 싶다고 한다.

지난 3월경 이 집의 2층 거실에서 잠을 자고 아침을 맞이하는 기분은 새로운 탄생 그 자체였다. 거실 정면의 나지막한 산등성이에 떠오른 태양에서 비추는 투명한 빛은 마치 내 몸마저 투명하게 만들어 그림자조차 만들지 않는 것 같았다. 그렇게 거실 구석구석은 물론 온 집에 생기를 불러일으켰다.

내 몸은 햇볕으로 완전히 충전되어 거실 안을 풍선처럼 둥실둥실 떠다니는 기분이었다. 그리고 창가로 가 팔봉산을 보았더니 그 햇빛에 의해 일봉과 이봉, 삼봉 간의 푸르른 입체감이 내 눈과 마음을 시원하게 해주었다. 햇살에 부서지는 숲속 어둠이 청아한 소리를 내며 정신도 깨어놓았다.

밖으로 나와 정원을 거닐며 다시 한 번 팔봉산을 올려다보니 몸과 마음이 더욱 상쾌해졌다. 그 기분을 간직하며 산행을 위해 팔봉산 입구로 느릿느릿 걸어갔다. 그의 집을 벗어나 뒤돌아보니 전경이 무척 맘에 들었다. 입구 옆에 자동차들이 주차할 수 있는 공간만 더 확보된다면 팔봉산 등산객이 한 번쯤 둘러보고, 심지어 정자와 소나무 밭에서 휴식도 취할 수 있을 것 같았다. 내가 고등학생이었을 때 유행했었던 남진의 '저 푸른 초원 위에 그림 같은 집을 짓고 사랑하는 우리 님과 한 백년 살고 싶어'라는 노래처럼 부디 매제 가족들이 이곳에서 그들이 하고 싶어 하는 일들을 이루면서 행복해지기를 팔봉산을 바라보며 기도했다.

부럽다.

50대 중반의 매제가 자신의 생각대로 꾸밀 수 있는 공간을 가졌다는 것이 부러웠다. 그리고 그가 지난 5년 동안 그것을 이루기 위해 시간을 가질 수 있었다는 것이 부러웠고 또한 앞으로도 그는 이곳에서 더 많은 것들을 할 수 있다는 것이 더욱 부러웠다. 물론 가장 부러운 것은 이 모든 것이 팔봉산과 함께 있다는 것이었다. 팔봉산 삼봉에서 양길리 마을과 그의 집을 내려다보며 생각했다.

'나는 팔봉산의 그림자 속에 사랑하는 사람과 살고 싶다. 그 사람과 함께 채소와 과실수를 가꾸고 인근 바다에서 해물을 거두며 살고 싶다. 내가 마련한 시설을 이용하고 싶은 사람들이 찾아오면 누구라도 우리가 가지고 있는 것을 나눠주며 살고 싶다. 현자는 앉아서 천리 밖을 본다고 했지만 현자가 안 되더라도 인터넷을 통해 세상을 보며 살고 싶다. 사는 방법만큼은 세상과 동떨어져 살고 싶지는 않다. 우리의 주소가 팔봉산일 뿐이다.'

팔봉산 아래 사촌 여동생 집 앞에서 이완섭 서산시장님, 사촌 매제와 함께 ◀

서산 댁

'서산 댁!'

1970년대 TV드라마에서 자주 들었던 호칭이었다. 그 시절 드라마 속 대부분의 가정부는 서산 출신의 아주머니들이거나 아가씨들이었다. 드라마 작가들이 서산에 대한 좋지 않은 감정이 있어서 그런 것이 아니었다는 것은 서산의 과거로 잠시만 거슬러 올라가도 쉽게 알 수 있다. 별로 비옥하지도 않은 땅에서 농사만 죽어라 지어보았자, 자식들 교육은커녕 식구들 모두가 제대로 먹을 수 있는 양식도 부족하여 어른이나 아이들이나 모두 도시로 향할 수밖에 없었다고 한다. 그래서 서산의 적지 않은 여성들이 고향을 떠나 도시의 부유한 집에 기거하면서 가정부 노릇을 했는데, 그녀들이 성실하기 그지없다고 세간에 정평이 나자 마치 '서산 댁'은 가정부의 대표적 호칭으로 불린 것이었다.

나의 부모님은 이보다 조금 앞선 세대로서 아버지가 한국 전쟁 당시 군인으로 장기 복무하다 고향에서 어머니와 혼인하고 군 전역 이후 인천에서 살기 위해 어머니를 인천으로 올라오게 하셨다고 한다. 그랬기 때문에 나는 인천에서 태어났지만 부모님의 고향인 이곳 서산에 자주 왔었는데, 특히 초등학교 때는 친척 아이들이 나를 몹시 부러워했다. 마치 내가 날개라도 달린 옷이라도 입은 것처럼 쳐다보았고, 나아가 장난감은 그들의 혼을 빼 놓기까지 하였었다.

서산의 외곽은 비포장도로에 논과 밭이 대부분이었고 시내라고 해보았자 '차부'라고 불렸던 버스 터미널 부근만이 조그마한 상점들로 다닥다닥 붙어 있었다. 서산에 오려면 인천에서 배를 타고 구도로 오거나 용산에서 시외버스를 탄다든지 아니면 홍성까지 기차를 타고 와 서산 가는 버스로 갈아타야 할 만큼 교통이 몹시 불편했었다.

중학교 때 서산에 대해 느낀 점은 서산 지방은 우리나라 다른 도시에 비하여 살기 힘들고 교통 또한 최악의 오지였다는 것이다. 고등학교와 대학교 때 연포와 만리포 등은 이미 여름철 피서지로서 라디오 공개방송 개최지가 되어 도시의 많은 남녀들이 찾는 곳으로 유명했다. 그래서 서울 등의 대도시에서 피서지로 직행하는 버스들이 생겼고 만리포, 연포 등과 가까운 태안이 오히려 서산보다 번성했던 것 같다.

그런데 이처럼 피서지로서의 가치를 제외하고 농수산업 이외에 외부 사람들이 들어와 장기적으로 거주할 수 있는 공업시설이 부재했

던 서산과 인근 지방을 요사이 둘러보면 상전벽해란 말을 실감하게
한다. 내 주변 인천 사람들이 당진의 건설현장에 내려간다든지 회사
가 그곳으로 이전하여 주말부부가 된 친구도 있고 인력 사무소에서
는 당진에서 근무할 근로자도 뽑고 있으며 라디오 방송에서는 서산
지방의 공업단지도 광고하고 있다.

실제로 당진은 새로 유입되는 사람들로 인하여 아파트 등의 거주
시설이 팽창하고 있으며, 서산의 한적했던 외곽 산속에서는 중장비
들이 굉음을 지르며 그곳을 공업단지로 바꾸고 있다. 대산에서 서산
쪽으로 오다 보면 지곡면의 도로 왼쪽에 서산 테크노밸리가 형성되
고 있다. 들리기로는 이곳에 300여 공장과 2만여 명이 거주할 수 있
는 아파트 단지는 물론 각 급 학교도 들어온다고 한다. 팔봉산으로
들어오는 입구에 작은 도시 하나가 생기는 셈이다.

나중에 이곳에 사는 사람들은 여가를 어디에서 어떻게 보낼까? 팔
봉산과 인근의 구도와 고파도의 역할이 클 것으로 기대된다. 팔봉산
은 서울의 남산처럼 될 것이다. 서울로 올라왔던 시골 사람이 남산에
올라 서울을 내려다보며 성공하겠다는 다짐을 했다는 얘기를 수차례
들었다. 서울로 올라왔던 시골 출신의 젊은 남녀가 남산에 올라 서울
의 야경을 보며 서로의 사랑을 고백하며 미래를 약속했다고도 한다.
팔봉산은 많은 외부 사람들이 찾아와 다짐을 하고 고백을 하며 건강
을 추구하고 사랑을 도모하는 산이 될 것이다.

　이제 시대의 변화와 함께 과거의 말이 된 '서산 댁'이라는 호칭을
TV 속에서 듣는 것이 쉽지는 않다. 하지만 그 시절 TV 속, 미련스러
울 만큼 충성스럽고 열심이었던 '서산 댁'들이 이제는 이곳 서산에
서 '신 서산 댁'으로 다시 살아나 서산의 발전에 밑거름이 되어준다
면 좋겠다.

팔봉산 산악회

　산에서 발견할 수 있는 고마움은 먼저 산이 있다는 그 자체이다. 산은 수억 년 변함없이 옛 모습과 느린 숨결을 그대로 간직하고 있다. 시위를 떠난 화살처럼 빠른 속도로 달리는 생의 가쁜 숨을, 산 속에서만큼은 자연의 박동에 맞추어 느긋하고도 편하게 쉴 수 있어서 좋다.

　이러한 고마움을 산에서 찾을 수 있다면 그 산을 잘 활용할 수 있도록 애써주시는 사람들에 대한 고마움이 그 다음이다. 그 높은 곳까지 나무나 돌로 튼튼하게 쌓아놓은 계단이라든지 허공을 뚫고 세워진 철 계단 등 이런 것들이 없었다면 어떻게 등산의 기쁨을 맛볼 수 있었을까 생각하게 된다. 이를 위해 고생해주신 모든 분들께 감사드린다.

　그리고 또한 그리 안 중요해 보일지 모르지만, 산을 잘 가꾸고 지키자고 등산객들이 다니는 길목이나 눈에 잘 띄는 나뭇가지에 '산

불조심'과 '산을 사랑하자' '쓰레기를 가져가자' 등의 꼬리표를 달아놓은 분들에게도 고마움을 느낀다. 등산이 삶의 원동력이 되고부터 세상의 모든 산과 산을 지키려는 모든 것들은 내가 고마워하는 대상이다.

특히 산에 있는 나무들은 산만큼이나 고마운 존재다. 팔봉산이 나의 운명이라고 결정하게 된 요인 가운데 하나도 역시 그 산에 소나무들이 있었기 때문이었다. 팔봉산과 소나무 숲에서 맡았던 향기는 나의 심신을 재부팅시켰다. 실의와 좌절 속에 있던 나의 몸과 마음속의 누더기들을 모두 걷어내고 새로운 인생 지표를 주었다.

"등산을 왜 하느냐?"고 물었더니, "산이 있어서."라고 어느 사람이 답했다는데, 나의 경우는 이제 '산에게 고마움을 표하기 위해서'가 답이다. 산에 대해서만큼, 나는 '자연보호운동가'를 지향하고 있고, 그러한 이유는 그것이 바로 '나의 생명을 지키는 것'이기 때문이다. 세상의 모든 산에 대한 나의 뜻은 같지만 우선 팔봉산의 모든 것에 대하여 아낌과 보살핌을 갖고 싶다. 팔봉산에 많은 사람들이 찾아와 나와 같은 도움을 받고 잘될 수 있기를 바라며 이를 두루 알리고 싶다.

그런데 그렇게 하기도 전에 팔봉산을 찾는 등산객들이 해가 갈수록 많아지고 있다. 그들도 모두 나와 비슷하게 팔봉산으로부터 무슨 영감을 받았나 보다. 이젠 팔봉산이 많은 사람들로부터 사랑받고 있다는 것을 알리고 싶다. 그러기 위해서 어느 산악회처럼 천으로 된 꼬리표를 만들어 나뭇가지에 매달고 싶다. 또한 팔봉산 곳곳에 이 산을 아끼는 단체가 있다는 상징물을 두어 팔봉산을 찾는 이들 모두 그렇게 하고 싶은 마음을 나누어 주고 싶다.

이 팔봉산엔 이미 이러한 활동을 하는 사람들이 있다. 바로 팔봉산산악회다. 일봉 입구에는 이전에 보지 못했던 나무 장승과 검정색의 낮은 비석이 세워져있다. 비문엔 팔봉산을 보호하기 위해 팔봉산산악회가 그 뜻을 전한다고 한다.

너무 반가웠다. 그래서 그들과 뜻을 같이하고 싶어 팔봉산산악회 총무를 맡았었다는 김종복 씨에게 연락을 취했다. 그에 따르면, 2003년에 팔봉산 인근에 거주하는 12가구의 부부들이 그들 사이의 친목을 도모하고 팔봉산을 보호하고 가꾸자는 뜻으로 팔봉산산악회를 결성했다고 한다. 그들은 매년 팔봉산에 단풍나무와 매실나무 등을 심고 비료를 주는 등 산림을 보호하고 가꾸는 데 특히 앞장선다고 하는데, 어쩐지 산 오름길 좌우측엔 예전에 볼 수 없었던 단풍나무들이 서있고 산 아래 둘레 길엔 매실나무가 즐비하다.

어쩌면 동네 친목단체 정도로 여길 수도 있겠지만 그들 나름대로 회칙도 만들었고 매월 일정액의 회비도 내며 분기별 모임을 통해 팔봉산 가꾸기에 나선다고 하는데 외부에 거주하는 일반 회원의 가입도 가능하다고 한다. 지금까지 팔봉산을 지켜주신 팔봉산산악회 회원들께 감사드리며 팔봉산산악회에 가입하여 팔봉산을 아끼고 보호하는 일을 함께해야겠다. 그리고 전국적으로 비슷한 생각을 가진 사람들을 모아 이 뜻을 더 키우고 활동 영역을 넓혀야겠다. 산을 보호하고 가꾸는 활동에 큰 무게를 두어야한다는 인식을 팔봉산을 비롯한 세상의 모든 산을 찾는 산행객들에게 고취시키는 것이 목적이다. '국민 한 나무 갖기 운동'이나 '일사일촌' 등의 활동과 같이 등산을 좋아하는 모든 사람이 마음에 하나의 산을 두고 보호하고 가꾼다면 산이 자리 잡은 우리의 마음과 산에 있는 우리의 마음이 하나가 되면서 자연의 순리에 따라 만사형통이 될 것 같다.

이제 산악회의 목적은 등산보다는 산을 보호하는 활동이 우선 되어야한다고 생각한다. 세상의 모든 산악회는 산이 있기 때문에 만들어졌으니 무엇보다 먼저 산이 계속 있을 수 있도록 해야만 하지 않겠는가? 산악회 조성과 존재의 이유가 우선은 산을 보호하기 위함이라는 것을 '팔봉산산악회'가 모범적으로 보여줄 수 있기를 소원한다.

산악회는 1857년에 영국에서 시작되었다. 산악인의 우호와 전 세계 산악 등반과 산악에 대한 지식 증진 등을 목적으로 창설됐다고 한다. 영국 산악인들은 19세기 중반 알프스(Alps)의 수많은 봉우리 초등을 현지 가이드의 도움을 받으며 성공했다. 1854년 알프레드 윌스(Alfred Wills)의 베터호른 등정부터 1865년 에드워드 윔퍼(Edward Whymper)의 마터호른 초등까지를 '알프스의 황금시대(Golden Age of Alpinism)'라고 불렀고 이 시기가 산악회 창설과 밀접한 관련이 있다고 한다.

산악회는 영어로 보통 '알파인 클럽(Alpine Club)'이라고 하는데 '알파인(Alpine)'은 사전적으로 '알프스의'라는 뜻이지만 위와 같은 이유 때문에 영국 산악회를 '알파인 클럽(Alpine Club)'이라고 부른다.

세계의 최고봉 에베레스트의 공략은 이 산악회의 창립 50주년 기념사업으로 계획된 것으로 1953년 여덟 번째 만에 그것을 성취했다고 한다. 그들은 1863년 세계 최초의 산악연감인『알파인 저널』을 창간해 오늘날까지 발행하고 있으며 주요 활동은 알프스를 비롯한 고산 지대에서의 등반회 개최, 저명한 산악인의 강연 주최,『알파인 저널』의 발행과 배포, 알프스에 관한 안내서 발간 등이라고 한다.

비록 본인이 입수한 자료에는 이들의 활동 사항에 산을 가꾸고 보호한다는 말은 없었지만 TV프로그램 등을 통해 소개된 외국 산악회 활동 가운데는 히말라야 등지에서 쓰레기를 치우거나 나무를 심고 산길을 정비하는 것 등을 많이 보았었다.

팔봉산산악회가 전국 규모로 활성화되어 팔봉산을 찾는 모든 산악인들이 팔봉산에 매료됨은 물론, 팔봉산을 보호하고 가꾸는 마음과 함께 팔봉산에서 누릴 수 있는 최고의 즐거움과 휴식을 맛보고 돌아가길 바랍니다. 또한 각자 하는 일에서 기쁨을 찾고 바라는 것이 성취될 수 있기를 팔봉산을 통해 하늘에 빌어드립니다.

이완섭 서산 시장님

　이완섭 서산 시장과 함께했던 팔봉산 산행은 팔봉산이 내게 열어
주는 행복하고 희망찬 미래로 향한 길이었다. 사람은 사람에 의해 살
기도 하고 죽기도 한다고 했다. 다시 말해서 사람과 사람의 만남은
서로 간에 약이 될 수도 있고 독이 될 수도 있다는 것이다. 물론 약이
되느냐 독이 되느냐는 것은 서로 상대를 어떻게 보고 어떻게 대하느
냐에 달려있겠지만 말이다.

　나는 몇 년 전까지만 해도 내 주변에 있었던 많은 사람들이 독이였
다고 생각하며 그들을 원망해었다. 왜냐하면 내가 펼치던 일들이 그
들에 의해 좌절되었기 때문이었다. 그로 인해 새로운 사람들을 만나
는 것이 두렵기도 했고 알고 있던 사람들마저 기피하는 등 사람들과
의 만남에 대한 부정적인 생각들이 어둠처럼 밀려오고 있었다.
　그러던 어느 날 우연히 찾게 되었던 팔봉산이, 쉬는 날만 되면 영

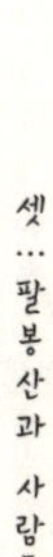

락없이 부르더니, 이런 나의 마음속 어둠을 희망이라는 빛으로 산산 조각 내주었다. 그리고 어느 날인가부터, 그동안 잘못되었었던 모든 것들의 원인이 '나의 탓'이라는 것을 깨닫게 해주면서, 과거에 대한 후회와 아쉬움을 말끔히 씻을 수 있게 하였다.

많은 날들이 지났다. 팔봉산을 벗 삼고 팔봉산에 의지하고 팔봉산 에 모든 것을 내려놓았던 어느 날부터 사람들의 생활이 내려다보이 기 시작했다. 사람들과의 정이 그립고 어우러짐을 상상할 때 이완섭 서산 시장과의 만남이 이루어졌다.

"팔봉산이여 고맙습니다. 텅 빈 마음의 한가운데에 가장 먼저 그 를 담아주셨습니다."

2012년 5월 5일 토요일.

어린이날과 어버이날은 충효정신이 삶의 바탕이 되는 충청도, 특 히 서산사람들에게는 중요한 의미로 받아들여지는 기념일들이다. 그러기에 충청도 지역 단체장들에게는 이날들을 맞이하는 일이 더 없이 막중하고 바쁠 것이었다. 그럼에도 이완섭 서산 시장은 5월 5일 오후 2시부터 시간을 내주었다. 나만을 위해 특별히! 그것도 시청의 집무실이나 시청 근처가 아닌 팔봉산 입구에서였다. 물론 사전에 약 속이 되었다고 하지만, 막상 그날 팔봉산 입구에서 만나고 보니, 그 렇게 바쁜 일정에도 불구하고 토요일에만 시간을 낼 수 있는 나의 입 장에 맞춰 준 것에 대하여 고마움을 넘어 미안하고 어찌할 바를 모를

만큼 부담스럽기까지 했다. 어쨌든 우린 만나, 손을 맞잡은 뒤 팔봉
산으로 향했다. 단 둘이서.

　팔봉산 일봉 입구에서 그는 향토 산나물 등을 판매하는 노점상들
과 일일이 손을 잡고 인사를 나누었다. 할머니들의 얼굴색이 발그레
살아나더니 고마워하는 표정이 역력했다.
　'나도 저렇게 하면 그럴까?
　공연한 생각이지만 부럽기도 했다. 우리는 산 입구의 초소를 지나
면서 이야기를 시작했다. 서산은 과거로부터 현재까지 이어지는 농
업이 중요산업이지만 메이저 수입원인 석유화학과 자동차산업이 공
존하며 사회발전의 축을 이루고 있다고 한다. 이제까지 생태 중심적
으로만 유지되었던 바다를 이용하여 지리적으로 가장 가까운 중국과
직접 교류하는 하나의 궤를 형성, 상품 수출입과 인적 관광 산업의
출입구가 될 수 있도록, 해양산업을 확대 발전시키는 것을 서산의 역
점사업으로 일궈가겠다고 그는 말했다. 그리고 나는 팔봉산과 서산
마라톤 대회 등을 경험하며 서산과 서산 사람들에 대해 느꼈었던 감
동을 이야기했다.

　우리는 등반길에 소나무 숲길에서도 돌탑 앞에서도 함께 사진을
찍고 팔봉산을 오르내리며 마주치는 사람들과도 인사를 나누었다.
사람을 무척 조심스럽게 대하던 그의 모습에서 인권을 존중하는 성
품을 읽을 수 있었다. 자신이 하는 일에 대해 대단한 역사성과 긍지

를 갖고 있는 데서 합리성이 있고 책임감이 무척 강하다는 것을 느낄 수 있었다. 남의 이야기에 귀 기울여주고 공감하는 것에서 남을 배려할 줄 아는 인간성을 읽을 수 있었다. 그는 좋은 리더가 가져야 할 모든 기질을 갖춘 사람이었다.

우리의 만남은 내가 2012년 4월 8일 '제11회 서산 마라톤대회'에 참가하며 주최 측에 대한 고마움과 시민들에게 느꼈었던 감동을 편지로 서산 시장에게 보냈던 것이 발단이 되었다.

대회를 마친 일주일 뒤쯤 이완섭 서산 시장에게 보낸 편지의 내용은 이렇다.

이완섭 서산시장님께

안녕하세요?

인천에서 영어 학원을 운영하고 있는 57세의 남성인 성낙영이라고 합니다.

먼저, 커다란 고마움의 뜻을 전합니다. 제11회 서산 마라톤대회는 정말 좋았습니다. 이런 기회가 있도록 후원해주신 서산시에 깊은 감사를 드립니다. 그동안 서울을 비롯한 인천, 춘천, 대전 등지에서 열렸던 마라톤대회에 참석했었습니다만 이번 서산 대회만큼 좋았던 경우는 없었습니다. 코스를 비롯하여 대회 운영방법과 시설, 사회자의 탁월한 진행, 길가에서 음료를 전해주고 진심이 가득한 목소리와 행동으로 응원을 해주는 여학생들 그리고 대회 후에 마련해준 국수를 비롯한 음식들, 이런 것들이 다른 대회와 비교하여 너무나 좋았었습니다.

과거에 제가 참가했었던 다른 대회를 되돌아보면, 각 대회 주최 측들마다 그저 대회유치를 위한 사람 모으기에만 요란했지 정작 대회 진행은 무성의했었고 마무리는 허접하기만 했었다는 것을 이번 대회와 비교하여 말하지 않을 수 없을 정도입니다. 저는 39살 때 인생의 쓴맛을 겪다 보니 몸보다는 마음의 평형을 잡아 줄 수 있는 것이 필요했었기에 오래달리기를 시작하게 되었습니다.

과거 방송사에서 라디오프로듀서로 일하는 가운데, 우리나라와 중국과의 수교를 예측, 향후 중국 전문 언론인이 되겠다는 각오로 2년 동안 싱가폴 국립대에서 중국어를 공부하고 돌아온 뒤, 중국과 수교가 되면서 방송사를 그만두고 중국을 선택했던 것이 잘못되었지요. 그래서 그때부터 오래달리는 것을 저의 건강유지와 정신력 강화를 위한 방법으로 여기면서 전국의 각종 아마추어 마라톤 대회에도 나갔었죠.

아울러 이때부터 등산도 취미로 시작했는데, 국내 대부분의 산을 등반했고, 약 5년 전부터는 팔봉산만을 등반하고 있습니다. 팔봉산에 대해서는 제가 어렸을 때, 서산시 팔봉면 진장리가 고향이신 아버지로부터 호랑이가 살았었다는 등의 이야기로 들어는 보았지만 한 번 보지도 못했었습니다.

팔봉산과의 연은, 어느 날 좋지 않은 일을 접한 뒤, 다음날 새벽에 갑자기 팔봉산이 떠오르며 무작정 서산행 버스를 타면서 시작됐습니다. 그러다 지금부터 2년 전 어느 봄날에 역시 팔봉산 등반을 왔다가, 길가에 게시된 마라톤대회 개최에 따른 교통 통제를 알리는 플래카드를 보고, 이를 잘 기억해두었다가, 이번 대회에 출전하게 되었습니다.

아버지와 어머니 그리고 아내 역시 서산 출신입니다. 하지만 어느 누구도 저에게 충청도 사람에 관해서는 말하지 않았습니다. 그것은 제가 충청도 사람들을 몹시 싫어했기 때문이었죠. 모든 가족이 서산 출신이라 특히 충청도 사람들을 믿었는데, 그만 충청도 출신의 사람에게 결정적으로 피해를 입어 나락에 떨어진 이후부터입니다. 물론 어디나 좋은 사람도 있고 나쁜 사람도 있다는 것을 잘 압니다만, 이 일이 있은 후부터는 솔직히 어떤 새로운 일을 시작하기 위해서나 사업의 파트

너를 만날 때는 먼저 충청도 사람인지를 확인하게 되고 그들에게 마음을 열 수도 없었답니다.

하지만 이제 제 마음을 조금 열 수 있을 것 같습니다. 바로 이번 제 11회 서산 마라톤대회에 참가하고부터입니다. 처음엔 오직 팔봉산이 있기에 신청했었던 마라톤이었지만, 대회가 진행될수록 다른 대회와 다르다는 것을 직접 경험할 수 있었습니다. 특히 내 마음을 달래고 있는 듯했습니다. 달리는 내내 바람이 몹시 불어 뛰기는 힘들었지만 마음은 점점 뜨거워졌습니다.

제가 좋아하는 팔봉산.

그 팔봉산을 바라보며 달릴 수 있다는 것, 생각만 해도 좋았습니다. 그래서 팔봉산이 보이는 도로에서는 팔봉산에 기도하며 달리기도 했지요.

'한없이 좋은 팔봉산이여! 당신이 내려다보는 가운데 달릴 수 있어서 너무 너무 행복합니다, 제 꿈을 안고 달리니 잘 완주하면 그 꿈이 이루어질 수 있게 해 주세요!'

길가에서 검은색 체육복을 입고 음료를 전해주며 응원하는 서산여자고등학교 학생들은 무척 진심 어린 눈빛과 표정으로 환호해주었습니다. 마치 저를 위해 응원해주는 것 같았습니다. 가슴과 눈이 찡해졌었습니다. 그들을 위해 당장 무언가 보답하고 싶을 정도로 고마웠습니다. 그래서 저도 그들을 향해 외쳤습니다.

"Cheer up! Cheer up!"

도로에서 운동장으로 진입하는 막바지 언덕이었습니다. 제 앞에서 오래도록 달려오던 서산경찰서 유니폼을 입고 뛰셨던 어느 분이, 저에게 순위를 양보하며 뒤에서 잘 뛴다는 말을 전해주었습니다. 완주 후 아내와 필드에 앉아 숨을 고르고 있는데, 그제야 달려 들어온 그는 제 옆을 지나며 저에게 미소를 날렸습니다. 모나리자의 미소조차 견줄 수 없는 그 감미로운 미소는 아마도 제 가슴속에 영원히 각인될 것입니다.

잠시 후, 운동장 밖 야외식당으로 이동해 같은 테이블에서 국수를 함께 먹던 공군 해미 기지 소속 요원들과의 담소도 정겨웠습니다. 그런데 여기서 먹은 국수는 정말 최고의 맛이었습니다. 국물이 끝내주는, 잊을 수 없는 맛이었습니다. 맛있게 만들어 주신 분들께 진심으로 감사드립니다.

제11회 서산 마라톤대회에서
체험한 모든 환경과 사람들이 저를 회복시켜주셨습니다.
대단히 고맙습니다.
서산을 사랑합니다.
서산 사람들을 사랑합니다.

내년에는 저도 팀을 만들어 함께 온다면 더욱 좋을 것 같습니다. 제가 운영하고 있는 이곳 인천의 영어 학원을 중심으로 많은 분들을 만나 인심 좋은 서산사람들과 팔봉산이 있는 행복한 서산을 소개하고 다음의 서산 마라톤 대회에서 이를 확인할 수 있도록 하겠습니다. 행복한 서산시에 다시 한 번 감사드리며 끊임없는 발전을 기원합니다.

아울러 한 가지 제안하고 싶습니다. 마라톤 코스의 개발에 관한 것입니다. 지금의 코스를 연장하여 팔봉산 일봉 주차장을 앞을 지나 산속 길을 통과하여 어송리와 대문다리 검문소 쪽까지 잇다 보면 마라톤 풀코스도 나올 수 있을 것 같습니다. 그러면 팔봉산을 한 바퀴 도는 세계 최초의 팔봉산 둘레길 국제 마라톤 코스도 될 수 있지 않을까요? 이 코스만 개발되면 서산을 알리고 더욱 풍요롭고 국제적으로 행복한 서산이 되지 않을까 싶습니다.

이완섭 시장님 고맙습니다.

성낙영 드림.

4월 30일 오후 2시부 수업을 하고 있는데 휴대폰의 벨이 울려 받아보니 이완섭 서산 시장이었다. 생각도 못했던 일에 놀란 채, 더구나 수업을 하고 있었기에, 나는 많은 이야기를 할 수 없었고 그저 듣기만 했다. 나의 편지에 대한 답으로서 전화를 준 것이었지만 나는 별반 얘기를 못했기 때문에 다음날 그에게 이메일을 보냈다.

'토요일에 팔봉산에 가는데 그때 함께 등산할 수 있나요?'

그리고 그는 이를 수락하여 토요일 오후 2시에 팔봉산 일봉 입구 주차장에서 만났던 것이었다. 그는 나를 만나기 위해 나의 정신적 지주인 팔봉산의 그늘 아래로 나와 주었던 것이었다. 사실 그때는 느끼지 못했던 것이었는데, 하루가 지나고나니 문득 이런 생각이 들었다. '군 입대했던 아들이 첫 휴가를 나오자 엄마가 맨발로 달려 나왔다'는 얘기가 있는데, 묘하게 이런 생각이 드는 것이었다. 누가 나를 위해 이렇게…?

너무 고맙다. 미안할 정도로 고맙다.

그는 특별했다. 팔봉산에서 만난 서산 시민들은 물론 당진 시민들에게도 살가웠다. 그는 그를 기억해달라고 인사치레 형식으로 말을 건네는 것이 아니었고 진정이 가득한 반가움으로 사람들을 대했다.

팔봉산을 내려온 뒤 팔봉산가든 식당의 야외 테이블에서 막걸리를 마시는 대구 능금시장 상인회 산악인들과도, 짧은 시간 형식적인 만남이 아니라, 함께 막걸리를 마시며 다정다감하게 어울려주는 것 등이 사람을 대하는 데 있어서 배려와 여유가 느껴졌다. 일반사람들보다도 진한 충청도 사투리를 쓰며 상대와 공감할 수 있는 소재를 대화

삼아 상대의 입장에서 이해하듯 마무리한다. 아마 이런 식으로 서산의 행정을 펼친다면 서산의 삶과 발전은 당연히 만사형통일 것이다.

헤어지는 길에 그는 그의 승용차로 나를 팔봉산 아래 사촌 매제의 집까지 바래다준다며 같이 왔다. 마침 사촌매제가 집에 있었기에 그를 맞이하며 집 앞에서 기념사진도 찍고 얘기를 나누었다. 아내와 진돗개 팔봉이도 함께 있었는데, 그는 팔봉을 몹시 예뻐하며 어루만져주었다. 그가 예고 없이 사촌매제 집을 방문하여 사촌매제와 가져준 만남은 서산 일대의 친척들에게 나의 체면을 세워주고 나의 기(氣)를 무한히 살려주는, 아무리 많은 돈으로도 살 수 없는 만병통치약이었다.

쭈그러들었던 내 인생, 20년 동안 스스로 움츠러들어, 이러한 대우를 받는 것은 생각지도 못했었다. 그런데 이렇게 나를 대해주고 모든 사람들에게 선하고도 친절한 그를 만났다는 것은 나에게 기쁨이요 행운이다.

나는 그를 특별하게 생각한다. 지난 세월 인간관계의 실패 속에 그 중요성을 가장 크게 체험한 나로서는 팔봉산에서 살겠다고 결정하여 준비하는 가운데, 무엇보다 중요하게 생각하는 것은 이웃 등과 새로운 인간관계를 형성하는 것이다. 그래서 이 부분에 대해 많은 고민을 해왔다. 그런데 이완섭 서산시장을 만난 것이다. 아니, 이완섭 서산시장이 나를 따뜻하게 맞이해준 것이다. 우린 팔봉산의 허락과 보살핌 아래 팔봉산에서 만난 것이다. 내 삶의 새로운 기점이자 종점이 될 팔봉산에서.

팔봉산은 비어있는 내 인간관계의 첫 번째 대상으로 이완섭 서산

시장을 맺어주었다. 그를 만나는 그 순간 그에게 느꼈었던 모든 것이 벤치마킹의 대상이었다. 내가 세상으로 나아가는 과정에서 첫 사람으로 만난 이완섭! 그의 이와 같은 성품이 어린 시절 가정교육에서부터 왔는지 학교교육이나 교우관계로부터였는지 아니면 사회활동에서부터 왔는지는 잘 모르겠지만 그 근원부터 배워보고 싶은 마음이 들었다.

내 나이 60이 가까운데도 불구하고 이런 생각을 일게 해준 이완섭! 그러니 그는 나에게 약이다. 사람 만남을 싫어하며 내 나름 살면 된다고 닫아버린 마음의 문을 열게 하고 그 마음속에 그를 심게 하고 정을 싹틔우게 해준 명의이기도 하다. 그래서 그는 또한 나의 정신적 자산이다. 그를 가슴에 담고 많은 사람들을 만나며 재미나게 살 것이다. 아! 그의 정신세계와 리더십이 있는 서산 팔봉산에서 그를 비롯한 많은 사람들과 함께 지곡 막걸리를 마시며 재미있게 살고 싶다. 난 그 자산을 잘 지키며 늘 팔봉산에게 염원할 것이다.

'홍익인간 정신으로 서산 시장을 맡은 인간 이완섭이 서산 시민들의 영원한 행복을 위해 자연의 순리를 거스르지 않고 잘 일할 수 있도록 해주세요.'

팔봉산이여! 고맙습니다.

이완섭 서산 시장은 나와 헤어진 후 이메일을 보내왔다.

성낙영 원장님!

오늘 만나서 반가웠습니다.

특히 날씨 좋은 어린이날에 성낙영 원장님과의 만남은 특별한 인연으로 남을 것 같습니다. 첫인상에서부터 친근함이 느껴지는 성 원장님의 모습에서 서산에 대한 사랑하는 마음도 진하게 느낄 수 있었습니다. 또한 자신의 주특기를 살려 고향에 "영어낙원"(제가 그렇게 붙여봤습니다)을 만들어보겠다는 의지에서 '해 뜨는 서산'의 또 다른 미래비전을 그려 볼 수 있었습니다.

오늘의 만남보다 앞서 연결고리가 되어준 성 원장님의 장문의 편지는 저에게 고민 하나를 안겨줬었답니다.

"답장을 빨리 보내야 할 텐데…."

원래 받은 편지보다 길게 답장을 보내는 성격인지라…. 그래야 상대에 대한 성의처럼 느껴져서요. ^^ 그런데 한 장도 두 장도 아닌, 몇 장 써서 보내신지 기억나시나요? ㅎㅎ

비교적 신속하게 반응하는 평소와 달리 답장은 자연스레 뒤로 미루어지게 됐죠. 그 후 바쁜 일정 속에서 답장 쓰는 일은 잊혀지고…. 그러다 불현듯 떠올라 걸었던 그날 전화! 신속하게 답장을 보내지 못했던 것이 오히려 만남으로 이어지게 됐던 것일까요? ^^

그건 그렇고요, 서산에서 살기로 결심하셨다니 먼저 환영한다는 말씀드립니다. 아주 탁월한 선택이라고 생각합니다. 서산은 앞으로 비약적인 발전을 거듭해나

갈 겁니다. 서산 시민들께서 그런 발전하는 서산을 갈구하고 계시기 때문이죠.
저는 고향 서산 발전을 위해 제가 할 수 있는 역할에 최선을 다해 나갈 생각입니
다. 깨어있는 많은 서산 시민들께서 함께 힘을 모아주실 것으로 굳게 믿고 있습
니다.
여기에 식지 않는 열정과 강렬한 꿈을 가진 성낙영 원장님과 같은 분이 함께 한
다면~ 금상첨화겠죠? ㅎㅎ

자신의 일에 열정을 다하는 사람처럼 행복한 사람은 없을 겁니다. 앞으로 우리
서산에 성낙영 원장님과 같은 열정과 꿈을 가진 분들이 점점 많아졌으면 좋겠습
니다. 성낙영 원장님이 그런 행복바이러스의 진원지가 될 것 같다는 생각이 듭니
다. ^^ 고향을 떠났던 많은 분들이 성 원장님처럼 다시 고향에 둥지를 트는 일이
계속 이어졌으면 하는 바람입니다.
그럼 날마다 웃음만발+건강철철+신통방통한 날 되세요.

2012. 5. 5.

오늘 만남의 인연을 소중히 생각하며, 서산시장 이완섭 dream

내가 개발한 당구대로 할 수 있는 게임을
온 세상에 알리어 세계적인 대회를 팔봉산에서 열어,
세상 사람들을 팔봉산으로 불러들일 것이다.
그렇게 팔봉산과 함께하는 '인생 이모작'을 보여줄 것이다.

팔봉산 덕분에 영어마을의 이우영 이사장을 다시 만나게 되었고

10년 동안 나를 괴롭혔던 영어교습소의 한계를 넘어 학생들에게

실질적으로 영어를 사용할 수 있는 기회를 마련해주게 되어 정말 행복하다.

'잘나가던' 시절

　방송사 프로듀서가 된 나의 모습에 나도 깜짝 놀랐었다. '학창 시절 어지간히 공부하기 싫어했고 성적도 형편없었던 내가 방송사에 입사하다니….' 중고등학교 시절 공부 꽤나 했었던 동창들에게 미안한 생각마저 들 정도였었다. 중학교 때는 성적이 너무 좋지 않아 선생님으로부터 부모님을 모셔오라는 소리까지 들었고, 고등학교 시절엔 영어 이외의 다른 과목에는 관심조차 두지 않아 대학 가기가 불가능할 정도였다.

　그나마 다행스러운 것은 내가 영어만큼은 참 좋아했다는 사실이다. 중학교 때 이미 『기초영문법』을 시작으로 『영어실력기초』그리고 『정통종합영어』책을 독학으로 마스터했고 고3 때는 『정통종합영어』책을 13번이나 읽었다.

　당시 『기초영문법』책 머리말에 실렸었던 가장 긴 영어단어인 45

개 알파벳으로 이루어진 '진폐증'이라는 뜻의 'pneumonoultramic roscopicsilicovolcanoconiosis'가 지금도 기억나며 중학교 시절, 부모님께서 공부하라고만 하면 영어책만 붙잡았었는데, 어느 날 안현필의『영어실력기초』책을 읽고 있는 도중, 남동생이 이 책에 있는 유머러스한 내용을 보고, 형이 이상한 책을 읽고 있다고 부모님께 일러바쳐, 한때 소란을 피웠었던 일들이 떠오른다. 이렇듯 그나마 영어를 좋아했던 덕분에 간신히 대학에는 들어갈 수 있었으나 전공에는 소홀하고 또 다시 영어책만을 붙들었었다.

　당시에『이재옥 토플』은 대학생들의 전공서적보다 더 가치 있게 여겨졌다. 나도『이재옥 토플』을 대학 시절 내내 셀 수 없을 만큼 반복해서 읽었었던 것 같다. 그러자 결국 대학을 졸업할 때쯤 영어성적이 유리한 회사를 찾게 되었고 그래서 시험과목이 영어와 상식 국어 등이 있는 방송사를 선택하게 되었다. 그리하여 모 방송사의 아나운서 직에 응시하였는데, 1차 카메라 테스트를 통과하고 필기시험을 보게 되었다. 영어시험 문제는『정통종합영어』책과『이재옥 토플』책의 내용과 거의 비슷하게 나왔고 상식은 시중에서 구입한『일반상식』책에서 거의 출제된 듯했다. 또한 국어는 '사자성어'와 한자가 많이 출제되었는데 '사자성어'를 좋아했었던 나에게, 그런 문제들이 특별히 방해가 될 수 없었으며 모든 시험 시간 내내 시간이 남아돌아 몇 번씩 문제와 답을 검토할 정도였었다.

'내 생전 이렇게 쉬운 시험이 있었다니!'

엄청난 운이 따라주었다. 이런 것을 행운이라고 했는가 보다. 나는 지금도 이 시기를 행운이 가득했던 때라고 생각한다. 왜냐하면 방송사 입사 이후 동기들의 학력과 입사를 위해 노력했었던 내용을 들어보니 나는 정말 행운아였던 것이다. 그들은 명문대학을 나온 것은 기본이었고 방송사 취업을 위한 재수에다 이미 중고등학교 시절부터 학교 방송반에서 활동했었던 경험들이 있었다. 또한 방송사들의 기존 출제 시험문제들을 달달 외우다시피하여 응시했었던 동료들이 대부분이었다. 그런데 나는 이와 같은 경험들을 전혀 갖추지 않고도 단번에 합격하였었다. 지금도 그때를 생각하면 짜릿하며 그때의 운기가 온몸을 휘감는 것 같다. 나도 운이 있었다. 그 기분을 기억하자. 그 기분을 찾자.

과욕이 부른 불운

방송사 입사 이후 사정에 의해 라디오 프로듀서로 보직을 변경하였다. 그리고 각종 프로그램을 연출하면서 유수와도 같은 세월의 흐름에 편승하며 매너리즘 같은 것이 느껴지기 시작했다. 주변 동기들을 비롯한 동료들을 보니 방송제작자로서의 사명감에서 벗어나 서서히 일탈의 모습들을 보이는 것이었다.

하지만 나는 이들과 같은 생활을 하고 싶지는 않았다. 더 정확히 말하자면 왠지 이들에게 뒤떨어지는 느낌을 가지고 있었던 터라 그들과 똑같은 생활을 할 수는 없었다. 그래서 이미 대학원에 진학하여 방송학을 공부하기도 했지만 더욱 나를 다잡고 제어할 수 있는 방법을 찾았다. 그런 궁리 끝에 중국어를 독학하기 시작했다.

88 서울올림픽이 끝나고 시작된 나의 중국어 독학은 1990년이 되면서 유학의 꿈으로 이어졌다. 90년 초 나의 방송 게스트였었던 모

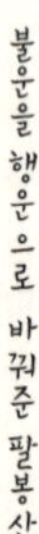

고등학교 선생님으로부터 싱가폴국립대를 소개받았다. 마침 회사 노조에서 유학의 기회를 열어주었기에 나는 방송사를 휴직하고 싱가 폴국립대에서 중국어를 공부하기 위해 2년을 싱가폴에서 살았다. 그러면서 중국에 대한 많은 정보를 수집하였고 마치 중국에 대해 최면이라도 걸린 듯 '앞으로 중국 전문 언론인이 되겠다.'는 생각에 젖어들게 되었다.

그런 가운데 취재차 싱가폴을 찾은 중국 신화통신사 기자들을 학교에서 만나게 되어 여러 이야기를 나누었고 내가 중국에서 언론인으로 일할 수 있는 방법 등에 대해 알아보았는데 그들은 머지않아 한중 간에 수교가 있을 것 같다는 말을 남겼었다.

싱가폴국립대에서의 공부를 마치고 돌아와 방송사에 복직하자 얼마 지나지 않아 중국과 우리나라는 수교를 맺었다. 이즈음 중국에 진출하여 미디어 사업을 펼치려는 삼부프러덕션의 김 사장을 알게 되었다. 그리고 그를 통해 중국의 신화통신사 길림분사 천부사장을 소개받고 중국 신화통신사 자회사인 스포츠신문사에서 일할 것을 제의받았었다. 비록 급여는 한국과 비교하여 상상할 수 없을 만큼 적었지만 미래의 중국 전문 언론인이 되겠다는 마음 하나로 중국에 들어가겠다는 결심을 하고 그동안 일했던 방송사를 사직하게 되었던 것이었다.

하지만 일이 잘 진행되지 못했다. 결국 중국의 언론사에서 받아줄 수 없다는 통보를 삼부프러덕션의 김 사장으로부터 들었다. 중국으로 향한 나의 꿈은 모두 물거품이 되었고 나는 실직한 채 닭 쫓던 개의 신세가 되었다.

'방송사에 그냥 있었으면 어떻게 되었을까? 중국어와 중국을 알려는 과욕에서 온 식자우환이었던가? 아니면 운이 다 되었던 것인가?

이때부터 내 인생은 거꾸로 가기 시작했다. 이에 어머님이 한 말씀 하셨다.

"사람의 운은 십년을 주기로 돈다는데, 앞으로 이를 어떻게 할까?"

▶ 건강에 좋은 피톤치드를 내뿜는 팔봉산의 소나무 숲

더 이상 '운'은 없었다

중국에서 언론인 생활을 할 것이라고 하며 방송사를 사직하였던지라 과거 방송사의 동료들에게 나의 실패 소식이 알려질까 봐 어느 누구에게도 연락하지 않고 조용히 일자리를 구하러 다녔다. 그러던 가운데 여의도의 한 회사에서 일을 하게 되었는데 그 회사는 비데를 생산 판매하는 회사로 판매 부진의 어려움 속에서 마지막 숨을 어렵게 쉬고 있는 상태였다. 그리하여 비록 며칠 일했지만 그만 두려고 하였으나 당시 그 회사의 부사장은 회사에 금전적인 투자를 하고 들어왔기 때문에 공장이 있는 대구에 내려가 투자했던 비용을 사장으로부터 회수할 수만 있다면 이를 통해 다른 아이템을 마련해 회사를 다시 일으키겠다고 하였다. 나는 부사장과 함께 대구에 내려가 투자비용 대신에 비데를 화물차에 가득 실어왔다. 그리고 그 회사는 며칠 뒤 부도가 나고 말았다.

　부사장은 약속대로 새롭게 회사를 설립하였고 아이템은 홍콩에서 생산하는 상품을 국내에서 판촉물로 판매하면서 한편으로 비데를 처분하는 것이었다. 그리하여 내가 알고 있었던 홍콩의 한 회사에 방문하여 그 회사의 생산품들을 수입하여 한국에서 판매하기 시작하였다. 제품광고가 신문에 실리는 것은 물론 신문의 새 상품 난에 소개되면서 도매업을 하겠다는 사람들도 생기고 많은 매출을 일으켰다.

　그러던 어느 날. 건설회사에 자재를 납품하는 회사에서 자재납품 때 본 제품을 끼워서 공급하려고 하니 제품 값을 어음으로 결제하면 어떻겠냐고 연락이 왔다. 그래서 거절하였더니 며칠 뒤 다시 찾아와 당좌수표를 끊어주겠다고 하였다. 내 생각으로 '당좌수표를 부도내면 형사적 처벌을 받을 것이니 그렇게 하지 않을 것'이라 믿고 2억 원 정도의 당좌수표를 받고 제품을 내주었다.

　그러나 결제일이 되어 해당 은행에 찾아가보니 바지사장을 내세워 발행한 당좌수표였었다. 그들은 우리 회사를 비롯한 60여 개 회사에 똑같은 방법으로 사기를 쳤고 이 사건은 매스컴을 통해 커다란 사회적 뉴스로 다루어졌었다. 한편 비슷한 시기에 전국에 유통망을 갖춘 유통회사가 본 제품을 판매하겠다고 하여 1억 원 정도의 당좌수표를 받고 판매했었는데 이 역시 고의부도였다.

　사장은 손을 들고 말았다. 마침 그때 국회의원 선거가 있었는데 선거에 출마한 그의 후배를 돕기 위해 나에게 회사를 맡기고 떠났다.

어떻게 해서든 손실을 만회하여 회사를 정상화시키고 그가 다시 돌아올 수 있도록 하기 위해 전국의 소량 판매인들을 불러 모으고 사기당한 제품을 찾기 위해 동분서주하였다. 그래서 그가 떠난 뒤에도 한동안은 회사가 잘 유지되었다.

지방에서 제품을 구입하겠다고 전화는 계속되었다. 그런데 공급할 제품이 점점 줄어들고 있었다. 다시 홍콩에서 제품을 수입해야 하건만 자금이 부족했다. 홍콩에 전화하여 도움을 요청하자 만나서 얘기하자고 하였다. 그래서 나는 즉시 홍콩으로 날아갔다. 그라고 사정을 말한 뒤 제품을 공급해줄 것을 부탁하였다. 그러나 그들은 "그래도 벌었지 않았냐?"라고 반문하며 정상적인 거래만을 원했었다.

이어지는 불행

1997년 무렵 어느 날, 신문에 중국 영성시에서 활약하는 한국인을 소개하는 기사가 실렸다. 그는 그곳에 스포츠 타운을 세워 중국인을 비롯한 관광객에게 야외 스포츠를 즐길 수 있는 시설을 제공하고 있었다. 당시 중국에 미련이 남아있었던 나로서는 그가 부럽기도 했지만 중국에서의 일자리를 찾고자 그를 만나기로 계획했었다.

그의 주소지와 전화번호를 알아냈고 그와 만나기 위해 수차례 시도한 끝에 마침내 한 오피스텔에서 만날 수 있게 되었다. 약속 시간에 맞춰 그의 오피스텔에 도착하자 나 이외에도 두 사람이 더 그를 만나기 위해 문 앞에서 기다리고 있었다. 한 사람은 나이 60쯤 되어 보였고 다른 한 사람은 나보다 몇 살 정도 더 먹어보였다. 시간이 되자 우리 셋은 함께 안으로 들어갔다.

자그마한 키의 그는 그가 중국에서 이룩해온 일들을 설명했다. 나

와 함께 들어간 두 사람은 거듭 그의 말을 감탄하며 들었고 나는 앞
으로의 계획을 알고 싶어 조심스럽게 많은 질문을 하였다.

　이야기를 서로 나누다보니 두 사람이 찾아온 목적은 나와는 좀 다
른 것 같았다. 나는 한국에서, 특히 어린이를 비롯한 청소년들이 중
국 영성시의 스포츠 타운에 머물며 그곳과 인접한 장보고 유적지를
찾는 등 젊은이들이 중국에서 우리 조상의 발자취를 찾아서 패기를
기르고 꿈을 만들 수 있게 하는 사업을 펼쳤으면 좋겠다고 하면서 이
를 함께하자고 요청하였다.

　얼마 뒤 그로부터 연락이 왔다. 먼저 중국 영성시에 있는 그의 스
포츠 타운을 방문하여 살펴본 뒤 결정하라는 것이었다. 나는 이에 응
하고 며칠 뒤 그와 다시 만나 그의 스포츠 타운으로 향했다. 나는 그
곳에서 열흘 정도 체류하며 시설을 둘러보고 그곳에서 일하고 있는
조선족 직원들을 통해서도 그곳의 사정에 대하여 들을 수 있었다.

　그런데 이상한 점들이 많이 있었다. 사장이라고 불리는 젊은 한국
여자가 있는가 하면 직원이라고 하는 조선족을 다루는 것이 하인을
다루는 것처럼 하는 것 그리고 조선족 직원들이 불만에 가득 차 있었
다는 것이었다.

　어쨌든 나는 그와 함께 일하기로 하고 귀국 후 오피스텔로 출근하
여 영성시 스포츠 타운을 알리는 홍보자료를 만들고 이를 토대로 우
선 여행객들을 모집하는 일을 하기로 하였다. 그리하여 이에 대한 내
용을 신문광고로 내기로 하고 선 광고 후 결제방식으로 어느 일간지

에 싣기로 하였다.

드디어 신문광고가 나오는 날이 되었다. 전화응대를 위하여 새벽에 출근하여 대기하고 있는데 그의 친척이라는 사람이 찾아왔다. 광고가 잘 나왔는지 전화연락이 오는지 확인하러 왔다고 하였다. 시간이 조금 지난 뒤 해당 신문을 보니 광고가 실려 있지 않았다.

'이런 황당한 일이 있을 수 있나!'

나는 담당자에게 전화하여 물었다. 다른 광고에 밀려서 다음으로 잡혀있다고 하였다. 그의 친척은 어이가 없다며 중국 영성시에 있는 그에게 전화한 뒤 광고를 중지하라는 말을 전해주고 가버렸다.

다음날 사무실에 출근하니 나의 짐은 오피스텔 내 문방구에 옮겨져 있었고 사무실은 닫혀있었다. 월급은커녕 그와 나는 서로 오해만 남긴 채 헤어졌다.

끝없는 터널

　방송활동 할 때부터 알고 지냈었던 서산 안면도 출신인 모 건설회사의 한 사장이 중국에서 건설업과 유통업이 가능한지 나와 함께 중국을 방문하여 직접 살펴보고, 이 분야들의 관계자들을 만나 사업 의견을 타진해 보고 싶다고 하였다. 그때는 내가 중국 단동을 수차례 오가며 일거리를 만들어가던 1998년 8월 말쯤으로 인천에서 중국 단동으로 '동방명주'라는 여객선이 취항하기 시작한지 얼마 뒤였다.

　1992년 중국과 수교를 맺은 이후 가장 바쁜 곳이 인천항 주변이 아니었나 싶다. 한중수교 이후 중국에서는 위해를 비롯하여 청도와 대련, 연태, 진황도 그리고 단동 등 중국의 동해 연안 항구들을 통해 인천과 왕래하는 여객선들이 늘어나면서, 특히 사람들이 직접 여객선을 타고 중국으로 들어가는 화물들을 운반해주고 돌아올 때 중국의 농산물들을 운반해오는 소위 '따이꽁' 업이 성황을 이루었고 이를 위

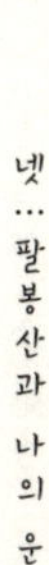

해 인천항 주변에는 이들의 사무실들이 즐비했다.

　나 역시 우연히 인천항 부근의 한 무역회사 사무실에서 중국과 관련된 일들을 돕고 있었는데 주로 하는 일은 중국으로의 화물운송을 위해 전화를 해주거나 팩스를 송수신 해주는 것이었다. 가끔은 중국의 여러 항구들에 설치된 이 회사의 파트너인 중국 측 무역회사에 다녀오는 업무도 보았다.

　그러던 가운데 단동으로의 항로가 새롭게 열리면서 내가 돕고 있었던 회사의 사장도 단동으로의 화물운송을 위해 우선 단동의 상황을 살피려고 '동방명주'의 첫 취항부터 나와 함께 승선하게 되었다.

　나는 과거 서울 잠실에 위치한 한 회사에서 근무한 적이 있었는데 그때 옆 사무실에 있는 회사 사장의 부탁으로 중국 단동으로부터 온 그 회사의 방문객인 중국인과 그 사장의 통역을 돕다가 그 중국인과 사귀게 되었었다. 그래서 나는 단동에 도착하자마자 그에게 연락을 하였고 그를 통해 단동의 정황을 파악하기 시작했다.

　당시 중국에서는 우리나라의 의류와 화장품의 인기가 높았었는데 단동 역시 마찬가지였다. 그래서 나는 단동에 한국의류를 공급할 방법을 계획했다. 그리하여 국내의 몇몇 의류회사를 찾아 공급방법을 알아보았고 이를 토대로 다시 단동으로 건너가 잠실에서 사귀었던 단동 거주의 중국인과 그의 친구들의 도움을 받으며 수입판매업자들을 만나기 위해 단동 시내의 건물들을 쥐 잡듯이 뒤지곤 했다.

서울의 고속버스터미널 뒤에 위치한 팔레스호텔 커피숍에서 한 사
장을 만났다. 나는 그가 직접 하고 싶어 하는 중국 시장조사를 돕기
로 하고 건설과 유통에 관한 단동의 관계자들을 만날 수 있도록 단동
의 중국인에게 이를 부탁하였다. 한 사장은 그의 지인과 함께 갈 것
이라고 하였으며 가는 김에 백두산 등정도 함께하자 했다. 나는 이에
대한 계획을 철저하게 짰고 드디어 우리 셋은 중국으로 향했다.

연변에 먼저 도착한 우리는 호텔에 투숙한 뒤 다음날 일찍 백두산
으로 향했다. 그들이 백두산에 올라 감격을 느끼고 있었을 때 나는
이번 일이 잘되기를 하늘에 빌었다. 그래서 그렇게라도 중국에서 일
하며 중국에 대한 한이 풀리기를 한없이 원했었다.

백두산을 하산한 우리는 연변으로 되돌아와 호텔에 투숙했다. 그
리고 다음날 역시 아침 일찍 일어나 단동으로 이동했다. 저녁에 도착
하여 단동의 중국인들과 함께한 식사는 정말 대단했었다. 우리는 늦
은 밤 호텔에 투숙한 뒤 다음날 갖게 될 단동의 공산당 상무위원과
건설과 유통 분야 관계자들과의 만남을 준비했다.

잠자리에 들기 전 나는 이들의 눈치를 살폈다. 나는 이들이 중국에
서 펼치려는 사업 분야에 필요한 중국 상주자로서 일하고 싶었기 때
문이었다.

다음날 우리는 일찍 일어나 단동시내의 아파트들을 둘러보았고 마
침 새로 분양하는 아파트도 있었기에 그곳을 방문하여 분양상황에

대해서도 알아보았다. 오후가 되어 시내의 상가 건물들을 둘러보고 사전에 약속했던 건설과 유통업계의 관계자들을 만났다. 통역을 위해 상대 관계자들은 조선족 여자와 함께 나왔다. 저녁시간이 될 때까지 중국과 단동의 건설 및 유통에 대한 법규와 상황 등에 관해 면밀하게 대화를 나누어 충분한 이해를 나눌 수 있었다.

그리고 단동 공산당 상무위원과의 만남과 저녁식사를 위해 대형식당으로 자리를 옮겼다. 10여 명이 함께했었던 단동식 전통 중국요리의 맛은 더할 나위가 없었다. 이렇게 모든 일정을 마치고 다음날 우리는 단동에서 인천행 여객선에 몸을 실었다. 그들은 만족했다고 말했다. 나는 몹시 피곤했지만 앞으로 있을 중국에서의 일을 기대하면서 깊은 수면에 빠졌다.

다음날 아침 인천항에 도착하여 그들은 전화하겠다고 하면서 대기하고 있었던 승용차를 타고 떠났다. 다음날 바로 그로부터 전화를 받고 그의 회사로 찾아갔다. 한 사장은 나에게 애썼다며 돈 봉투를 주었다. 시간을 두고 연구한 뒤 중국에서의 사업을 시작할 것이며 그때가 되면 다시 연락을 주겠다고 하였다.

얼마 뒤 단동의 중국인으로부터 연락이 왔다. 한국의 한 사장이 단동에 와서 당시에 통역을 하였던 조선족의 도움을 받으며 사업을 하는 것 같다고 했다. 그 이후로 지금까지 한 사장은 나에게 아무런 연락이 없다.

돌아오지 않는 운

인천시는 2001년경 2002한일 월드컵을 앞두고 시민들 가운데 영어와 일본어 그리고 중국어가 가능한 사람들을 시험을 통해 뽑았다. 그리고 약 6개월간에 걸쳐 인천시 서구의 공무원교육원에서 각 언어별로 교육을 시켰다. 교육 이수자들은 인천시장이 임명하는 인천시 명예 통역요원이 되었다. 나도 중국어에 응시하여 똑같은 과정을 거쳐 임명되었다.

약 60여 명의 요원들은 대부분 젊은 무직자들로서 혹시나 이번 기회를 통해 일자리를 얻을 수 없나 하는 막연한 기대감에 모두 열심이었다. 그러나 그것으로 끝이었다. 나 역시 실망 끝에 무엇인가 새로운 돌파구를 마련하고 싶었다. 그래서 이들과 함께 '사단법인 한국통역협회'를 만들기로 하였다.

협회를 외교통상부 산하 사단법인으로 만들어, 국가의 외교적 행사에 도움도 주고 외국어와 관련된 일을 우리들의 평생 직업으로 삼으려고 했었던 것이었다. 그래서 광화문 주변에 위치한 외무부의 한 사무실에 들락거리며 유필우 전 인천부시장과 서울과 인천 지역에 있는 외국어교육기관장, 대학교수, 국제변호사, 종교인, 외국어 가이드, 정치인 등 영어와 중국어, 일본어 등 외국어에 능통한 사람들 100여 명을 찾아, 이사로 추대하며 발기인대회도 치렀고 모든 서류도 완비했다.

하지만 사단법인을 내기 위해 예치해야 하는 자금을 확보하지 못했다. 그 일을 시작할 때부터 이를 알고 있었기 때문에 부족한 자금을 미리 지인들에게 빌리려고 동분서주했었지만 대학 동창인 안희석이라는 친구만을 제외하고 모두가 거절했었다. 그래서 어쩔 수 없이 이사로 추대했었던 사람들에게까지 부탁하려고도 했었지만 오해받기 싫어 결국 그러지도 못했다.

'사단법인 한국통역협회'를 설립하기 위해 기획했던 아이디어와 사람들을 찾아 설득하며 보냈던 수개월의 시간 그리고 열정은 그동안 도움을 주었던 외무부의 담당 서기관의 만류에도 불구하고 사라질 지경이었다. 당시 그 서기관은 나의 상황에 몹시 안타까워하며, 실제로 이런 협회를 필요로 하는 사람들이 많으니 그분들을 찾아가 회장 자리를 주고 실리를 취하는 것이 어떠냐는 방법을 알려주었다.

그래서 두 사람을 찾아갔다. 한 사람은 돈을 융통해주는 사람이었고 다른 한 사람은 그런 직위를 원하는 사람이었다. 돈을 융통해주는 사람은 무엇인가 담보를 원했다. 하지만 나에게는 어떤 담보도 없었다. 나는 그의 사무실을 나오면서 그동안 헛살아온 내 자신이 너무 원망스러웠다.

다음으로 그런 직위를 원하는 사람을 찾아갔다. 그런데 사실 이와 같은 얘기를 그에게 하면서 그를 설득한다는 것이 무척 힘들었다. 그가 처음부터 협회내용을 알고 참여했던 것도 아니었고, 협회의 설립에 참여한 이사들의 사회적 위치도 쟁쟁한데 왜 그들에게 부탁하지 않았었는지에 대해 무척 의문스럽게 생각하고 있었다. 그러나 그는 어쨌든 내가 준비해간 모든 서류들을 보며 자신이 투자하고 자신이 회장을 맡겠다고 약속했었다.

드디어 약속 시간에 맞추어 그의 사무실을 찾았다. 그가 첫마디로 던진 말은 "자신이 이사들 모두에게 확인 전화를 해본 뒤에 행하겠다."는 것이었다. 나는 더 이상 초라해지고 싶지 않은 마음에 그와 나누었던 모든 이야기를 취소하고 외무부를 찾아 그동안 제출했던 모든 서류를 찾아오면서 그 꿈을 접고 말았다.

10년마다 찾아오는 운의 주기

2002년 한일 월드컵을 치르며 외쳐댄 함성은 나의 불운을 떠나게 했는가 보다. 1993년 방송사를 사직한 뒤 10년째 되던 해인 2002년부터 돈이 들어오는 일들이 보이기 시작했다. 후배의 외국어학원에 갔을 때 마침 영어 번역을 부탁하는 사람이 찾아와 영어를 번역해주고 번역료를 받은 것이 몇 차례였다. 그냥 가만히 있는데도 일거리가 생기는 듯하였다.

그러던 어느 날, 역시 후배의 학원에서 혼자서 교실의 교구들을 정리해 주고 있는데 어느 어머니가 찾아오셨다. 그 어머니는 자신의 딸과 친구가 고등학교 2학년인데 이제 영어를 공부하겠다고 하면서 과외를 부탁했다고 말했다. 나는 전혀 망설임 없이 허락했고 한 명이 더 추가된 3명의 학생으로부터 월 백만 원을 받고 그 어머니의 집에서 과외를 하기로 하였다. 주말을 제외하고 매일 밤늦게까지 열심히 가르쳤다. 학생들이 스스로 하려고 하고 잘 다르니 서로 신이 났고 나 또한 가르치려고 했었던 것을 다 쏟아내니 그렇게 시원할 수가 없었다.

그때 이전의 10년 동안은 "뒤로 넘어져도 코가 깨진다."는 말처럼 운이 따라주지 않은 일들을 수차례 겪었었다. 이루지 못해 안달이 날 정도로 안타까운 것들도 많았었는데, 지금 생각해보니 당시엔 운이 지지리도 없었던 것 같다.

운은 틀림없이 있는가 보다. 이따금 TV를 보면 유명 인사들이 말하길 "운이 좋았습니다!"라고 말하던데, 정말 운은 있다. 그런데 나의 경험으로 본다면 역시 늘 겸손해야 하며 준비가 되어있어야 운도 따르는 것 같다.

그 학생들은 다음해인 2003년 초, 내가 수학선생과 함께 사무실을 빌려 과외교실을 열기 전까지 나와 함께 영어를 공부했다. 그들은 정말로 많이 달라졌었다. 우선 영어를 독해하는 방법에 능숙해져서 웬만한 문장 전체의 뜻을 빨리 파악할 수 있었으며 영어의 시제를 비롯한 규칙을 잘 이해했다.

나중에 들은 얘기지만 영어로 인해 다른 과목에도 자신이 생겨서 3학년 때는 모두가 모든 과목에서 학교 성적이 엄청 올랐으며 수능시험을 통한 대학의 정시 지원으로 자신들이 원하는 대학에 모두 들어갔는데 특히 한명은 영어과에 들어갔다고 하였다. 이들은 소위 나의 가르침을 잘 받아 학생들이었다. 내가 생각할 때 아마도 이들은 나의 운이 트이는 첫물의 힘을 받은 것 같았다.

그래 운이 있어야 한다. 그래야 나에게도 좋고 나와 상대하는 사람들에게도 모두 좋은 것이다. 지난 과거 10년의 불운을 버리고 10년의 행운을 써왔다. 운의 주기가 10년이라고 한다면 이제 2013년은 새로운 운으로 바뀌는 해이다. 지낭 20년 동안 두 번의 운이 바뀌면서 많은 경험을 했다. 이제 운이 좋고 나쁨을 어느 정도 알게 되었고 그 원인도 조금은 알 수 있을 것 같다. 나의 운은 겸손함과 준비하는 자세를 통해 늘 행운으로 유지될 것이고 팔봉산이라는 자연에 의지할 때 그 빛을 강하게 뿜을 것이다.

▶ 물 뿜는 돌 거북

팔봉산 신데렐라가 되다

　'세상을 넓게 사는 것을 알려주려고'와 '적어도 영어만은 잘하거나 좋아하게 하자'라는 기치를 내세우며 시작했던 나의 영어교육은 9년 정도가 되자 한계에 다다랐다. 문제점은 다음과 같다. 학생들이 영어를 배우기 시작하여 어순 등의 규칙에 어느 정도 익숙해지고 교과서 영어에 식상해 한다는 것이다. 이 때문에 학생 스스로 본인의 영어 실력을 더 발전시키겠다는 호기심과 의욕을 불러일으키지 못하는 것은 물론, 영어에 관련된 그 어떤 동기부여에도 별다른 반응을 보이지 않는다는 것을 반복적으로 느껴왔다.

　살아있는 생물인 영어를 학생들이 팔팔하게 느낄 수 있도록 하는 환경을 만들어주거나 영어를 써먹을 수 있는 곳을 방문하여 체험하며 자신의 현재와 앞으로의 방향을 스스로 개선할 수 있도록 해주어야 하는데 이것이 혼자의 힘으로는 한계에 부딪힐 수밖에 없었다.

그래서 수년전부터 생각했던 것이 전국의 영어교습소들을 네트워크로 형성하여 원어민들과 영어교습소 학생들이 주기적으로 만나 영어로 소통하는 체험의 장을 마련해주는 것과 방학을 이용하여 학생들과 영어권 나라들을 탐방하는 것이 대안이었다. 그러나 그러기 위해서는 먼저 영어교육의 개념을 가지고 있는 원어민들 집단과 관계를 맺고 그들과 함께 활동할 수 있는 장소가 마련되어야 했다. 또한 학생들이 부담하는 비용이 실비가 될 수 있도록 많은 영어교습소들이 뜻을 함께해야만 했었다. 더구나 영어권 나라들을 탐방하는 것은 비용이 많이 들었고 학생들의 안전에 늘 신경 써야했기 때문에 일개 교습소에서 행하기에는 쉬운 것이 아니었다.

영어 교습소 운영 10년의 결과, 학생들이 실질적인 영어를 구사하게 하려면 결국 영어의 생활화를 위한 환경을 만들어주든지 그와 같은 교육기관과 연계해야 한다는 것을 체득했다. 물론, 어떤 영어교습소는 '항상 새로운 학생을 유치하는 것을 목표로 두고 새로운 학생들만 가르치면 되겠지.'라는 생각으로 운영하는 하는 곳도 있겠지만 진정 영어교육에 열의를 가진 사람이라면 스스로를 한계에 두려고 하지는 않을 것이었다.

이에 대한 해답을 찾은 곳 역시 팔봉산이다.

팔봉산 감자축제에 들러 팔봉산감자를 사오는 것은 팔봉산을 찾는 또 하나의 재미다. 진장리 큰어머니 댁에서 하룻밤을 묵고 큰어머니를 모시고 팔봉산 감자축제에 갔을 때의 일이다. 행사 현장에 음악 소리가 요란한 것을 보니 공식행사는 끝난 것 같았다. 뒤풀이로 무슨 공연이 펼쳐지는지 알고 싶어 행사장으로 오르다 이완섭 서산시장과 마주쳐 인사를 나누었다. 반갑게 맞아주는 그의 태도에 힘이 솟았다. 악수와 함께 "알아주어 고맙다."는 감사의 뜻을 표한 뒤 다시 행사장으로 향했다.

관객들을 위해 펼쳐놓은 의자들 오른쪽 모퉁이에 정장차림의 익숙한 모습의 한 남자가 전화 통화를 하며 서있었다. '인천영어마을' 이우영 이사장 이었다. 그는 내가 '사단법인 한국통역협회'를 만들려고 했던 당시, 이사로 추대했었던 사람 가운데 한 사람이었다. 내가 그의 앞에 도착했을 즈음 그는 전화통화를 마쳤다. 우린 마주보고 서로를 알아챘다.

"아니! 여기에 어쩐 일입니까?"

놀라운 표정으로 묻는 그의 말에 "팔봉산에 다니며 이사장님 말씀 많이 들었습니다."라고 답변하며 우린 재회했다. 이후로 우린 전화를 이용하여 이사장의 고향인 서산과 팔봉산 그리고 내가 팔봉산에서 만난 그의 친구들에 대한 이야기 등을 나누어왔다.

그러던 어느 날 하나의 아이디어가 떠올랐다. 전국의 영어교습소를 영어마을과 연계하는 것이었다. 운선 영어마을에서 교재를 만들어 전국의 영어교습소에 제공한다. 그 교재로 배운 아이들이 영어를 익히고 정기적으로 영어마을을 방문하여 원어민들과 토론도 하고 영어권 생활을 체험하는 기회를 만들어주는 것이었다.

내가 10년 동안 영어교습소를 해오면서 봉착한 문제점을 단번에 해결할 수 있는 확실한 기회가 생긴 것이었다.

인터넷을 뒤졌다. 전국 영어마을의 생태와 운영내용 그리고 문제점 등을 알아보았다. 또한 전국의 영어 학원과 교습소의 체인망과 운영방법, 학습내용을 조사하고 연구했다. 그리고 얼마 뒤 영어마을교습소에 대한 사업계획안을 작성하여 그에게 이메일로 보냈다. 이 이사장은 영어마을에서 만나자고 하였다.

그는 나를 만나자마자 즉시 영어마을의 이사인 아들과 실장인 며느리를 불러 소개했다. 그래서 본 사업의 내용을 다시 한 번 설명했고 나의 설명이 끝나자 그가 말을 이어갔다.

"우리 영어마을은 학생들이 영어를 체험하며 즐기는 곳이 되어야 합니다. 기초영어를 배우는 곳이 아니라 배운 영어를 이곳에서 충분히 활용할 수 있도록 모든 사람에게 열린 곳이 되어야만합니다. 그래서 이곳에 오는 사람은 마치 알고 있는 노래를 마음껏 부르며 즐기기 위해 노래방을 찾는 것처럼, 이곳에서 영어로 모든 것을 체험하며 토론하며 즐길 수 있도록 운영되어야 합니다.

그러기 위해서는 전국 곳곳에서 영어를 익히고 정해놓은 주제로 원어민들과 영어로 토론할 수 있는 시스템을 구축하여, 전국 산간벽지 어느 곳의 학생들이라도 이곳에 와서 영어를 직접 체험할 수 있도록 더 많은 기회를 주어야합니다."

바람직하고도 멋진 말이었다. 이리하여 영어마을에서 전국에 영어교습소를 모집하여 전국 어느 곳에 사는 학생들이라도 영어마을에서 원어민들과 함께 영어로서 그들의 생활을 직접 체험할 수 있는 기회를 마련해주기로 하였다. 팔봉산 덕분에 영어마을의 이우영 이사장을 다시 만나게 되었고 10년 동안 나를 괴롭혔던 영어교습소의 한계를 넘어 학생들에게 실질적으로 영어를 사용할 수 있는 기회를 마련해주게 되어 정말 행복하다.

영어교육으로 다시 시작한 내 인생!
세상을 살아가려면 역시 운이 있어야 한다.
팔봉산이여 감사합니다!

이 모든 것은 팔봉산 덕분이다.
난 팔봉산에서 엄청난 운을 받은 것이다.
팔봉산은 행운을 주는 산이다.
특히 1봉과 그 위에 있는 바랑바위는 소원을 들어준다.
이곳에서 많이 빌었다.

그래서 이루어졌다.

신데렐라처럼 이루었다.

팔봉산은 나를 신데렐라로 만들어주었다.

나의 미래 운은 팔봉산으로부터

2013년부터 시작되는 나의 이번 10년 주기 운은 팔봉산에서 나온
다. 지난 10년 동안 나의 심신에 충전된 팔봉산의 기력은 앞으로 10
년 동안 내가 지구 끝 어디에 가더라도 강한 운으로 형성되어 내가
행운이 필요할 때마다 나타날 것이다.

이를 바탕으로 앞으로 10년 동안 내가 하고 싶은 것이 있다. 내가
특허 받은 홀인원 당구대를 들고 전 세계를 향해 나갈 때 나의 학생들
이 더 넓은 세상을 제대로 알 수 있도록 그들도 함께 데려갈 것이다.

2013년 1월 2일 연합뉴스의 기사에 따르면,

충남 서산시는 최근 국회를 통과한 올해 정부 예산안에 대산항 국
제여객부두 및 터미널 건립 관련 사업비 411억 원이 반영돼 내년으
로 예정된 국제여객선 취항계획이 탄력을 받게 됐다고 2일 밝혔다.
이로써 서산 대산항은 대 중국 국제여객 정기항로 개설과 컨테이너

물류허브항 구실을 하는데 필요한 인프라를 구축하게 됐다. 이완섭 시장은 "내년 상반기에 국제여객선이 취항할 수 있도록 차질없이 준비할 것"이라며 "대산항이 환황해권 중심항만으로 자리 잡도록 화물 유치 지원을 강화하고 국내외 관광객 유치를 위한 관광루트 개발에도 주력하겠다."고 밝혔다.

우리나라에서는 당구공을 생산하지 않는다. 그것은 당구공이 국내외적으로 많은 수요를 차지하지 않아 기업의 수익에 도움이 되지 않기 때문이라고 한다. 그래서 나의 당구대가 판매될 경우 당구공을 중국에서 수입해야만 한다. 아울러 나의 당구대 역시 당구공과 당구대 그리고 당구채 등 당구용품을 주로 생산하고 있는 중국 광동성 태산시 일대의 기업들로부터 수입하기 위해 물품들을 중국 영성시의 영성항으로부터 서산의 대산항으로 들여올 계획이다.

나는 중국에서 생산하게 될 나의 당구대와 당구공 등의 용품들을 원래부터 서산시 대산항으로 들여오겠다고 계획했었던 것은 아니었다. 그동안 학생들에게 영어를 가르치는 가운데 이미 약 10년 전에 당구대를 만들어놓았지만 학생들 교육에 열중하느라고 미뤄놓았었다. 내가 이렇게 영어교육에 심취될 수 있었던 것은 팔봉산이 좋아, 쉬는 날이면 팔봉산만을 찾고 팔봉산에서 얻은 기운으로 학생들의 영어교육에만 몰입했기 때문이다. 팔봉산 덕분에 내가 10년 이상 건강하게 하나의 직업에 종사할 수 있게 되었고 그로 인해 영어교육이 나의 천직이 되었으며 나의 사회적, 경제적 위상이 반듯하게 세워질 수 있었다.

지난 10년의 세월을 되돌아보니 이제 내 심신의 중심이 팔봉산으로 옮겨가 있었다는 것을 알게 되었다. 그리고 팔봉산이 나를 지켜주었다는 것을 실감할 수 있었다. 그렇기 때문에 앞으로 다가올 나의 미래 또한 팔봉산에 의지하기 위해 팔봉산에 나의 삶의 뿌리를 내리겠다고 결정하였다.

이제 적어도 향후 10년 동안의 운기는 그동안 숨겨두었던 당구대의 생산과 판매에 중점을 두어야만 한다. 이를 위해서는 중국과의 관계가 핵심 사항이다. 그런데 2014년, 팔봉산 옆 대산항과 중국의 영성항 사이에 국제여객 정기항로가 개설된다니 나를 팔봉산에 몰입되게 하였던 팔봉산의 뜻은 나의 미래까지 살펴주는 것이었다고 확신하지 않을 수가 없다.

결국 내가 중국어를 공부했었던 것은 이것 때문이었나?

내가 과거에 그렇게 중국에 진출하려했는데도 이루지 못했었던 것도 이것 때문이었나?

내 인생은 결국 원래부터 팔봉산으로 정렬되어있었다는 말인가?

좋다!

이제부터 팔봉산이 준 운과 함께 온 세상을 향해 달려 나가보자!

그래서 나는 팔봉산의 운으로 세상에 새로운 역사를 쓴 팔봉산의 전설이 될 것이다.

■ **맺음말**

1988년 서울 올림픽 당시 모방송사에서 라디오 프로듀서로 일하고 있었던 나는 중국 선수들을 보고 중국에 대한 관심을 갖게 되었다. 그래서 중국과 우리나라가 수교 되면 중국 전문 언론인이 되겠다는 계획과 함께 인하대학교 송재록 교수가 지은 책과 테이프로 중국어를 독학하기 시작했다.

그러던 어느 날 휴가차 싱가포르에 갔다가 싱가폴국립대에서 중국어를 공부하기로 결정하고 2년간의 유학을 시작했다. 유학을 마치고 돌아와 얼마 지나지 않자, 예상했던 대로 우리나라와 중국은 수교를 맺었다. 그리고 우연히 알게 된 삼부 프로덕션을 통해 중국 신화통신사 부사장을 소개받고 그의 방한 때 현대자동차와 유공 등의 산업체 시찰에 동참하여 통역하는 등 그와 친분을 쌓으며 중국으로 진출할 기회를 만들어갔다.

드디어 신화통신사 길림분사 천부사장으로부터 초청장이 날아왔다. 관광을 위한 일회성 방문이었지만 회사에서는 중국으로의 여행조차 허락하지 않았다.(당시 방송인들은 정부로부터 허락도 필요했었다) 이 때문에 많은 시간을 소비했지만 천재일우의 기회를 놓칠 수 없다고 생각한 끝에 방송사를 사직했다. 그런데 이것이 어둠의 긴 터널로 들어가는 불행의 신호탄이 될 줄이야!

신화통신사와 다리를 놓아주었던 삼부 프로덕션의 김사장이 '중국 진출이 어렵다'고 알려왔다.

이미 방송사를 사직했는데…. 별의별 용을 다 써보았지만 결국 실소만 나오고 말았다.(지금까지) 이때까지 내가 선택했던 길은 '식자우환'이 낳은 결과가 되었던 것이다. 부모님 등 모두가 말렸지만, 나만의 고집으로 방송생활을 접고 중국으로 가겠다고 실행했었는데, 중국에 가기는커녕 실업자가 된 마당에 누구를 제대로 볼 수 있겠는가? 그저 다시 직업을 구해야할 뿐이었지만 독불장군으로서의 외로운 생활 속에서도 자존심만 강해서 어느 누구에게도 부탁하지 않고, 30대 말의 나이로 경력과 맞지 않는 회사에 취직한다는 것이 그리 쉽지 않았다. 그런 가운데 어쩌다 인연이 닿았던 회사조차 얼마못가 부도로 도산하여 급여를 받지 못하는 등 식구와 친구들에게조차 창피스러울 만큼 온갖 망신스럽고 추한 꼬락서니로 추락해가고 있었다.

하지만 언제든지 다시 일어날 수 있다는 희망은 버리지 않았다. 다만 당시엔 까무러치고 싶을 만큼 복잡한 머릿속을 비우고 싶었고 그 알량한 자존심을 던져버리고 삶의 밑바닥을 디뎌보고 싶었다. 그래서 육체노동을 선택했다. 노동부 고용센터에 갔더니 차선 도색 회사를 소개해주었는데 일용직으로 도로 위에 차선을 도색하는 일이었지만 내가 할 수 있는 일은 도로 위에 도색되었던 페인트를 지우면서 함께 떨어진 아스콘과 모래를 쓸어, 포대에 담아 트럭에 싣는 등 잡다한 일을 하는 것이었다. 경기도 양평 등지의 여관에서 숙식하며 새벽부터 밤늦게까지 육체적으로는 힘들었지만 머리는 비워놓고 온몸으로 때웠다.

그런데 일을 시작한 다음 달부터 급여가 밀리기 시작했다. 다른 노동자들에게 물어보니, "이런 업종은 일이 힘들어 인력이 귀하기 때문에 쉽게 옮기지 못하도록, 급여를 끄는 경우가 있다."고 했다. 너무 속상했지만 오히려 노동자들이 한심하고 답답하게 느껴졌다. 회사는 근로자들이 힘들다면 처우를 개선해주고 노동자는 최소한의 자기 권리를 주장할 줄 알아야지, 모두가 어이없는 짓을 하는 것처럼 보였다.

아무리 육체노동을 통해 자존심을 버리고 삶의 밑바닥을 디뎌보겠다고 했지만 이것은 아니었기에 밀린 급여를 요구했다. 하지만 사장은 이를 들어주지 않고 "하청을 받아 그렇다."는 등의 핑계만 댔다.(실제로 관급공사에 이런 일들이 있었던 모양이었다) 새로 개항하는 인천국제공항의 차선도색을 끝내고 노동부에 고발하여 밀린 급여를 받으며 5개월 동안 몸부림쳤던 노동판 생활마저 떠나게 되었다. 이후 무엇인가 해보려고 일거리를 찾아 겨울과 봄을 보냈지만 찾아온 것은 좌절감뿐이었다. '몸으로 때우는 노동도 안 되니, 나는 정말 아무 쓸모 없는 사람인가보다….'

여름이 느껴질 즈음 한강 고수부지를 찾았다. 잠시 노숙하며 약으로 자살을 시도했지만 뜻대로 되지 않았다. 한강 고수부지에서 노숙의 첫 밤을 함께 지냈던 전직 무역업자에 의해 병원 응급실로 옮겨졌다. 어차피 죽지도 못하는 것, 그렇다고 살려고 애써도 모두가 나를 방해만 하는 것 같고 나 또한 모두에게 상처만 주는 적치물인 것만 같았다.

세상사에 신경 쓰지 않고 산사에서 은둔하며 살기 위해 지인에게 부탁했다. 그리고 집 근처의 사찰에서 매일 새벽에 불공드리기에 들어갔다. 하지만 나에게 은둔처를 소개해주겠다고 약속했던 지인은 새벽불공 50일 정도 지난 어느 날 '불가능'이라는 답변과 함께 궤변만 늘어놓았다. 그래서 새벽 불공의 기원 제목을 '업장소멸' 대신 '저녁이면 파김치처럼 맥없이 쓰러져도 좋으니 제대로 된 일자리가 생기게 해주세요.'로 바꾸었고 이를 위해 다시 100일 기도에 정진했다.

그러던 어느 날 길에서 동네식당의 주인을 만났다. 그는 전부터 나의 생활상에 안타깝다며 "자신이 다니는 교회 목사님을 한번 만나서 상담해보라."고 말했었는데, 또다시 그런 말을 꺼냈다. 하지만 나는 이전처럼 그에게 화를 내고 싶지 않았고 모든 것을 포기한 죄인처럼 순순히 그를 따라 그가 다니던 교회로 향했다. 그리고 7주에 걸친 새 신자교육을 받고 간절히 하나님께 기도했다.

'세상에 나게 했으니 살 수 있게 해주세요.'

며칠 뒤 과거 인천시 공무원교육원에서 통역요원 교육을 받을 때 알게 된 고등학교 후배를 우연히 만났다. 그는 자신이 운영하는 외국어학원에서 영어를 가르칠 것을 제의했다. 너무 반가운 얘기였지만 억세게 재수 없는 나로 인해 오히려 학원이 망할까 봐 걱정되기도 했다. 어쨌든 최선을 다해보자는 마음과 함께 학생을 모집하는 전단지를 만들어 아파트 주변에 붙였는데 이 전단지를 보고 충청남도 공주의 어느 고등학교에서 수학선생을 하고 있다는 사람이 찾아왔다. 그는 그가 살고 있는 도시에서 대출을 받아 건물을 샀는데, 일이 잘못되어 피신할 수밖에 없어 학교를 휴직하고 인천에 왔다고 하면서 그 학원에서 수학을 가르치고 싶다는 요청을 했다. 이에 후배는 외국어 학원에서는 법적으로 수학을 가르치는 것이 불가능하다며 앉으라는 소리조차 없이 그를 무시해버렸다. 나는 그에게 안쓰러움을 느끼며 후배 대신 그와 말을 나눠주었다.

며칠 뒤 다시 찾아온 그는 자신과 함께 수학 영어 전문 과외를 하자고 제안했다. 그의 말을 모두 확인한 뒤 우리는 함께 후배의 학원과 멀리 떨어진 아파트의 허름한 상가 한 칸을 임대하여 영·수 전문 과외를 시작하기로 했다. 다음날 즉시 동생으로부터 2백만 원을 빌려 임대 계약을 한 뒤 도배를 하고 중고 책상 등 각종 집기를 사들였다. 모든 준비를 마치고나니 일분일초가 아까웠다. 그날 밤에 바로 주변의 아파트 문마다 학생을 모집하는 작은 쪽지를 붙이러 수많은 계단을 오르내렸지만 피곤한 줄을 몰랐다. 다음날부터 바로 학생들이 찾아오기 시작했다. 학생들을 수준에 따라 분류하다보니 하루 여덟 시간이 꽉 찼다. '이것이 진정 나의 일이었구나.'라고 착각할 정도였다.

4개월째 되던 어느 날, 외부 강의를 마치고 돌아오니 학부모들이와 있었다.

"저놈도 마찬가지야."

나는 너무 놀라 어쩔 줄 모르고 서있었다.

"저 선생님은 아니야."

한 어머니가 다른 어머니를 말리며 나에게 이유를 설명했다.

수학선생이 고등학생에게는 수학 1과 2 그리고 공통수학을 따로 해야 한다며 돈을 세 배로 받았고 초중학생들에게는 수학실력이 부족하니 매일 수업을 해야 한다며 두 배나 받았으면서도 제대로 수업을 하지 않았다고 했다. 그는 받은 돈을 변상하고 쫓겨나듯 떠났다. 기가 막힐 노릇이었다. 사기와 의욕이 떨어졌다. 아무 생각도 하고 싶지 않았다. 소파에 누워 잠시 시간이 흐르자, '어떻게 잡은 생명줄인데? 동생에게까지 손을 벌려 시작한 일인데!'라는 말이 머릿속 한편에서 맴돌았다. 더 이상 물러설 곳이 없는 벼랑 끝에서, 삶에 대한 독기가 일기 시작했다.

불현듯 팔봉산이 떠올랐다. 부모님의 고향인 서산에 있는 산이지만, 얘기만 들었었지 한 번도 가본 적이 없는 산이었다. 마침 토요일이었는지라 새벽부터 짐을 꾸려 인천시외버스터미널을 향해 시내버스에 몸을 담았다. 오만 잡생각에 빠져서 그랬는지 버스는 전혀 지루하지 않게 서산버스터미널에 도착했고, 그곳에서 다시 팔봉산으로 가는 시내버스로 갈아탔다. 팔봉산에 올라, 그동안 살아온 이야기들을 하소연하듯 쏟아냈다. 그리고 빌었다. 무엇인가 강하게 의지할 수 있는 힘이 생기는 것 같았다.

'이것도 저것도 안 되면 조용히 이곳에 내려와 막 살다가 죽으면 되지.'

한마디로 깡다구를 가지고 돌아온 셈이었다. 그때부터 무엇인가 달라지는 것 같았다. 영어만을 가르쳤지만 그래도 학생들은 늘어만 갔고 밤마다 틈틈이 써오던 영어책도 출판하게 되었다. 정말로 낮에는 눈코 뜰 새가 없었고 밤이면 파김치처럼 쳐져서 그대로 그렇게 소파에서 뻗을 지경이었다. 쉬는 날이면 오직 팔봉산만을 찾아 의지하고 평일에는 아이들을 가르치는 데만 온갖 정성을 다했다. 팔봉산에 의해 나의 의지는 어느덧 팔봉산만큼 커다란 모습으로 세워졌다.

과외를 시작한지 2년 정도 되자 정부에서 고액과외 근절을 위해 교습자는 교습소를 내든지 교습자의 주거지에서 교습을 하도록 법령을 개정했다. 그래서 이사했다. 마침 큰길 건너편에 아파트 단지가 들어서게 되어 그 단지 뒤쪽 건물에 영어교습소를 차렸다. 혼자서 60여 명의 학생들을 가르치게 되었다.

주말이면 변함없이 발걸음을 향하는 곳, '팔봉산'
팔봉산은 나에게 의지를 주었다.
변함없는 의지를 주었다.
지나온 과거를 논할 필요도 없고 앞으로 다가올 미래를 염려할 필요도 없고 다만 지금에만 충실하게 하는 의지를 주었다.

그때부터 '존 덴버'와 그의 노래 'Today'가 좋았다.

Today while the blossoms still cling to the vine,

I'll taste your strawberries, I'll drink your sweet wine.

오늘 꽃들이 아직 넝쿨에 달려 있는 동안,

난 당신의 딸기를 맛보고 당신의 달콤한 와인을 마실 거예요.

A million tomorrows shall all pass away

Ere I'll forget all the joy that is mine, today.

수많은 내일이 모두 가게 되더라도

난 내가 가진 모든 기쁨을 잊지 않을 겁니다, 오늘.

I'll be a dandy and I'll be a rover.

난 멋쟁이 나그네가 될 거예요.

You'll know who I am by the song that I sing.

당신은 내가 부르는 노래에 날 알아볼 거예요.

I'll feast at your table, I'll sleep in your clover.

난 당신의 식탁에서 진수성찬을 먹고,

당신의 안락함 속에서 잠들 거예요.

Who cares what tomorrow shall bring.

내일 무슨 일이 일어나든 상관없어요.

Today…．

오늘….

I can't be contented with yesterday's glory.

난 어제의 영광에 만족할 수 없어요.

I can't live on promises winter to spring.

난 겨울이 가고 봄이 온다는 약속으로만 살 수 없어요.

Today is my moment and now is my story.

오늘이 나의 순간이고 지금이 나의 이야기랍니다.

I'll laugh, and I'll cry and I'll sing.

난 웃고 울고 그리고 노래할거예요.

Today…．

오늘….

비록 그는 고인이 되었지만 그의 노래는 내 가슴속에 영원하며 마치 나를 일으켜주었고 지켜주고 있는 팔봉산과 어우러져 있다.

학생들에게 영어를 가르쳐 온지 10년이다. 대학을 졸업하고 10년 가까이 했던 방송생활이 천직인줄 알았었는데 이후 10년 가까이를 허송세월로 보냈고 다시 10년을 영어교육으로 보내고 있다. 이것이 진짜 천직이 되었다. 다만 사회적 관습으로 보면, 나이 때문에 은퇴를 논할 때가 되었다. 하지만 이제야 영어교육이 무엇인지 조금 알 것 같다.

이제 생각해보니, '학생들에게 영어란 어떻게 말하는 것인가를 충분히 이해시켜주어 스스로 꾸준히 당당하게 익히는 습관을 길러 이를 바탕으로 연습할 수 있도록 토대를 닦아 주는 것' 이 내가 우리나라에서 학생들에게 영어를 가르치는 목표라는 것을 알게 되었다. 이것은 팔봉산이 내 곁에 있어주었기에 다른 짓을 하지 않고 오직 학생들을 가르치는 것에만 열중하여, 10년이란 세월과 함께 깨달은 가치다.

팔봉산에 고맙고 학생들에게 고맙다. 팔봉산과 학생들 덕분에 오늘의 내 모습이 있다. 앞으로 주말엔 학생들과 함께 팔봉산에 있을 것이다. 나의 학원이 있는 곳에서 학생들에게 영어를 가르치고 주말이면 나의 학생들을 비롯한 전국의 학생들이 부모와 함께 팔봉산에 찾아와 영어를 체험하며 여가를 보낼 수 있도록 할 것이다. 그들이 팔봉산에서 등산을 하고 근처 바다에서 해물을 잡고 영어를 체험하며 '존 덴버'의 'Sunshine on my shoulders'와 'Today' 'Take me home country road' 'Annie's song' 그리고 'Perhaps love' 등을 함께 부르게 할 것이다. 또한 당구 게임을 하면서 좋은 공기 속에서 팔봉감자 요리를 맛보고 하룻밤을 휴식할 수 있도록 최대한 모든 것들을 제공할 것이다. 그리고 내가 개발한 당구대로 할 수 있는 게임을 온 세상에 알리어 세계적인 대회를 팔봉산에서 열어, 세상 사람들을 팔봉산으로 불러들일 것이다. 그렇게 팔봉산과 함께하는 '인생 이모작'을 보여줄 것이다. 내 인생 이모작의 기간은 일모작보다 더 길 것이다.

삶의 의지와 희망을 준 팔봉산에게 감사하며 팔봉산과 더불어 전 세계를 향해 다시 피어난 내 인생을 후회하는 일이 없도록 펼쳐갈 것이다. 게다가 중국을 알았다는 것이 '식자우환'이 아니었다는 것을 입증하기 위해 서산에서 중국 영성으로 이어지는 뱃길을 오가며 중국과의 일을 성공시킬 것이다. 그래서 더욱이 본부는 팔봉산이다.

영어, 이렇게 하면 돼요

빌리워즈

신데렐라(Cinderella)

영어, 이렇게 하면 돼요

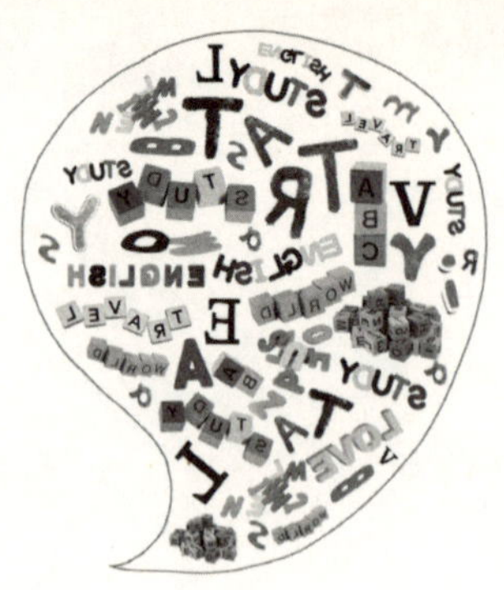

영어를 잘 알아듣고 말하고 읽을 수 있으며 쓰려고 하는 것이 영어를 배우려는 목적이다. 다시 말해, 영어로 의사소통을 하기 위해서 영어를 배우려는 것이다. 의사소통은 대개 궁금한 것에 대한 질문으로부터 시작된다. 그리고 그것에 대한 긍정이든 부정이든 답변이 따른다. 질문과 답변의 말은 동작과 상태를 나타내는 동사와 그 동사가 필요로 하는 어휘들로 이루어져있는데 동사에는 시간이 담겨있다. 이와 같은 내용을 철저히 이해하고 꾸준히 반복 연습하면 영어는 된다.

영어를 그렇게 오랫동안 배워왔지만 영어를 하지 못하는 이유를 말하라고 하면 대부분 학교에서 문법 위주로 배웠다거나 또는 영어를 사용하지 않는 환경에 살았기 때문이라고들 한다. 그것들도 이유가 될 수 있겠지만 더 큰 이유는 물어보는 것 등 모든 표현에 필수적으로 사용되는 영어의 형태를 완전히 이해하지 못했고 또한 이에 대한 표현의 연습이 없었기 때문일 것이다.

우리말의 중요부분은 앞부분의 주어와 끝부분의 동사로 나뉘어 있

다. 하지만 영어는 신호적인 언어로서 명령과 의문, 부정 등의 방법
과 강조 감탄 등을 나타내기 위한 중요부분이 거의 문장의 앞부분에
있다. 바로 이 앞부분에 주어와 동사를 포함한 문장의 형태가 들어있
다. 이러한 문장의 형태는 크게 5개로 나뉜 정형화된 표현으로서 의
문과 부정, 명령, 수동 그리고 시제 등이다. 그러므로 영어는 문장 앞
부분 5개 단어에 집중하는 것이 우선이다.

　다음으로 표현을 잘하려면 많은 어휘를 알아야 하는데 무엇보다
동사가 우선이다. 하지만 동사를 비롯한 모든 어휘의 암기를 그저 시
험을 잘 보려고 하는 것을 넘어 말로 표현하기 위해서임을 마음속에
새겨야만 한다. 어휘습득을 표현과 분리하여 암기위주로만 한다면
영어를 사용하지 않는 우리나라에서는 까먹기 십상이다. 새로운 어
휘를 암기할 때에는, 그 어휘로 각종 문장을 만들어 말해보고 써보고
들어야만 한다. 그러다 보면 어휘의 암기뿐만 아니라 어휘보다 더 중
요한 어순 등의 규칙에 익숙하게 되며 듣고 말함이 빨라진다.

　영어는 규칙이 강한 언어이기 때문에, 규칙을 알아야할 필요가 있다.
평서문의 경우, 우리말과 같이 주어가 먼저 나오지만 ‘묻는 말’과
‘부정하는 말’ 등을 만들기 위해 동사를 주어 앞으로 옮겨놓거나 주어
앞과 동사 앞뒤에 새로운 단어를 놓아 이를 예고하는 ‘신호적인 언
어’ 이다. 이러한 신호적인 규칙은 크게 5가지 정도로 나눠지며 대부
분 말의 앞부분 5개 단어 이내에 놓여진다. 이와 같은 규칙의 종류는

의 형태 등이 있다. 그러니까 영어의 앞부분 5개 정도의 단어가 위와 같은 5가지 규칙 속에 있는지 살펴서 듣고 말하고 읽고 씀으로서 영어가 된다. 또한 영어의 어순은 '주어'에 따라 그 주어의 동작이나 상태를 말하는 '동사'가 나오면서 바로 의미가 담긴 말이 형성되고, 동사의 의미에 따라 필요한 단어들이 꼬리를 물며 계속 더해진다는 것도 명심해야 한다. 이상 영어의 특징을 이해하고 어휘를 습득해가는 것이 영어를 할 수 있는데 도움이 된다.

다음으로 '동사'는 '동작'이나 '상태'를 나타내는 의사소통의 핵심이다. 그러니 영어 단어에서 '동사'는 암기의 1순위다. 영어의 '동사'는 '목적어'를 필요로 하는 '타동사' 형태의 '동사'가 많다. 즉 우리말은 '나는 신난다.'처럼 동사의 원형이 '신나다'로서 그 말의 '주어'가 '신나는 것'을 말하지만 영어는 '너는 나를 신나게 한다.'로서 '주어'가 누군가(목적어)를 '해주는 식'의 말이 된다.

영어에서는 많은 동사들이 '무엇을 어떻게 해 준다.'로 사용된다. 그래서 이를 말속에 넣어 사용하면 우리말처럼 '나는 신난다.' 보다는 '너는 나를 신나게 한다.'를 우선으로 사용한다. 이를 영어로 옮기면, 동사 'excite(신나게 하다)'를 넣어 'You excite me(너는 나를 신나게 한다)'이다. 이것을 우리말처럼 '나는 신난다.'로 표현하려면 'excite(신나게 하다)'를 '신나다'로 변형시켜야 한다.

이를 위해 영어의 '동사'는 '과거분사'를 가지고 있다. excite(신나게 하다)의 과거는excited(신나게 했다)이며 과거분사도 역시 excited인데 과거분사의 뜻은 '신나는'이 된다. 이처럼 영어의 각 동사의 '과거분사'는 대부분 수동형태의 '형용사'가 된다. 그렇게 됨으로서 형용사 앞에 'be'동사를 놓아 동사가 되니 I am excited(나는 신난다)가 된다.

한편 'beautiful(아름다운)' 'pretty(예쁜)' 'cool(멋진)' 등의 '형용사'들은 원래 명사의 상태를 나타내기 위해 만들어진 '형용사'이다. 이처럼 영어의 '형용사'는 두 종류가 있는데, 많은 '형용사'가 'be동사'와 더해져 'She is beautiful(그녀는 아름답다)' 'You are pretty(너는 예쁘다)', 'He is cool(그는 멋지다)' 'I am excited(나는 신난다)' 등의 '상태를 나타내는 동사'가 된다.

'동사'는 이렇듯 많은 단어들로 파생된다. 그러므로 '동사'를 많이 알면 다른 단어들도 많이 알게 된다. '형용사' 역시 'be동사'와 더해져 '상태를 나타내는 동사'가 되므로 '동사' 다음으로 '형용사'를 많이 알아야한다. 또한 영어의 '동사'는 하나의 단어로 여러 뜻을 가지고 있기에 하나의 뜻을 명확하게 하기 위해 '전치사'와 함께 쓰는 방식의 '숙어'를 가지고 있다.

　자, 이제부터는 영어로 된 어떤 책이라도 또 어떤 이야기라도 앞부분 5개 단어부분을 집중하여 이해하고 암기하려는 '동사'와 '형용사'를 중심으로 5가지 형태의 표현을 만들어가며 익히자! 이 모든 것은 의사소통을 위해서다. 의사소통의 첫 단계는 궁금한 것이 있기 때문이다. 그 궁금증의 해소방법은 묻는 것이다. 장소와 시간, 이유, 목적, 주어, 방법 등을 묻는 경우가 가장 많을 것이다. 이것들이 바로 where, when, why, what, who, how 등의 의문사다.

　영어로 의사소통을 하기 위해, 물어보는 방법을 알려는 것부터 시작하자!

빌리워즈

'영어에 흥미를 갖게 할 수 있는 방법은 무엇일까?

이천 년 대 초 영어를 가르치기 시작하면서부터 생각했었던 것이었다. 외국어를 익히는 사람이 공통으로 느끼는 것은 우선 그 외국어의 단어를 많이 확보하고 싶을 것이다. 영어사전을 통째 머리에 담을 수 있는 방법은 없을까? 학창 시절 이런 것을 한번쯤은 생각해보았다. 하지만 아무리 많은 방법을 연구해보았지만 결론은 암기하는 것뿐이었다.

암기!

약속 같은 것들은 암기가 잘되는데, 공부라고 하면 많은 사람들이 몹시 힘들어 한다. 특히 지속적으로 하기가 힘들다. 그래서 '작심삼일'이 가장 많이 적용된 것은 영어단어 암기부문이 아닐까?

영어를 처음 접하는 초등학교 아이들에게 영어를 호기심과 더불어 당연히 늘 익히는 것으로서, 특히 단어의 접촉과 암기는 생활이 되도록 인식시킬 수 있는 방법은 없을까? 그래서 나는 다른 사설 교육원과는 달리 직접적인 영어교육도 중요하지만 지속적으로 영어에 흥미를 불러일으킬 수 있는 교육적인 자료도 필요했었다. '영어를 처음 배우는 아이들이 우리말을 자신도 모르듯 알게 된 것처럼 영어도 하나의 언어인데, 공부처럼 느끼지 않고 자연스럽게 접근할 수 있는 방법과 더불어 영어를 알아야겠다는 의욕이 들게 할 수 있는 방법은 없을까?'에 골몰하였다. '언어란 살아있는 생물로서 항상 듣고 말하는 생활 속에 있으면 자연스럽게 알게 되는 것이니, 그런 환경을 만들면 되지 않겠느냐?'는 생각과 함께 영어가 비영어권의 사람들에게 노출되어질 수 있는 방법을 더듬었다.

기본적으로, 영어 알파벳이 쓰여 있으며 재미를 느낄 수 있는 게임 같은 것은 없을까? 그러다가 당구대가 떠올랐다. 당구대의 원리를 이용하는 단어 게임을 하는 것이 좋을 것 같았다. 포켓볼처럼 당구대의 가장자리에 영어 알파벳이 각각 부여되는 5개의 모음을 나타내는 구멍과 바닥에 21개 자음 자리를 만들고 이곳에 자신의 공으로 상대의 공을 서로 쳐 넣으면서 영어 단어를 먼저 만드는 사람이 이기는 게임을 하는 것이었다.

이렇게 기획하여 떠오른 것이 영어 단어 만들기 게임을 위한 당구대이다. 그래서 내가 만든 이 당구대의 이름을 '빌리워즈(Billiwards)'라고 지었다. '당구'라는 뜻인 'Billiard'와 '단어'라는 뜻인 'words'를 합성하여 단어를 만드는 당구대라는 의미로서 '빌리워즈'라고 한 것이다. 그런데 이를 만들려다 보니 같은 당구대에 숫자만 써 넣는다면 수학도 할 수 있게 되어 더하기와 빼기, 곱하기, 나누기, 분수 등을 게임하며 연산할 수 있도록 하였다.

또한 기왕이면 하나의 당구대에서 4구와 포켓볼 등 기존의 당구 게임도 할 수 있게 하는 것이 훨씬 더 상품성이 있겠다고 생각하여 양면을 활용하게 되었다. 당구대가 양면이 되다 보니 좀 더 많은 게임을 수용하고픈 생각이 들었다. 그렇게 여러 종류의 게임을 구상하면서 결국 당구대의 바닥과 틀이 탈 부착될 수 있는 형태를 생각하게 되었다. 그래서 나의 당구대에서는 영어뿐만 아니라 수학게임도 할 수 있고 기존의 4구와 포켓볼 게임 그리고 새롭게 창안한 미드 홀 게임은 물론 하나의 당구대에서 축구와 농구 등 무수히 많은 게임을 즐길 수 있다.

미드 홀 게임은 특히 남녀노소 누구나 단순하고 쉽게 즐길 수 있으며 대단한 집중력과 승부욕을 일으킬 수 있는 게임이다. 당구대 바닥 한가운데에 당구공이 들어갈 만한 구멍이 있어 보통 한 사람당 2개의 공을 가지고 상대방의 공을 구멍에 쳐 넣는 것으로서 여러 명이 함께할 수 있는 게임이기도 하다.

나의 영어교습소에서는 본 당구대의 인기가 하늘을 찌른다. 초중학생들이 미드 홀 게임을 하기 위해 온다고 해도 과언이 아닐 정도다. 보통 4명의 학생들이 두 개씩 공을 가지고 게임을 하는데, 자신의 공을 큐 스틱으로 쳐서 상대방 공을 구멍에 빠트리면서 지르는 함성과 아쉬운 탄식 등으로 보통 시끄러운 것이 아니다. 이를 바라보다

보면 너무 기쁘다. 내가 생각해도 '어쩜 저런 생각을 하게 되었지?'에 마치 환상에 빠진 것 같은 기분이 든다.

그동안 '빌리워즈'를 만들기 위해 많은 시행착오도 겪었었다. 좋은 소재를 구하기 위해 중국의 당구용품 생산지인 광동성에 있는 공장들도 직접 방문했었다. 실용신안과 디자인도 등록된 '빌리워즈'의 양산을 위해 천천히 그러나 멈추지 않고 당당하게 나서고 있다.

▶ 홀인원 당구를 치는 정훈이

Cinderella 신데렐라

A long time ago, a very lovely girl lived with her parents.

오래전에 한 매우 사랑스러운 소녀가 살았었다 그녀의 부모님과 함께.

But one day, her mother passed away because of an illness.

그러나 어느 날, 그녀의 엄마는 돌아가셨다 병 때문에.

The little girl was very sad and cried for several days.

그 어린 소녀는 너무 슬퍼서 울었다 며칠 동안을.

"Don't cry, my dear."

"울지 마라, 얘야."

Her father tried to comfort her.

그녀의 아버지는 애썼다 달래려고 그녀를.

Yet, the little girl kept crying.

그럼에도 불구하고, 그 어린 소녀는 계속 울었다.

So the father decided to get remarried because he thought a new stepmother would bring her happiness again.

그래서 아버지는 결심했다 재혼하기로 그는 생각했기 때문에 새어머니가 가져다 줄 것이라고 그녀에게 행복을 다시.

새어머니는 있었다 두 딸이 그녀의 이전 결혼 생활에서.

The little girl was very pleased to have more family.

어린 소녀는 너무 기뻤다 더 많은 가족을 가지게 되어서.

The stepmother behaved kindly in front of the little girl's father.

새어머니는 행동했다 다정하게 어린 소녀의 아버지 앞에서.

However, she was bossy and harsh to the little girl when the father wasn't around.

그런데, 그녀는 으스댔고 가혹했다 어린 소녀에게 아버지가 주위에 없을 때.

One day, the father had to go far away.

어느 날, 아버지는 가야만 했다 멀리.

"Listen to your mom and be a good girl, all right?"

"너의 엄마 말 듣고 착한 소녀가 되렴, 알았지?"

"Yes dad, don't worry about me."

"네 아빠, 염려하지 마세요 저에 대해서는."

However, her father passed away during his journey.

그러나 그녀의 아버지는 돌아가셨다 그의 여행 중에.

The stepmother and two step sisters treated the little girl as a servant after the father's death.

새어머니와 새언니들은 대했다 어린 소녀를 하인처럼 아버지의 죽음 이후.

불안을 행운으로 바꿔준 팔봉산

The little girl was always washing dishes and cleaning all the rooms, so her clothes were filthy.

어린 소녀는 항상 설거지했고 청소했다 모든 방들을, 그래서 그녀의 옷은 지저분했다.

Her lazy and ugly step sisters called the little girl 'Cinderella'.

그녀의 게으르고 못생긴 새언니들은 불렀다 어린 소녀를 '신데렐라' 로.

'Cinderella'means full of dust.

'신데렐라' 는 뜻한다 먼지투성이를.

After her daily chores, she went to the attic and got comfort from the animals.

그녀의 일상의 힘든 일이 끝나면, 그녀는 다락에 가서 얻었다 위로를 동물들로부터.

Then one day, an invitation from the palace arrived.

그러던 어느 날, 궁전으로부터의 초대장이 도착했다.

It was an invitation to the party where the Prince would choose his bride.

그것은 파티 초대였고 거기서 왕자는 선택할 것 이었다 그의 신부를.

The two step sisters wanted to be the Prince's bride, so they bought many new beautiful dresses.

두 명의 새언니들은 원했다 되기를 왕자의 신부가 그래서 그들은 샀다 많은 새로운 아름다운 옷들을.

Cinderella's stepmother and step sisters were frantically choosing their dresses for the party.

신데렐라의 새어머니와 새언니들은 미친 듯 했다 고르느라 그들의 옷들을 파티를 위해.

"Oh, how wonderful would the party be?

"오, 얼마나 멋질까 파티는?

How would the prince be?

어떨까 왕자님은?

I bet it'll be fabulous."

나는 장담해 그것이 대단할 것이라고."

Cinderella wanted to go to the party, too.

신데렐라는 원했다 가기를 파티에 역시.

"Mother. I'd like to go to the party too."

"어머니, 저도 가고 싶어요 파티에, 역시."

However the stepmother didn't take her to the party.

그러나 새어머니는 데려가지 않았다 그녀를 파티에.

"Where on earth do you think you are going looking like that?"

"어디를 도대체 너는 생각하니 가겠다고 그렇게 보이면서?"

Cinderella's stepmother gave Cinderella a lot of work to do and said.

신데렐라의 새어머니는 주었다 신데렐라에게 많은 해야 할 일을 그리고 말했다.

"If you don't finish all the cleaning and laundry before we come back, you'll be in big trouble."

“만약 네가 마치지 않으면 모든 청소와 빨래를 우리가 돌아오기 이
전에, 너는 놓일 거야 큰 어려움에.”

Dressed in beautiful clothes, they left Cinderella at home and went off
to the palace.

아름다운 옷을 입고, 그들은 신데렐라를 집에 남기고 떠났다 궁전으로.

Although Cinderella worked very hard, it seemed that the workload
wouldn't decrease.

비록 신데렐라는 일했지만 매우 열심히, 일의 양은 줄지 않을 것 같
았다.

“Oh, I want to go to the party, too.”

“오, 나도 원해요 가기를 파티에, 역시.”

Left all alone, Cinderella looked down at her raggedy clothes and
cried.

남긴 채 혼자, 신데렐라는 내려 보았다 그녀의 남루한 옷을 그리고
울었다.

Suddenly, the house lit up and the fairy godmother appeared in front
of Cinderella.

갑자기, 집이 환해졌고 대모인 요정이 나타났다 신데렐라 앞에.

“What is the matter, my dear child?” she asked.

“무슨 일이 있니, 나의 사랑스런 아가야?” 그녀는 물었다.

“I want to go to the party, but I have so many chores to do and I have
nothing to wear.”

"저는 원해요 가기를 파티에, 하지만 저는 있어요 해야 할 너무 많은 힘든 일들이 그리고 저는 없어요 입을 어떤 것도.

The fairy godmother waved her magic wand and said the magic word, "Abracadabra."

대모는 흔들었다 그녀의 요술 지팡이를 그리고 말했다 주문을 "아브라카다브라."

The house was instantly clean.

집이 순식간에 깨끗해졌다.

Then the fairy godmother tapped Cinderella and her rags instantly turned into a beautiful dress.

그런 다음 대모가 건드리자 신데렐라를 그녀의 누더기 옷이 순식간에 바뀌었다 아름다운 옷으로.

She also turned a pumpkin into a carriage with the magic wand.

그녀는 또한 바꿨다 호박을 마차로 요술 지팡이로.

And the mice into horses and coachmen so that Cinderella could go to the party.

그리고 쥐들을 말들과 마부로 신데렐라가 갈 수 있도록 파티에.

The fairy godmother granted Cinderella a pair of beautiful glass slippers.

대모는 주었다 신데렐라에게 한 켤레의 아름다운 유리 구두를.

When Cinderella was about to leave for the party she warned Cinderella.

신데렐라가 막 떠나려고 했을 때 파티로 그녀는 경고했다 신데렐라에게.

"The spell will be broken at midnight.

"주문이 풀릴 것이야 자정에.

Don't stay out past midnight.

머무르면 안된다 자정이 지나서는.

After midnight, the coach and the other things would become just as they were before."

자정이 지나면, 마차와 다른 것들이 될 것이다 바로 이전의 그들처럼."

As Cinderella arrived at the party, people could not take their eyes off of the beautiful Cinderella.

신데렐라가 도착했었을 때 파티에, 사람들은 뗄 수 없었다 그들의 눈을 아름다운 신데렐라에게서.

Everyone became silent and stopped dancing .

모두가 말이 없었고 춤추는 것을 멈췄다.

Nothing could be heard but people whispering, "How beautiful she is!"

어떤 것도 들리지 않았다 사람들이 속삭이는 것 외에는, "그녀는 정말 아름다워!"

Having never seen the girl, the people at the party curiously whispered among themselves.

결코 본적이 없었기 때문에 그 소녀를, 사람들은 파티에서 호기심으로 속삭였다 그들 사이에.

The Prince also wanted to meet this beautiful girl.

왕자 또한 원했다 만나기를 이 아름다운 소녀를.

왕자는 물었다 신데렐라에게 그녀가 춤을 추고 싶은지를.

Cinderella and the handsome prince danced.

신데렐라와 멋진 왕자는 춤을 추었다.

All the people were envious of them.

모든 사람들이 부러워했다 그들을.

Cinderella was having such a wonderful time that she quite forgot what her godmother had told her.

신데렐라는 가지고 있었기에 너무 멋진 시간을 그래서 그녀는 완전히 잊었다 대모가 했던 말을 그녀에게.

The clock began to strike twelve.

시계가 시작했다 치는 것을 열두시를.

Cinderella startled and stopped her dancing and raced out of the palace.

신데렐라는 깜짝 놀라 멈췄다 그녀의 춤을 그리고 달려 나갔다 궁전 밖으로.

She hurried down the stairs so fast that one of her glass slippers fell off her foot.

그녀는 서둘러 내려갔다 계단을 너무 빨리 그래서 그녀의 유리 구두 가운데 한 짝이 벗겨졌다 그녀의 발에서.

The spell was broken right after she got outside the palace.

주문이 풀렸다 바로 그녀가 궁전 바깥쪽으로 나온 이후에.

Back in her raggedy clothes, Cinderella returned home with only one of her slippers.

다시 그녀의 남루한 옷을 입은 채, 신데렐라는 집으로 돌아왔다 그녀의 구두 가운데 단지 하나만 가지고.

The prince chased after the mysterious girl but she had already disappeared.

왕자는 뒤쫓았다 그 신비로운 소녀를 그러나 그녀는 이미 사라졌다.

He carefully picked up the glass shoe Cinderella had left behind.

그는 조심스럽게 집어 들었다 유리 구두를 신데렐라가 남긴.

The Prince could not forget the beautiful girl he had danced with.

왕자는 잊을 수가 없었다 그 아름다운 소녀를 그가 함께 춤을 추었던.

He announced, "I'll marry the person whose foot fits this glass slipper."

그는 발표했다, '나는 결혼할 것이다 발이 이 유리 구두에 맞는 사람과."

The Prince and his men went from house to house with the glass slipper.

왕자와 그의 신하들은 다녔다 이집 저집을 유리 구두를 가지고.

But they could not find anyone who fit into the glass slipper.

그러나 그들은 찾을 수 없었다 어떤 누구도 유리 구두에 맞는.

For the last time, there was only one house remaining - Cinderella's house.

마지막으로, 있었다 오직 남아있는 한 집 - 신데렐라의 집.

Cinderella's two step sisters did everything to force their foot into the glass slipper.

신데렐라의 두 새언니들은 했다 갖은 짓을 억지로 밀어 넣으려고 그들의 발을 유리 구두 속에.

No matter how hard they tried, they could not succeed.

아무리 그들이 열심히 시도했지만, 그들은 성공할 수 없었다.

The Prince was greatly disappointed.

왕자는 크게 실망했다.

"Let me see if it will fit me."

"제가 보겠어요 그것이 맞는지 저에게."

Cinderella said as she came into the house from working outside.

신데렐라는 말했다 그녀가 들어오면서 집 안쪽으로 바깥쪽의 일터로부터.

The glass slipper fit her foot perfectly.

그 유리 구두는 맞았다 그녀의 발에 완벽하게.

Then Cinderella pulled out of her pocket the other glass slipper and put it on.

그런 다음 신데렐라는 꺼냈다 그녀의 주머니에서 다른 유리 구두를 그리고 신었다 그것을.

"Oh! It was you!"

"오! 너였구나!"

The Prince was very happy.

왕자는 너무 기뻤다.

Then the fairy godmother appeared and touched her wand to Cinderella's clothes.

그때 대모가 나타나서 건드렸다 그녀의 지팡이로 신데렐라의 옷을.

They became even more magnificent than those clothes she had worn.

그들은 훨씬 더 멋지게 되었다 그녀가 입었었던 그 옷들보다.

The Prince and Cinderella went to the palace and had a blessed wedding.

왕자와 신데렐라는 갔다 궁전으로 그리고 행복한 결혼식을 올렸다.

And they lived together happily ever after.

그리고 그들은 살았다 함께 행복하게 그 후 내내.

신데렐라와 같은 행운이 찾아올 거예요.

문화의 향수와 대자연의 웅장함을
가족, 연인, 친구와 함께
서산에서 직접 느껴 보세요!

농촌체험마을

청량한 숲과 아름다운
야생화 단지가 펼쳐져 있는

'서산 꽃송아리마을' 을 아시나요?

대상 단위 및 단체 (1회 수용인원 40명)

시기 연중 (감자 캐기는 6월 한달 가능)
　　　※ 팔봉산 감자 축제 매년 6월 중 개최

주요체험 프로그램
농사체험(1시간) 감자·마늘캐기, 고추·고춧잎 따기, 벼 베기
향토음식 만들기(2시간) 대나무통 마늘밥, 마늘과자 만들기, 감자 옹심이, 감자
　　　　　　　　　　　　수제비 만들기, 무릇고구마떡 만들기, 손두부 만들기 등
공예체험(1시간) 대나무·솔방울 공예, 야생화분, 솔방울 솟대 만들기

살거리
감자, 마늘, 콩, 조개, 건 망둥이, 뱅어포, 지역 농·특산물 등

주변먹을거리
밀국낙지탕, 찰박회(갑오징어회), 쭈꾸미, 해물탕 등

향토문화와 문화유적 탐방
팔봉산 등반, 구도항 관광, 갯바위 낚시, 아나고 낚시 등
※ 꽃송아리마을은 꽃(무릇)/조경수의 꽃과, 술숲/솔방울, 민속놀이의 자원에서의 송(松), 농
　산물, 풍농을 기원하는 열매라는 의미의 아리를 뜻함

농촌전통테마마을
체험장소 서산시 팔봉면 금학3리 (당일 또는 1박 2일)
예약 및 상담전화 041) 662-5783 / 010-5436-5782 (http://flower.go2vil.org)

서산으로 오세요

255

사색四色 무릉도원

대상 가족단위 및 단체 (1회 수용인원 40명)

시기 연중

주요체험 프로그램

봄 : 산나물 뜯기, 올챙이 잡기, 산책로 걷기

여름 : 뗏목 타기, 용못지 관찰, 산책로 걷기, 친환경 모내기, 토종물고기 잡기

가을 : 생강 캐기, 김장 담그기, 산책로 걷기

겨울 : 생강한과 만들기, 연 날리기, 바람개비 날리기, 산책로 걷기

※ 계절별 농산물 수확체험 가능

볼거리

용못지(물마름) 연꽃, 올챙이 생태, 볏가릿대 세우기, 바람개비, 복숭아꽃,

저녁노을, 겨울철새

주변먹을거리 친환경농산물활용 비빔밥, 굴밥, 고구마, 생강한과, 단호박식혜

쉴거리 마을 산책로 위 언덕(소나무 숲), 용못 주변

향토문화와 문화유적 탐방

간월암, 천년고찰 부석사, 서해낙조, 간월도 AB지구 철새 탐조

※ 11~12월은 천수만세계철새축제가 열리는 시기로 철새 탐조 대원의 안내를 받아 철새를 근
  접한 곳에서 탐조 가능합니다

빛들마을 농촌전통테마마을!!

체험장소 서산시 부석면 마룡리

예약 및 상담전화 010-8001-7295 (http://bitdeul.go2vil.org)
Cafe.daum.net/sbs12-cn, cafe.daum.net/sb365

불은을 행운으로 바꿔준 팔봉산

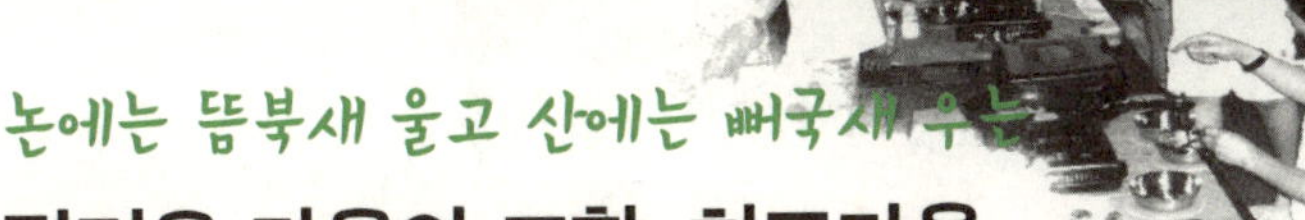

정겨운 마음의 고향, 회포마을

대상 가족 단위 및 단체 (1회 수용인원 80명)

시기 연중

주요체험 프로그램
농촌문화체험, 볏가릿대를 세워 소원을 비는 체험 (정월보름~이월초하루)
대호간척지구 메뚜기 잡기와 논두렁 걷기 (7~8월)
농촌의 밤과 농사이야기(1박 2일) : 달집태우기, 쥐불놀이, 볏가릿대 쓰러뜨리기
미니골프치기(골프채, 골프공, 운동화 준비)
6,000평의 소나무 숲 미니 골프장(8홀라인)에서 재미있는 골프체험
주변 둘러보기
안산 등산 : 270고지 회포마을 안산에 올라 서해의 리아스식 해안을 조망
재래염전탐방 : 소금이 만들어지는 과정 학습과 소금 모으기 또는 소금담기

살거리
고구마호박죽, 호박국수, 호박 배 양파즙, 호박게국지 김치, 맷돌호박, 고추, 호박고구마, 땅콩, 간척지 뜸부기 쌀 등 마을의 농산물

향토문화와 문화유적 탐방
대호간척지와 서해바다 포구의 낙조, 리아스식 해안 탐방, 갯벌과 바다생태체험
※ 마을관광열차프로그램과연계운영-망일산참샘호박농장대호지양수장용머리간이골프장
   (1시간)정거장별 유래, 전설 설명

회포 녹색농촌체험마을!!
체험장소 서산시 대산읍 운산5리
예약 및 상담전화 010-6412-8180, 011-9801-0155 (http://hoepo.invil.org)

솔마당마을로 오세요

대상 유치원, 초·중학생 및 가족단위와 단체
(1회 수용인원 60명, 1박 2일 30명)

시기 연중

주요체험 프로그램

연중 : 농촌농경문화체험, 짚풀공예, 다육실물심기, 가재생테체험, 농사체험,
　　　 장군산등산, 정월대보름 볏가릿대세우기, 전통놀이
봄 : 모내기체험, 감재캐기, 고사리따기
여름 : 매실따기, 육쪽마늘체험
가을 : 고구마캐기, 생강따기, 벼베기
겨울 : 썰매타기, 정월대보름, 호박죽만들기, 편강만들기
※ 체험시간 : 농사 및 놀이(1시간), 먹거리체험(2시간)

살거리

6쪽마늘, 생강, 감자, 고구마, 콩, 당근 등

향토문화와 문화유적 탐방

죽사, 류방택천문대, 팔봉산, 해미읍성

솔마당마을 녹색농촌체험마을

체험장소 서산시 인지면 성1리
예약 및 상담전화 041) 668-0063 / 017-357-4680(사무장)

불운을 행운으로 바꿔준 팔봉산

농촌교육농장

나비아이 곤충체험학습장

대상 유치원, 초등학생, 중학생, 고등학생 그리고 가족단위
(1회 수용인원 - 당일체험 40명, 1박 2일 40명)

시기 연중 (계절별 프로그램 진행)
당일 방문은 자연 상태에서 곤충이 활동할 수 있는 5월부터 10월까지 가능

주요체험 프로그램

나비 생태관 교육 : 330㎡의 나비 생태관 내에서 실시

곤충 실험실. 표본 전시관 교육 : 여러 종류의 나비와 곤충의 형태 및 특성을 관찰

곤충 채집 활동 : 11,600㎡의 생태공원 주변과 산책로에서 진행

곤충 표본 교육 : 채집한 곤충의 이름을 알아보고 직접 표본을 만들어 보는 활동

나비집 만들기 : 주변의 생태물을 이용하여 나비가 살 수 있는 환경을 만들어 보는 활동

야간 채집 활동 : 야간에 활동하는 곤충 채집 활동 (1박 2일)

겨울 철새 탐조 : 곤충의 월동과 함께 꾸며지는 겨울 철새 탐조 활동 (1박 2일)

체험 보고서 작성 : 그림이나 내용을 작성하여 체험내용을 정리하는 활동

살거리

나비 기르기 세트 (3학년 과학교재), 곤충 표본 및 액자, 오갈피, 자생실물

향토문화와 문화유적 탐방

서산 용현리 마애여래삼존상

나비아이 농촌 교육농장

체험장소 서산시 음암면 부산1리 477-0번지

예약 및 상담전화 041) 664-5949 / 011-425-7523 (http://www.nabii.com)

행복담은 6쪽마늘
우리 함께 마늘의

세계로 떠나보아요

대상 가족단위 및 단체 (1회 수용인원 40명)

주제	내용		운영시기
마늘 탐험대	마늘은 내 친구	마늘의 구조 특징 알아보기	3~11
	하얀 마늘 예쁜 마늘	마늘을 활용한 미술활동	
	매운 마늘 좋은 마늘	마늘의 효능과 식습관 알아보기	
나도 디자이너	자연물을 이용한 디자인 공예 교육		
자연놀이 마당	숲을 통한 오감 생태교육		

※ 천연염색교육 연계 가능

살거리
6쪽마늘, 천연염색제품(스카프, 손수건, 양말), 규방공예, 녹용 등

향토문화와 문화유적 탐방
간월도 AB지구 철새 탐방(투어), 도비산 등반, 석천암, 간월암, 부석사

꼼방울 농촌교육농장

체험장소 서산시 인지면 산동1리 693
예약 및 상담전화 041) 662- 4949, 016-227-4642 (www.deercorea.com)

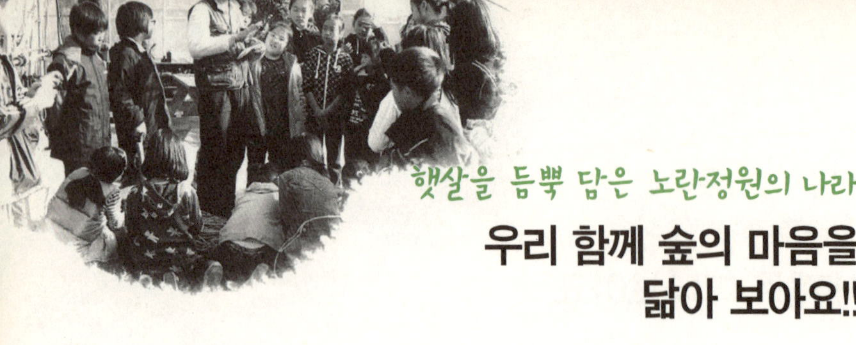

우리 함께 숲의 마음을 닮아 보아요!!

대상 가족 단위 및 단체 (1회 수용인원 한 학급 30명 내외)

시기 연중

주요체험 프로그램

나무의 소중함 알아보기(3시간)

오감을 사용하여 나무와 사귀면서 나무와 친구되기

다양한 나뭇잎을 채집하여 모양과 색 분류하기, 줄기가 뻗어나간 모양에 따라 나무 구분하기

침엽수와 활엽수의 차이를 알아보고, 나무를 보존하기 위해 필요한 일을 토의하여 신문 만들기

친환경 농법으로 재배하는 표고버섯, 감자, 고구마 등의 수확 체험 병행

학교교육과 연계한 교육활동 운영

※ 실내교육장 및 실외 교육장 활용 / 민박운영(20명) : 4인 기준

향토문화와 문화유적 탐방

삼길포항, 갯벌, 대호만의 철새, 벌천포 해수욕장, 망일산(망일사)

해담뜰 농촌교육농장

체험장소 서산시 대산읍 운산5리 264-4 회포마을(녹색농촌체험마을 내)

예약 및 상담전화 041) 681-5604, 010-6737-1055

(http://www.haedamfarm.co.kr)

흙의 고마움을 알 수 있는 흙의 나라

따뜻한 흙냄새 맡으며
함께 즐겨요!!

대상 가족단위 및 단체 〈1회 수용인원 한 학급(30명 내외)〉
유치원, 초·중·고등학교 / 가족 또는 체험 동호인 모임 등 소모임

시기 연중

주요체험 프로그램

흙 그리고 예술활동(2시간)

그림 배우기, 도자기 만들기, 시 읽고 느낀점 써보기

칼국수 같이 만들어 먹기(2시간)

메밀이나 기타 섞을 수 있는 아이템으로 반죽(가마솥에서 요리하기)

※ 학교교육과 연계한 교육활동 운영

자원현황

시설자원 : 황토벽돌로 만든 도예체험장(옹기종기 배움터)
가마솥 걸린 조리공간(요리조리 배움터)
문화자원 : 흙과 관련된 다양한 예술문화활동 제공
그림과 도자기를 전공하고, 자연을 사랑하는 부부의 소박한 농촌
살림을 엿볼 수 있고, 함께 나눌 수 있는 공간 제공

향토문화와 문화유적 탐방

삼길포항, 갯벌, 대호만의 철새, 벌천포 해수욕장, 망일산(망일사)

도적골 농촌교육농장!!

체험장소 서산시 대산읍 운산1리 769-4
예약 및 상담전화 041) 663-9207 / 010-8805-9207
(http://cafe.naver.com/dojukvally)

서산으로 오세요

농촌 맛집 체험

오늘 점심, 소박한 밥상 어떠신지요?

대상 가족단위 및 단체 (1회 수용인원 50명)

시기 연중

주요체험 프로그램

향토음식 만들기(2시간)

손 메주, 청국장 만들어 맛내기, 깻잎장아찌, 전통 엿고기, 전통차, 절구 쑥떡, 화전

※ 30년 전통음식 제조 경력자와 체계적인 조리학을 전공한 딸, 이 모녀(母女)의 음식 이야기와 함
   께 만든 음식을 점심이나 간식으로 즐길 수 있음

학습활동(1시간)

전통 먹을거리와 서산의 향토음식 알아보기(전문가와 함께)

식사(전화예약필수)

직접 담근 된장, 청국장과 각종 장아찌로 차린 소박한 밥상

살거리

된장, 간장, 고추장, 서산 6쪽마늘 장아찌 등 각종 장아찌, 조청 등

향토문화와 문화유적 탐방

간월암 부석사 석천암 관광, 도비산 등산, 서해바다와 갯벌 탐사

서산 용현리 마애여래삼존상, 운산 벚꽃단지 관광(4월), 개심사 탐방

천수만 세계철새도래지에서 철새 탐조

전통음식 체험농장 소박한 밥상!!

체험장소 서산시 인지면 애정리 483

예약 및 상담전화 041) 662-3826, 010-8718-3826 (www.simplefood.co.kr)

농촌 체험 농장

풍요로운 인심과 시골정서가 가득,
참샘골 호박농원

대상 가족단위 및 단체 (1회 수용인원 40명)

시기 연중

주요체험 프로그램
농사체험(1시간)
호박밭에서 맷돌호박 수확 및 호박 저장 관리, 호박고구마 캐기
향토음식 만들기(2시간)
호박게국지, 호박죽, 호박떡, 호박 바지락 칼국수 만들기
※ 체험자가 직접 만들어서 점심이나 간식으로 먹을 수 있음

살거리
고구마 호박죽, 호박국수, 호박·배·양파즙, 호박게국지 김치, 맷돌호박, 고추, 호박고구마, 땅콩, 간척지 뜸부기 쌀 등 마을의 농산물

※ 회포녹색농촌체험마을과 연계한 프로그램 운영

호박 가공품 체험농장 참샘골 호박농원!!

체험장소 서산시 대산읍 운산5리 200-19
예약 및 상담전화 041) 663-8180, 010-6412-8180 (www.camsemgol.com)

서산으로 오세요

친환경농산물의 세상, 한아름채소밭 농원

대상 가족단위 및 단체 (1회 수용인원 40명)

주요체험 프로그램

3~5월 : 우리집 길러먹는 채소밭 만들기 체험

5~6월 : 오이수확 체험, 호박고구마 심기 체험

6~7월 : 방울 토마토 수확 체험

10월 : 호박고구마 수확 체험

11~12월 : 방울토마토 수확 체험

살거리

친환경 토마토, 방울토마토, 길러먹는 채소밭, 호박고구마, 미니단호박, 멜론, 토마토즙, 오이 등 (계절별로 변동있음)

친환경농산물수확 체험장 한아름채소밭!!

체험장소 서산시 대산읍 기은리 459-1

예약 및 상담전화 017-430-2957 (www.chaesobat.co.kr)

마늘, 생강으로 고기 잡냄새를 없애고
훈연으로 맛을 업그레이드

수제햄, 베이컨, 소시지 함께 만들어요

대상 가족단위 및 단체, 유치원·학교 현장학습
  (1회 수용인원 30명)

시기 연중

주요체험 프로그램
수제소시지(3시간)·베이컨, 햄(4~6시간) 만들기
※ 체험자가 직접 만들어서 점심이나 간식으로 즐길 수 있음
농사체험(1시간) 고구마캐기, 마늘캐기

육가공 체험농장 나눔농장!!!
체험장소 서산시 인지면 차리788-1
예약 및 상담전화 041) 667-5426, 010-3362-5426
  (http://cafe.naver.com/smokingmeat)

난 사랑방에서 화분을 선물해 보세요!

대상 학생, 가족 및 단체 (1회 수용인원 20명)

주요체험 프로그램

J.M.G(Junior Master Gardener) 자연 생태교육 프로그램(2시간)
※ 1/3주 토요일, 방학 특강
원예 체험(1~2시간)
꽃꽂이, 난 및 화초 심기, 테라리움, 다육 심기, 토피어리 만들기 등
다도 체험(1시간)
다식 만들기, 양갱 만들기, 차 시음하기

볼거리

호접난 재배 농장 견학, 전시 판매장

살거리

난(호접난, 풍난, 동양난, 특이난), 다육식물, 선인장, 실내 식물, 화초 원예 용품,
화분 비료 등

원예 체험농장

체험장소 서산시 인지면 화수리 2리 856-1
예약 및 상담전화 010-8163-7141

은은한 한지의 아름다움에 빠져보세요

대상 가족단위 및 단체 (1회 수용인원 30명 내외) 유치원, 초·중·고등학생, 가
족체험 소모임

시기 연중

주요체험 프로그램

닥나무 관찰하기, 한지가 만들어지는 과정을 체험하며 관찰하기
한지를 이용한 다양한 공예품 만들기, 학교교육과 연계한 교육 활동 운영
한지 만드는 과정, 한지를 이용한 조형활동, 전통공예품과 그림 관람
자원현황
문화자원 : 한지를 만드는 주원료가 되는 닥나무, 꾸지나무,
황촉규(닥풀)를 직접 관찰할 수 있는 공간

향토문화와 문화유적 탐방

죽사, 서산 류방택 천문기상과학관, 둔당리 지석묘

한지 체험농장 종이 그림공방!!

체험장소 서산시 인지면 화수리 135-6
예약 및 상담전화 010-2638-3459 (http//cafe.daum.net/artmini)

복분자, 오미자가 익어가는 가람농원

대상 가족단위 및 단체(1회 수용인원 30명)

주요체험 프로그램

봄 : 각종 산야초 이용 차덖기, 다도예절

여름 : 복분자 수확하기 (6월 중순)

가을 : 오미자 수확하기 (10월 초)

겨울 : 각종 발효차 이용 쨈 양갱, 쿠키, 팥빙수, 쌈장, 장아찌 만들기

살거리

오미자 복분자, 솔순, 생맥산, 구기자, 산야초, 발효(효소)차

발효(효소)차 만들기 체험농장

체험장소 서산시 팔봉면 금학3리 1125 (농촌전통테마마을 내)

예약 및 상담전화 010-4772-1746, 010-9105-3004 (www.garamfarm.com)

뽕나무와 누에가 전하는 건강의 세계로 초대

대상 단위 및 단체 (1회 수용인원 40명)

시기 : 연중

주요체험 프로그램

6월 01일 ~ 6월 30일 : 누에 성장 관찰하기

6월 01일 ~ 6월 20일 : 오디 따기, 뽕닭 관찰 및 뽕 닭알 줍기

6월 20일 ~ 7월 15일 : 동충하초 성장 관찰하기

9월 01일 ~ 9월 20일 : 누에 성장 관찰하기

살거리

뽕잎, 누에, 생오디, 오디쥬스, 색동누에키트 등

향토문화와 문화유적 탐방

간월암, 천년고찰 부석사 관광, 서해 낙조

서산 용현리 마애여래삼존상, 해미읍성축제, 국화축제(11월)

천수만 세계철새도래지에서 철새 탐조(11월~12월)

누에 체험농장 성원누에농원

체험장소 서산시 고북면 가구리 22

예약 및 상담전화 041) 663-0599, 011-9404-1525 (www.nuega.com)

서산으로 오세요

생강향 솔솔나는 생강한과 만들기

대상 가족 단위 및 단체 (1회 수용인원 40명)

시기 연중 (성수기인 추석, 설20일전부터는 체험운영이 어렵습니다)
생강 캐는 시기 : 10월 하순~11월 중순

주요체험 프로그램

생강한과 만들기(1시간) : 생강한과, 편강, 생강엿

※ 일정량 완제품으로 만들어 갈 수 있습니다.

농사체험(1시간) : 서산 6쪽마늘 캐기, 생강 캐기, 고구마 캐기

※ 가족 단위는 프로그램 조건에 따라 일정량을 가지고 갈 수 있다

주변먹을거리

굴밥, 살아있는 대하, 쭈꾸미, 새조개 등

살거리

생강한과, 편강, 생강엿, 마늘, 생강, 감자, 고구마, 고추 등

향토문화와 문화유적 탐방

간월암, 천년고찰 부석사, 숭덕사, 서해낙조, 간월도 AB지구 철새 탐조

※ 11월~12월은 천수만 세계철새축제가 열리는 시기로 일요일을 제외하고 철새 탐조대원의
안내를 받아 철새를 근접한 곳에서 탐조 가능하다.

생강한과 만들기 체험장소

서산시 부석면 강당2리 836-1 서산생강한과
041)662-9968, 011-287-3688 (www.seosanhangwa.com)
서산시 부석면 지산2리 1112 서산시골생강한과
041)669-5997, 011-9811-5997 (www.hangwa4u.com)

감칠맛 나는 손맛도 더불어 느끼세요!

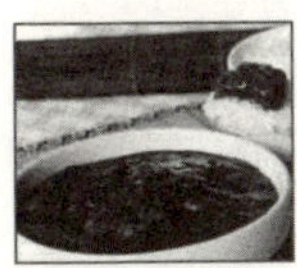

어리굴젓

간월암에서 수도하던 무학대사가 태조에게 진상하였다는 전통 궁중음식입니다. 간월도와 웅도에서 생산되는 서산 굴은 자연산 굴로서 맛과 영양가가 뛰어나 선물용으로도 인기를 끌고 있습니다.

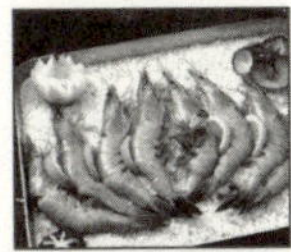

대하

가을이면 서해안에서 갓 잡아 올린 싱싱한 대하가 유명합니다. 살아있는 대하를 초고추장에 찍어 먹거나 소금에 살짝 구워먹는 맛이 일품이며, 피부미용에도 좋아 많은 사람들이 즐겨 찾는 계절의 별미입니다.

밀국낙지탕

서해안 청정갯벌에서 봄철에 많이 잡히는 낙지는 어육이 연하고 맛이 담백하여, 박속과 함께 탕으로 조리하여 먹는 서산의 전통음식입니다.

꽃게장

서해안 꽃게는 수심 깊은 모래바다에서 서식하여 맛과 크기가 뛰어나 입맛 까다로운 일본인들도 으뜸으로 여기는 서산의 주요 수출품입니다.

굴밥

서해안 청정지역에서 밀물과 썰물에 의한 자연일광 노출로 생산된 '참굴' 은 임금님 수라상까지 진상된 특산물로서 영양분이 풍부합니다. 참기름을 두르고 돌솥에 밥을 지어 채취한 굴과 함께 야채와 양념장을 넣고 비벼 먹으면 은은한 굴의 향을 느낄 수 있습니다

게국지

서산 지방 고유의 토속음식으로 해산물 등 갖은양념으로 만들어 구수한 맛이 일품인 겨울철 별미입니다.

새조개

해수와 담수가 교차되는 수역에서 겨울철에 서식하는 희귀한 어종으로 연하고 부드러우며 감칠맛이 납니다. 해마다 겨울철이면 전국의 미식가들이 즐겨 찾는 최고의 별미입니다.

서산의 향토 축제

서산 해미읍성축제

매년 해미읍성에서 개최되고 있는 이 축제는 관람객이 직접 참여하는 관아체험, 옥중체험, 옛날의상체험, 장터체험 등 다양한 역사체험 프로그램을 마련하여 교육적 효과가 높으며 가족단위 방문객들의 좋은 호응을 얻고 있다.

서산 6쪽마늘축제

서산6쪽마늘은 유기물이 풍부한 점질의 비옥한 황토 토질의 밭에서 재배되므로 맛과 향이 우수하고 조직이 단단하여 장기간 저장할 수 있을 뿐 아니라 쪽수가 6~8쪽으로 고르며, 타 지역 마늘보다 우수한 품질이 생산된다. 마늘 수확기간인 6월 하순경에 시식, 경연체험, 전시 등 다양한 프로그램을 준비하여 축제를 개최하고 있다.

서산 인삼축제

온화한 해양성 기후와 유기물이 풍부한 토양에서 재배되어 조직이 충실하고 향이 강하다. 유효사포닌 함량이 매우 높아 혈압조절, 간장보호, 항암작용, 피로회복 등 신진대사에 탁월한 효능이 있는 서산 6년근 인삼을 알리기 위한 축제가 개최되고 있다.

국화축제

매년 10~11월에 개최되는 국화축제는 사과 과수원을 배경으로 국화와의 자연스러운 어울림을 연출하여 해마다 장관을 이루고 있으며, 차용 국화 따기, 고구마 수확체험 등 다양한 즐길거리를 마련하고 있다.

서산의 향토 축제

서산 천수만 세계철새기행전

20여만 마리의 가창오리떼가 펼치는 군무와 황새, 고니 등 천연기념물을 한자리에서 볼 수 있는 국내 최대의 철새축제이다.
많은 국내외 관광객들로부터 큰 호응과 찬사를 받고 있으며, 매년 10~11월에 개최된다.

팔봉산 감자축제

팔봉산 감자는 서해안의 금강산이라 부르는 팔봉산 기슭의 오염되지 않은 80여만 평의 양질의 토양에서 해양성 기후와 친환경농법으로 재배되어 영양분이 많고 맛과 품질이 우수하여 전국에 널리 알려져 있으며, 팔봉산에서는 매년 수확시기인 6월에 감자축제가 열리고 있다.

대산 삼길포 우럭축제

청정해역인 가로림만에서 생산되는 육질과 맛이 매우 뛰어난 우럭을 대상으로 매년 4~5월경에 삼길포구에서 개최되는 삼길포 우럭축제가 풍물공연, 관광객 즉석 노래자랑, 붕장어 잡기대회, 갯벌체험, 유람선 관광, 바다낚시, 민속체험놀이 등 다양한 프로그램을 마련하고 있다.

간월도 바다음식축제

서산 천수만과 함께 천혜의 자연경관을 간직한 간월도, 낙조의 아름다움과 달을 품은 간월암이 있는 서산시 부석면 간월도리에서 매년 11월경 축제가 열리는데 굴까기 대회, 조개조각전, 갯벌체험, 쌍쌍가요제, 사물놀이 한마당 등 다양한 볼거리, 먹을거리, 체험거리를 한자리에서 만나볼 수 있다.

서산의 웰빙 농·특산물

기름진 옥토와 해양성 기후에서 자라
소비자들이 믿고 구입할 수 있는 웰빙상품입니다.

6쪽마늘

생강

인삼

생강한과

마늘주

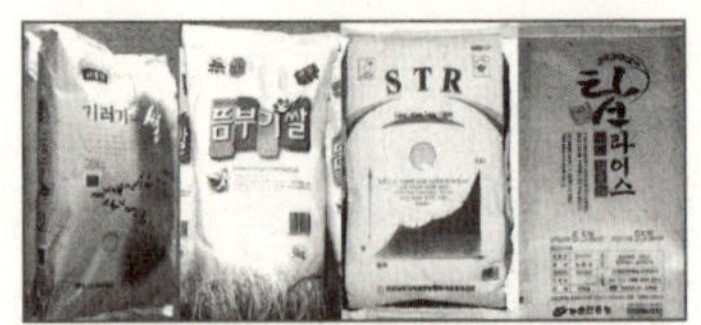

간척지쌀

어리굴젓

감자

난蘭

달래

서산으로 찾아 떠나는 볼거리 여행

해미읍성과 천주교성지

해미읍성은 국내에서 원형이 완벽하게 보존된 몇 안 되는 성곽중의 하나이며, 병마절도사가 근무하던 곳으로 충무공 이순신 장군이 군관으로 10개월간 근무한 곳이기도 하다. 또한, 고종 3년(1866년)에는 천주교를 탄압하면서 1천여 명의 천주교 신자를 처형한 순교성지로도 유명하다

서산 용현리 마애여래삼존상

국보 제84호인 마애삼존불은 백제 후기(6세기 중엽)의 작품으로 백제의 미소라 불리우며 우리나라에서 발견된 마애불상 중 가장 뛰어난 작품으로 평가받고 있다. 특히 빛의 방향에 따라 자애로운 미소로 웃는 모습은 백제인의 온화하면서도 낭만적인 기질과 놀라운 슬기가 담겨있다.

개심사

보물 제143호인 개심사는 운산면 신창리에 위치해 있으며, 충남 4대 사찰중의 하나로 백제 의자왕 14년(AD651년)에 혜감국사가 창건하였다고 전해진다. 사찰을 중심으로 봄에는 철쭉, 진달래, 벚꽃, 여름에는 녹음, 가을에는 단풍, 겨울에는 눈꽃으로 속세의 시름을 잊게 해 주는 곳이다.

간월암

부석면 간월도리에 위치한 간월암은 조선 초기 무학대사가 창건하였다고 전해지며, 간조 시에는 뭍과 연결되고 만조 시에는 섬이 되는 신비함과 함께 암자 뒤편으로 넘어가는 일몰의 비경을 볼 수 있다.

팔봉산

해발 361.5m 기암괴석으로 이루어진 여덟 개의 봉우리가 병풍처럼 펼쳐져 있고, 정상에 오르면 서해가 한눈에 내려다보이는 경관이 일품이다. 소나무 숲 사이로 솔향기를 마시며 휴식과 산행을 즐길 수 있는 곳이다.

자연의 풍요로움과 넉넉한 인심의 고장, 서산!

해양성기후 속에 생산된 청정한 농특산물과 함께하는 농촌문화체험

구분	농장명(체험내용)	주소	대표자	전화번호
농촌체험마을	꽃송아리마을(농촌전통테마마을)	팔봉면 금학3리	최기환	010-5436-5782
	빛들마을(농촌전통테마마을)	부석면 마룡리	이상순	010-8001-7295
	회포마을(녹색농촌체험마을)	대산읍 운산5리	최근명	010-6412-8180
	솔마당마을(녹색농촌체험마을)	인지면 성1리	김승구	017-357-4680
농촌교육농장	도적골 농촌교육농장(흙의 고마움, 도예)	대산읍 운산리 769-4	장경희	010-8805-9207
	해담뜰 농촌교육농장(숲과 나무-민박가능)	대산읍 운산리 264-4	조상분	010-6737-1055
	꼼방울 농촌교육농장(6쪽마늘, 천연염색)	인지면 산동리 693	김현주	016-227-4642
	나비아이 농촌교육농장(나비곤충)	음암면 부산리 477	이헌용	011-425-7523
농가맛집	소박한 밥상(전통음식체험)	인지면 애정리 483	강태갑	010-8718-3826
농촌체험농장	참새골 호박농원(호박, 가공품 체험)	대산읍 운산5리 200-19	최근명	010-6412-8180
	한아름 채소밭(친환경농산물 수확체험)	대산읍 기은리 459-1	최근학	017-430-2957
	바람소리 농장(염색/도자기체험)	대산읍 운산리 24	박준영	010-2416-3834
	나눔농장(수제소시지 햄, 베이컨 체험)	인지면 차리 788-1	윤수견	010-3362-5426
	난사랑방(원예체험)	인지면 화수2리 856-1	김애란	010-8163-7141
	종이그림 공방(한지체험)	인지면 화수리 135-6	남기풍	010-2638-3459
	가람농원(발효·효소차체험)	팔봉면 금학리 1125	신명섭	010-4772-1746
	아침햇살(황토방민박, 바다체험)	팔봉면 대황리 640-4	김흥선	010-2248-3504
	벧엘농장(친환경딸기체험)	연명 고남리 200-19	김 선	010-2013-6368
	좋은씨앗 참게농장(농촌·농사체험)	음암면 부산리758-13	전양배	019-248-3504
	성원누에농장(누에관찰체험)	윤성원 고북면 가구리 22	윤성원	010-9404-1525
	여슷골농원(원예체험)	고북면 정자리 132	김복만	010-7722-7761
전통음식가공사업장	서산명가조청(전통음식가공 사업장)	부석면 지산리 1096	최영자	010-2722-7055
	서산생강한과(생강 한과 체험)	부석면 강당리 836-1	이정로	011-287-3688
	서산시골생강한과(생강한과체험)	부석면 지산리 1112	김순주	011-9811-5997
	두루맛(전통장류체험)	음암면 부산리 171-6	한금남	010-8818-9209

스포츠★7330 일주일에 세번이상 ! 하루 30분 운동!
Seosan Council of Sports for All

서산 뜸부기 쌀과 함께하는
제12회 서산마라톤대회

서산시생활체육회

제12회 서산마라톤대회

대회개요

● 대회명칭 : "친환경 뜸부기 쌀과 함께하는" 제12회 서산마라톤대회

● 일　　시 : 2013년 4월 14일(日)

● 장　　소 : 서산종합운동장 【개회식 : 서산종합운동장 09시 20분】
(개회식 9시 20분 / 하프코스 10시 출발 / 10km 10시 10분 출발 / 5km 10시 20분 출발)

● 주　　최 : 서산시생활체육회, 대전일보

● 주　　관 : 국민생활체육서산시육상연합회

● 후　　원 : 서산시, 서산시의회, 서산교육지원청, 서산경찰서, 서산소방서
충남생활체육회, 서산시체육회, 서산시새마을회

● 대회종목(3코스) : 하프코스(21.0975km), 10km, 5km

대회세부사항

1. 종목 및 시상

(1) 대회종목

※ 단체시상(할인)

종목	시상	참가자격	참가비	예상인원	기념품	비고
5Km 남녀	종합시상	제한없음	15,000원 (학생참가비 10,000원)	3,000명	기능성T	중식 및 먹거리 무료제공 급수제공 경품추첨 완주선물 (뜸부기 쌀1kg, 완주메달) 상해보험가입
10Km 남녀	종합시상 넷타임	제한없음	30,000원	1,000명	생강한과, 김셋트 중 택일	
하프코스 남녀	종합시상 넷타임	20세 이상 신체 건강한 남녀	30,000원	1,000명		
※ 학생참가비 할인(고등학생 이하 5km참가비 할인) : 1994.12.31이전출생 ※ 연대별시상(10km/하프/풀 코스부문) : 30세미만, 30대, 40대, 50대, 60대이상						

※ 단체(20인 이상)특전 : 부스 및 현수막제공
20인 이상 : 상 금(10km, 하프 15명 이상 참가)　상금 100,000원
30인 이상 : 상 금(10km, 하프 20명 이상 참가)　상금 200,000원
40인 이상 : 상 금(10km, 하프 25명 이상 참가)　상금 400,000원
60인 이상일 경우 20인 이상 및 40인 이상 상금을 합하여 시상합니다.

(2) 종목시상

종 목	1 위	2 위	3 위	4 위	5 위	6위~10위	비 고
하프코스 남/녀	기념벽시계 부상(40만)	기념벽시계 부상(30만)	기념벽시계 부상(20만)	기념벽시계 부상(10만)	기념벽시계 부상(7만)	기념벽시계 지역특산품	기록 및 시상은 넷타임 (기록증)
10 km 남/녀	기념벽시계 부상(30만)	기념벽시계 부상(20만)	기념벽시계 부상(10만)	기념벽시계 부상(7만)	기념벽시계 부상(5만)	기념벽시계 지역특산품	
5 km 남/녀	1~30명 지역특산품						건타임

※ 트로피를 대신하여 기념벽시계로 시상합니다.
※ 대한육상연맹에 등록된 현역선수(학생부, 일반부포함)는 시상에서 제외
※ 수상자 전원은 신분증 미지참시 시상에서 제외(부정선수로 간주)
※ 순위 상품은 변동 가능

(3) 연대별시상(남녀/하프/10km)

종 목	1~3위	4위~10위	비 고
하프코스 남/녀	기념벽시계 지역특산품	지역특산품	기록 및 시상은 넷타임 기록 및 시상은 넷타임
10 km 남/녀	기념벽시계 지역특산품	지역특산품	

※ 연대별 참가선수 30명 미만 시에는 1~3위까지만 시상합니다.
※ 연령대별 연대 기준(주민번호등록 기준) 대회당해년도 기준

30대 미만	1984.1.1. 이후 출생자	만30세 미만
30대	1974.1.1.~1963.12.31	만30세~39세
40 대	1964.1.1~1973.12.31	만40세~만49세
50 대	1954.1.1.~1963.12.31	만50세~만59세
60세 이상	1953.12.31. 이전 출생자	만60세 이상

(4) 특별시상(기념벽시계) – 10km 이상 남, 여 최고령참가(건강상)

구분	기념벽시계(트로피)		특산품(부상)		시상금(천원)
총수량	152개		390개		6,680
종 목	종합(남녀) (1~10위)	연대별 (1~3위)	종합(남녀) (6위~10위)	연대별 (1~10위)	종합(남녀) (1~5위 시상금)
풀	10위×2부=20	3위×5부×2=30	5위×2부=10	10위×2부×5부=100	(500+400+300+200+150)×2부=3,100
하 프	10위×2부=20	3위×5부×2=30	5위×2부=10	10위×2부×5부=100	(400+300+200+100+70)×2부 =2,140
10km	10위×2부=20	3위×5부×2부=30	5위×2부=10	10위×2부×5부=100	(300+200+100+70+50)×2부 =1,440
5km			30위×2부=60	없음	없음
최고령상	2	없음	없음	없음	없음
계	62	90	90	300	

(5) 시상내역총괄표

※ 트로피-기념벽시계(시상용 트로피)
※ 참가자기념품
   전체공통(완주기념품) : 뜸부기 쌀 1kg
   10km, 하프코스 : 김셋트 또는 생강한과 중 택1
   5km : 스케쳐서 기념티셔츠

2. 참가신청 및 접수

▷ 참가신청방법

· 참가대상 : 참가를 원하는 모든 사람

· 접수기간 : 2013년 1월 23일(수) ~ 3월 14일(목) 【50일간】

    - 종별 참가제한인원 충원 시 조기 마감될 수 있습니다.

    - 택배발송, 책자제작, 참가자게시 관계로 대회개최 4주 전까지만 접수

· 신청서배부 : 서산시생활체육회 사무국 ☎041-681-6467~8, 660-2490)

    대전일보서산지사 ☎041-667-2454~5

· 마라톤전용 홈페이지 http://www.ssrace.com

▷ 참가신청방법

· 개인 및 단체 : 방문 및 인터넷접수, 우편, 전화접수
· 방문접수장소 : 서산시생활체육회에 방문하여 신청서작성
· 인터넷 접 수 : 홈페이지 참조(http://www.ssrace.com)
· 팩 스 접 수 : 신청서를 팩스로 전송 후 입금확인전화
· 신청 및 접수절차 : 인터넷신청 또는 방문, 팩스접수 → 참가비납부 → 접수확인
　※ 입금계좌번호 : (농협) 436-01-014298 예금주: 서산시생활체육회
　※ 접 수 처 : 우356-080 충남 서산시 갈산동 110-1 종합운동장내
　　서산시생활체육회【☎041-681-6467/8 팩스041-681-6516】

▷ 참가비입금 시 유의사항

· 참가비는 반드시 참가자 본인 명으로 입금.
· 타인명의 입금할시 참가자 성명기재.
· 입금 시 주민등록번호 앞자리를 기입하시기 바랍니다.(예 : 홍길동621213)

▷ 참가접수 시 유의사항

· 참가신청에 따른 참가비는 사유를 불문하고 일절 환불하지 않습니다.
　(단, 기념품 반납, 택배비 본인 부담)
· 참가접수는 기념품 제작으로 인하여 접수 마감일 이후에는 일체 추가 및 연장접수를
　실시하지 않습니다.
· 접수 마감일 이후 모든 참가자는 정보변경 불가능(종목변경 불가)
· 등록선수는 시상에서 제외

공식행사 운영계획

1. 행사운영계획(종합)

일 시		행사명	소요시간(분)	주 요 내 용
4.8 (일)	08:00~09:00	·홍보영상상영 ·물품보관소	60	·서산홍보, 스포츠7330 영상 ·지난대회 영상자료 ·참가자 인터뷰 영상
	09:00~09:20	·식전행사	20	·응원, 준비운동 등
	09:20~09:40	·개회식행사	20	·국민의례, 내빈소개, ·대회사, 환영사, 축사 등
	09:40~10:00	·경품추첨 및 출발준비	20	·1등~5등 경품 추첨 ·워밍업(체조, 스트레칭)
	10:00~10:20	·코스별 출발	20	·출발준비 및 신호총
	10:20~10:40	·경품추첨게시	20	·경품추첨게시
	11:00~14:00	·코스별시상식 ·식당운영 ·칩반납, 기념품배부, 경품수령 등		·시상자 확인
	14:00~	·대회장 정리		·주변정리, 시설물정리

2. 세부행사운영계획
(1) 식전행사

시 간	소요 시간(분)	내 용	준비사항	협조 사항
08:00~09:00	60	·홍보영상상영 - 서산시, 스포츠7330, 지난대회영상 ·참가자 인터뷰	영상자료 이동식카메라 및 사회자	
08:00~09:00		·물품보관소운영 ·종합안내소운영	자원봉사자배치 종합안내서 비치	

(2) 개회식행사 및 경품추첨

구 분	시 간	소요시간(분)	내 용	비 고
식전행사	09:00~09:20	20	식전공개행사	사 회 자
개회식행사	09:20~09:21	1	개식통고	사 회 자
	09:21~09:23	2	국민의례	사 회 자
	09:23~09:25	2	개회선언	육상연합회장/풍선
	09:25~09:27	2	환 영 사	서산시장
	09:27~09:29	2	대 회 사	대전일보사장
	09:29~09:31	2	대 회 사	생활체육회장
	09:31~09:33	2	축 사	의 장
출발준비	09:33~09:45	12	스트레칭	생활체조연합회
경품추첨	09:45~10:00	15	경품추첨 하프코스출발준비	대회장, 내빈

(3) 경기진행 및 경품추첨

구 분	시 간	소요시간(분)	내 용	비 고
공식행사	09:00~09:50	50	식전행사, 개회식	진 행 자
	09:50~10:00	10	하프코스 출발준비	진 행 자
경기진행	10:00~10:01	1	하프코스 출발	
	10:01~10:10	9	10km 출발준비	진 행 자
	10:10~10:11	1	10km 출발	부 회 장
	10:11~10:20	9	5km 출발준비	진 행 자
	10:20~10:21	1	5km 출발	부 회 장
경품추첨	10:31~11:00	30	경품추첨 및 게시	진행요원, 방송
중식 경품지급칩반납	10:30~		5km 참가자코너	국수, 수육, 빈대떡
	10:30~		10km 참가자코너	〃
	10:30~		하프참가자코너	〃

3. 대회코스도

※ 하프, 10km 코스

팔봉진입로 3km 지점
← 대산
고남2리 아래마을회관
서우레미콘
서산 →
저수지입구
4km 지점
북문입구
고남저수지
도석산
동문출구
5km 지점
호반의쉼터 10km 반환지점
주경기장
출발점
고남2리 뒷마을입구
남문출구
고남1리 마을회관
6km 지점
7km 지점
시온교회입구
금학3리마을회관 주사
8km 지점
선유원입구
※ 5km 코스
9km 지점
성당입구
(구)금학2리마을회관
신용관광
하프 반환지점
양길2,3리
화순농기계센터
5km반환점 (2.4km지점) 로하스스포츠센터앞
↑서산시내
주유소
자동차공업사 (1.1km)
서산사격장 입구(19.9km)
P
한마을 주유소
LPG 충전소
로하스 스포츠센터
동문입구
↓갈산동
북문출구
주경기장
도석산
남문출구

불운을 행운으로 바꿔준 팔봉산

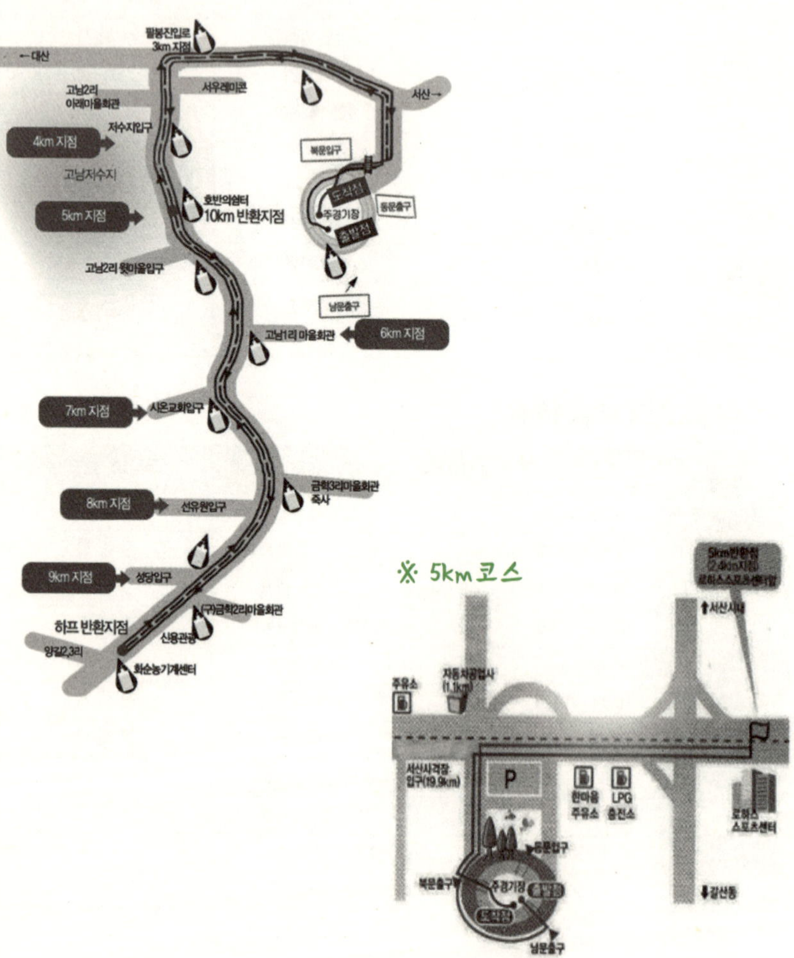